영원한 청년 이승만

김재헌 저

2

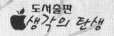

도서출판
생각의 탄생

"갑자기 한강에 떠내려 온 노부부의 시체, 사회부 기자 김민주는 아버지의 애증이 담겨 있는 소포를 하나 받는다. 그것은 우남 이승만에 대한 자료집, 생각도하기 싫은 아버지와 이승만에 대해 알게 모르게 엮여 들어가는 자신을 발견한다. 그때 광화문 광장에서 뜬금없이 불거진 3.1절 이승만 기획설은 김민주 기자에게 묘한 흥미를 느끼게 한다. 본격적으로 시체와 연결되어진 사실을 발견하고 기획취재에 들어간다. 하와이를 거쳐 미국으로 이어지는 긴긴 여정 속에서 하나하나 밝혀지는 이승만의 진면목, 민주는 이승만이야 말로 제대로 된 평가를 받지 못하는 불운한 국부라는 사실을 깨닫고 이를 바로 잡기 위한 본격적인 탐사에 나선다."

1권 목차

2권 목차

4부
개국(開國)

빼앗긴 나라를 찾기까지 참으로 힘들
었습니다. 그러므로 그리스도께서 우리
로 자유케 하려고 자유를 주셨으니 그
러므로 굳세게 서서 다시는 종의 멍
에를 메지 마십시오.

-갈라디아서 5장 1절. 이승만-

22

작은 거인

민주는 한국으로 돌아왔다. 하와이로 출국해 워싱턴을 거쳐 필라델피아에서 귀국하는 비행기를 타기 위해 뉴욕의 케네디 공항으로 나왔다. 돌아오는 내내, 떠나기 전날 한국에서의 좌우이념 대립은 이미 1919년부터 시작이 되었다는 이인수 박사의 말이 귀에서 맴돈다.

"통합 임시정부는 고육지책으로 만들어진 첫 좌우합작이라고 보시면 됩니다."

"좌우합작이라고 하시면?"

"즉 공산주의자와 연대하여 자유민주 세력들이 정부를 구성했다는 것입니다. 그 당시 즉 1919년 3월 3.1운동과 같은 시기에 소련 레닌의 코민테른도 민족주의 세력과의 협동론을 내세워 약소민족들을 공략하기 위해 공산주의 수출에 나섭니다. 이들에게 포섭된 단체가 '노령임시정부'입니다. 그들은 레닌의 거액공작금을 받아 자유 민주세력인 이승만 대통령을 처음엔 인정하는 척 하다가 본격적으로는 축출해버리고 임시정부 전체를 장악하려고 합니다."

"그럼 그때부터 한민족의 좌우 이념투쟁이 시작되었다는 것이네요"

"그렇죠. 벌써 이때 이승만 박사는 '공산당의 당부당'이란 논문을 발표합니다. 아마 그해가 1923년일 것입니다. 마르스크 공산당선언과 레닌의 폭력혁명선언에 정면 대항하는 세계최초의 '반공선언'을 발표한 것이지요."

"아직 공산주의가 뭔지도 모르고 있던 시기였잖아요?"

"그렇습니다. 또 공산주의와 절대 병립할 수 없는 것이 기독교란 것도 아셨죠."

민주는 서울로 돌아와 그간의 취재를 한 군데로 모아 정리하기 시작했다. 그즈음 월간조선 배진영 기자가 쓴 글이 상당히 도움이 되었다. 그것을 일목요연하게 정리하다보니 상당 부분 자신의 취재와 크게 다르지 않았다. 특히 밀서부분에 대한 나름의 분석은 나의 능력을 뛰어넘는 베테랑 기자다운 결론이었다.

"1918년 10월경 美 선교사 섀록스를 통해 함태영, 송진우 등에게 국내에서 결정적인 대일혁명을 일으킬 것을 주문한 것은 사실이다. 김성수 역시 1918년 12월 '이승만의 밀사'와 만났다는 것을 증언하고 있다. 해방 당시 좌우파를 막론하고 이 무렵 이승만은 누구도 부인할 수 없는 '국부(國父)'였다. 그의 이름은 '신화(神話)'가 되어 있었다."

이렇게 전제를 하고 전개되는 그의 주장은 사실적으로 보나 논리적으로 보나 가장 적절한 평가가 될 만하다고 여겨졌다. 민주는 글을 정리하기에 앞서 그의 논조를 찬찬히 살펴보았다.

"이승만은 언제부터 신화적 존재가 된 것일까? 일제(日帝) 말 그가 '미국의 소리(VOA)' 방송을 통해 특유의 떨리는 목소리로 해방의 날이 멀지 않음을 알린 것도 '이승만 신화' 형성에 큰 몫을 했다. 하지만 그가 전혀 무명(無名)의 인물이었다면, 그의 방송이 울림이 있었을까? 해방을 맞기 26년 전에 이승만은 이미 자타(自他)가 공인하는 민족 지도자였다. 3·1운동 이후 수립된 한성정부를 비롯한 여러 임시정부는 그를 집정관총재·국무총리·대통령 등으로 추대했다. 이승만은 3·1운동의 총아(寵兒)였다. 한편으로 그는 직간접적으로 3·1운동에 불을 지핀 사람이기도 했다."[1]

여기서 배기자는 직접적인 영향력이라기보다 간접적인 영향을 끼쳤을 수도 있다고 조심스럽게 주장한다. 하지만 그 전제에서 나아가 이승만과 3·1운동의 관계는 다음 네 가지 측면에서 살펴볼 수 있다고 주장한다.

"첫째, 이승만이 3·1운동 및 그 서곡이었다고 할 수 있는 2·8독립선언에 미친 영향. 둘째, 이승만이 3·1운동 후 수립된 한성정부·상하이(上海) 대한민국임시정부 등에서 집정관총재·국무총리 등으로 추대된 사실. 셋째, 3·1운동이 이승만의 독립운동에 미친 영향. 넷째, 해방 후 대한민국 건국 과정에서 3·1운동 정신과 한성정부의 법통 계승을 위한 이승만의 노력 등이 빼도 박도 못할 증거이다."

---

1) 월간조선 2019.3월호 특집 | 3·1운동 100주년, 李承晩과 3·1운동. 李承晩의 파리강화회의 참석 소식, 2·8 독립선언, 3·1운동에 영향'

하와이에 있던 이승만이 선택된 가장 큰 이유 중 하나로 꼽은 것이 당시 미국 대통령이던 우드로 윌슨과의 친분이다. 그 친분이 없었더라면 평생을 무국적자로 살아온 그의 정치·외교적 입장은 미국 조야에서 견디기 힘들었을 것이란 점이다. 사실 이런 사실은 조금만 찾아보면 쉽게 발견된다. 그 중의 한 이승만 문서가 1919년 1월 26일자 '뉴욕타임스 선데이 매거진'에 실린 기사이다.

"파리에 있는 윌슨 대통령은 한 한국대표단으로부터 한국의 독립 요구를 고려해 줄 것을 청원하는 전보를 받았다. 대표 가운데 적어도 한 사람의 이름은 전 프린스턴대학교 총장에게 낯익은 것이었다. 그 사람은 윌슨이 '올드 나소(Old Nassau·프린스턴대학의 별칭)'의 총장으로 재직할 때에 그로부터 박사 학위를 받은 이승만 박사였다. 이 박사는 지금 호놀룰루의 《국민보》의 주필이다."

민주는 자료를 뒤지다보니 1919년 2월 5일자 평안남도 경찰 보고서에 이미 이승만의 이름이 나온단 사실을 알았다.

"관내 일부 한인 사이에서 재외한인 및 재일유학생 등과 함께 평화회의에 대표자를 파견하여 미국의 힘을 바탕으로 한국의 독립운동을 하려고 기도하고 있다."[2]

또 다른 감찰보고서도 있다.

---

2) 배진영의 기사에서 재인용.

"이승만은 신학 및 철학 박사의 학위를 가진 학자로서 미국인들로부터도 존경받고 있고, 특히 대통령 윌슨과는 친교가 있음. 연전에 대통령 딸의 혼인식에는 특별히 초대되어 참석한 관계도 있고, 반드시 대통령을 움직일 자신을 가졌음."

배기자는 말한다.

"약간의 과장과 착오는 있지만, 이는 이승만의 활동 내용이 국내에 상당히 널리 전파(傳播)되고 있었음을 보여준다. '한국인들 독립을 주장'이라는 기사가 실린 1918년 12월 15일자 '저팬 애드버타이저'와 '민족자결을 인정하라-소국예속국민동맹의 결의'라는 기사가 실린 1918년 12월 18일자 '오사카아사히신문'의 보도 등도 발견된다. 총독부의 무단통치 아래 있던 국내의 지방에까지 전파되고 있던 소식을 국내보다는 한결 자유롭던 일본의 유학생들이 놓칠 리 없었다는 것이다. 또 있다. 고베(神戶)에서 영국인의 손으로 발행되는 영자신문 '저팬 애드버타이저(The Japan Advertiser)'지에도 이승만 박사가 한국 대표로 파리평화회의에 간다는 기사가 조그맣게 기재된 것을 미션학교인 아오야마가쿠인(靑山學院)에 있는 우리 학생들이 서양인 교수 집에서 발견하게 되매, 이 뉴스는 곧 비밀리에 유학생 중의 몇 사람에게 알려져 그들에게 큰 충동을 주었다.'고 보도되고 있다. 후일 동아일보 사장을 지낸 백관수도 비슷한 회고를 남겼다."

결론을 내려 보면 많은 독립운동가들이 이승만 박사의 영향력에 대한 회고를 남긴 데는 이유가 있다는 것을 알 수 있다. 당시 도쿄 유학생들은 미주에서의 독립운동 소식을 들었을 때 바로 '이승만' 이름 석 자를 연상하고, 그것을 평생 '사실(fact)'로 기억했다는 것은 그때 이미 강고한 '이승만 신화'가 존재하고 있었다는 것을 보여준다는 것이다.

민주는 대충 기사 자료를 정리하여 데스크에 넘기고 다시 이승만 문서라고 불리어지는 자료들을 찾기 위해 연세대학으로 향했다. 그러던 중 중요한 문서 하나를 보게 되었다. 그것은 국내 한 미술품 경매 옥션에 나온 이승만 박사의 친필 문서였다.

"우리나라, 일본, 중국, 러시아 각 나라 항구와 요지에 (중략) 거사 계획을 약속했다가 무르익으면 한꺼번에 일어날 것. 행할 일은 군함·병영·관공서·군수공장 등을 파괴·방화하는 일, 사보타주, 비행기를 포격하고 시위할 것, 군인 수백 수천으로 습격 항전할 것."

1940년 2월 2일 미국 워싱턴에서 이승만은 중국에서 임시정부를 이끌고 있는 김구에게 보낸 편지라는 옥션관계자의 말이었다.

"지금 미 육해군은 은밀한 준비에 열심입니다. 우리를 향해 아래와 같은 요구가 있습니다. 만일 (미·일) 전쟁이 벌어지면 도움을 바란다고 합니다."

이 문서를 액면 그대로 믿는다면 우리가 이승만 박사를 평화 외교적 독립운동가라는 일련의 이해가 틀렸음을 보여주는 것이다. 이 문서는 아주 직접적으로 '일본군 주요 시설을 공격하는 작전을 계획해달라고 요청'하고 있다. 이승만이 김구에게 무력 항전을 주문한 것이다. 재밌는 것은 편지에서 이승만은 김구를 '백범(白凡) 인형(仁兄)'이라고 부르고 있다는 것이다. 또 자신이 나이가 한 살 더 많았는데도 스스로를 '만제(晚弟)'라고 지칭했는데 이는 이승만이 아우란 뜻이다. 겸손의 표현이다. 비록 상해 임시정부 안에는 외교독립론과 무장투쟁론의 대립, 인사와 재정을 둘러싼 주도권 다툼, 서북파(西北派)와 기호파(畿湖派)의 대립, 이동휘를 비롯한 공산주의자들의 책동 등으로 하루도 잠잠할 날이 없었지만 이승만 박사와 김구 선생은 서로가 편지를 주고받을 만큼 가까이 지냈다는 것만은 이 편지를 통해 알 수 있고, 또 이런 식의 밀서가 태평양을 건너 왔다 갔다 했다는 것도 부인할 필요는 없을 것 같았다.

고목에 핀 꽃

그 무렵 승만은 미국으로 유학 가는 길에 호놀룰루에 들른 '동아일보' 주필 장덕수를 만난다.

그날이 1923년 5월 7일이었는데, 승만은 기억에 새록새록한 말을 떠올린다.

"박사님, 먼 타국에서 홀로 얼마나 힘드십니까?"

"여러분들이 더 힘들지요, 잔악한 일제의 감시와 탄압 때문에."

"그래도 일제가 3.1운동 후부터 문화정책이랍시고, 상당히 느슨해졌습니다."

"그렇지? 만세 이후로 우리 형제들에게 생기가 났어요! 그 생기 말이요, 그 생기가 싹이지. 눈 속을 뚫고라도 필경 새싹은 꽃이 피지. 나는 그것을 믿소. 안 그래요, 장주필?"

"네 맞습니다. 비록 실패로 끝나긴 했지만 사그라든줄 알았던 불씨가 살아났고, 죽은 줄 알았던 고목나무에 싹이 피고 간만에 꽃도 핀 거 아니 겠습니까?"

"아! 그래요, 장 주필도 내가 썼던 '고목가'를 기억하는가 보군요?"

"각하께서[3] 새싹이라고 하시니 생각났습니다. 우리나라 최초의 신체 시 아닙니까. 고목가가."

당시 파리강화회의와 워싱턴군축회의(1921년)의 좌절, 임시정부의 표류와 탄핵, 그리고 초반에 겪은 사업의 파산 등의 어려움으로 인해 승만은 지칠 대로 지쳐있었다. 하지만 그때부터 승만은 3·1운동의 정신이야 말로 대한공화국의 독립운동 이념이 되어야 한다고 생각을 굳히고 있었다. 그래서 승만은 자신의 친위(親衛) 조직인 대한인동지회가 정강(政綱)을 만들 때 그것을 잘 삽입하도록 하였다.

"우리의 독립선언서에 공포된바 공약 3장을 실시할지니, 3·1정신을 발휘하야 끝까지 정의와 인도를 주장하야 비폭력인 희생적 행동으로 우리의 대업을 성취하자."

---

3) 원래는 틀린 표현. 보통 윗 사람에게는 상을 넣어 주상, 황상 등으로 부르고 아랫 사람에게는 하를 넣어 폐하, 전하, 각하 등의 수식어를 쓴 다음 신(臣) 아무개라고 해야 함. 폐하 전하 각하 등은 실제로는 말하는 아랫 사람 자신을 가리키는 말임. 섬돌 아래에 있는 신 아무개. 궁전 아래에 있는 신 아무개. 집 아래에 있는 신 아무개 등의 뜻. 그러나 늘 붙여쓰다 보니 혼동을 이루고 있음. 《동국정운》의 신숙주 서문에서조차 신숙주는 왕을 주상전하라고 부르고 있음. 그렇지만 2000년대 초에 대통령 각하 표현을 대통령님 표현으로 바꾸기까지는 그런 틀린 호칭이 일반적이었음. 그래서 이 책에서도 틀린 표현을 고치지 않고 그대로 썼음.

그뿐 아니라 승만은 이미 발행해오고 있던 '태평양'지에 '비폭력을 비평'한다는 논설에 녹여내었다.

"민국 원년(元年) 독립운동으로 볼지라도 그 운동이 세계를 놀랠 만한 역사를 이루었고, 그 결과로 인연하야 전에는 생각도 못하던 신문·잡지가 국중에 얼마나 생겼으며, 인민의 단결력이 얼마나 공고하여졌느뇨. 이것을 보아도 정의·인도의 능력이 폭탄·폭약보다 더욱 강한 것을 가히 알지라. 대저 동지회의 목적과 정신은 전혀 우리 독립선언서에 발표한 바를 실시하기로 결심함이니……."

승만은 원래 암살이나 폭탄테러 같은 의열(義烈) 투쟁에 비판적이었지만, 3·1운동 이후에는 3·1운동 당시 천명한 비폭력 평화운동을 자신의 주장을 뒷받침하는 논거(論據)로 제시하게 된 것이다. 승만은 몇 년전 임시대통령 자격으로 상해를 몰래 방문했던 기억을 떠올려 입을 열었다.

"일제로부터 현상금이 걸린 것을 아셨나요, 각하?"

"허허허. 내 머리에 30만 달러의 현상금을 걸렸다하더구먼."

"지금도 그러합니다."

"미국 국적 신청을 하지 않았으니 미국이나 중국정부가 나에게 여권과 비자를 내주지 않은 것은 당연하지요. 그래서 불법 밀항을 하게 되었습니다."

"그때 이야기 좀 해 주십시오."

"당시는 워싱턴에 상주해 있을 땐데, 상해로 밀항하려고 우선 준비가 필요했지. 호놀룰루를 거쳐 가는데 비서인 임병직과 김규식, 노백린 등을 호놀룰루로 불러 모았지. 며칠을 의논 끝에 다 같이 가는 것은 위험천만이라고 판단해서 나는 임병직만 데리고 갔어요. 호놀룰루시에서 장의사를 경영하는 유지 보스윅의 집에 따로 칩거하면서 적당한 배편을 기다렸다가 상해로 직행하는 웨스트 히카호를 탔지. 이미 2등 항해사가 매수되어 있어 쉽게 승선할 수 있었지. 그리곤 중국옷으로 변장한 뒤 밑바닥 선창(船倉)에 몸을 숨겼지, 중국인 시체를 담은 관이 실린, 통풍장치가 전혀 없는 철제창고 속에서 하룻밤을 꼬박 지새운 다음에 갑판위로 나왔는데 선장한테 들킨 거야!"

"아! 그래서 어떻게 되셨는지요?"

"선장이 다행히 눈감아 주더군. 20여 일 간의 지루한 항해를 한시(漢詩) 7수(首)를 지으면서 소일했지."

"그때도 시를 지으셨군요?"

그렇게 상해에 도착한 승만은 미리 연락해둔 자기의 심복(임시정부 의정원 의원 장붕(張鵬))에게 편지로 상해 도착 사실을 알렸다. 이승만은 이틀 뒤에 나타난 장붕으로부터 현지 사정을 브리핑 받고나서 임시정부에 자신의 상해도착 사실을 통보했다. 상해임정 측에서는 승만을 상해의 '벌링턴호텔'로 옮겨 모셨다. 그러나 여기서도 신변의 불안을 느껴 다시 여운형의 소개로 프랑스 조계(租界)내 서가회노 3번지에 위치한 미국인 안식교 선교사 크로푸트 목사의 집으로 거처를 옮겨 묵었다.

"거기서는 얼마나 계셨는지요?"

"한 6개월 가량 있었지."

"현지 분위기는 어땠는지요?"

"내가 임정 청사를 방문해 직원들을 본 것은 12월 13일인데, 그 이틀 전날 상해 교민단이 베푼 환영회 만찬에서 처음으로 환대를 받았지. 그리고 1921년 1월 1일 신년 축하식을 계기로 임시대통령의 공무를 집행하기 시작했어요."

"문제는 없으셨는지요?"

"왜 없겠소. 내가 큰 대정략을 가져올 것과 거액의 독립운동 자금을 가져올 줄 잔뜩 기대하고 있었는데, 내가 밀항을 해 몸만 가니 많이들 실망했지요."

"계시는 동안 많이 불편하셨겠습니다."

"나라가 빼앗기고 백성들이 볼모로 잡혀 겨우 타향에서 생존하고 있는 교민들을 상대로 매번 애국자금을 부탁하는 것도 쉬운 일은 아니었지. 하지만 독립자금이 없이는 한 발짝도 내디딜 수 없는 것이 엄연한 현실이니 임정 간부들에게 가는 대로 자금을 만들어 보내겠다고 안심시키고 '외교상 긴급과 재정상 절박' 때문에 부득이 상해를 떠난다는 고별 교서를 남기고 돌아왔지요."

승만은 뼈아픈 경험을 하고 돌아와 구미위원부를 중심으로 독립운동 자금을 풍족히 마련하는 일에 착수한다. 교포들의 애국헌금과 인구세, 그리고 국내에서 비밀리에 송금되어온 의연금 등만으로는 독립운동을 제대로 추진할 수 없다고 판단했다. 그리하여 '대한민국' 명의의 공채(公債)를 발행하기로 한다.

"공채 발행 사업은 성과가 어땠는지요?"

"감사하게도 미주와 하와이는 물론 멕시코. 쿠바. 칠레. 캐나다 등지에 있는 교포와 화교들이 호응을 해 주어 8만5천8백55달러의 자금을 마련할 수 있었지요."

"상당한 금액 아닙니까?"

"그렇소. 당시 해외 독립운동단체가 모금한 자금 중 최고액이었어요, 그래서 상해임정에 매달 1천 달러 이상의 자금을 송금해주었어요."

참으로 승만이 생각해도 이것은 기발한 생각이었다. 공채증권은 10불, 25불, 50불, 1백불, 5백불 등 총 5종이었다. 그리고 연리 6%의 이자를 약속했다 상환일은 미국이 한국정부를 승인한 1년 뒤에 한다는 조건이었다. 이 자금이 임정의 명맥을 보존하는데 일조한 것을 승만은 잘 알고 있었다. 뿐만 아니라 비슷한 액수의 돈을 매달 서재필과 황기환에게 보내 그들이 필라델피아와 파리에서 각각 발간하는 영문 및 불문 월간 잡지 '한국평론'과 '자유 한국' 그리고 다른 많은 독립운동 관련 저서, 팸플릿을 출판하게 했다.

그 후에도 승만은 구미위원회를 통해 미국 내 21개 도시와 런던, 파리 등 유럽의 주요도시에 '한인친우회'를 조직, 그 활동을 지원함으로써 2만 5천명의 회원을 확보했다. 미국인 헐버트교수와 벡목사 등 위원부의 선전원은 이들 도시에서 순회강연을 했다.

구미위원부가 치중한 사업 중 하나는 미국의회 의원들에게 접근하여 상하 양원에서 한국 독립문제를 토의케 하는 것이었다. 그 결과 1919년 후반부터 미국의회에서 한국문제가 심심찮게 거론되었다. 급기야 1920년 3월 17일에는 상원 본회의에 아일랜드 독립지지안과 함께 한국 독립승인안이 상정되어 표결에 부쳐졌는데 아일랜드안은 38대 36으로 가결되었지만 한국안은 애석하게도 34대 46으로 부결되었다.

구미위원부가 추진한 최종, 최대의 사업은 1921년 11월부터 1922년 2월까지 워싱턴에서 개최된 군축회의 즉 일명 「태평양회의」에 한국독립문제를 제기하는 것이었다.

구미위원부는 상해임정, 국내 각종단체 및 뉴욕 유학생단체인 공동회 등의 후원으로 이 회의에 이승만, 서재필, 정한경, 돌프, 토머스로 구성된 대표단을 파견, 한국대표에게 발언권을 주거나 본회의에서 한국문제를 정식으로 다루어 줄 것을 요구했다.

워싱턴 군축회의의 폐막을 고비로 서재필은 독립운동 일선에서 물러나 본업인 의업(醫業)으로 복귀했다. 이에 앞서 1920년 10월 워싱턴을 등지고 상해로 떠난 김규식은 1922년 1월 모스크바에서 열린 코민테른 주최 「극동노력자회의」에 참석한다, 그리고는 미국 등을 '흡혈귀' 국가들이라고 비판하는데 앞장서게 되는데 이로서 노선갈등이 본격화된다.

그녀들이 없었다면

　민주는 이승만을 추적해 들어가면서 의외로 주변에 여자들이 많이 드러나지 않는 것을 발견했다. 일설에 의하면 남로당 당수인 박헌영은 부인들이 여러 명이었고 관계했던 여자들만 수 명이었다고 하는데, 왜 이승만 전 대통령은 없는 것일까?

　사실 그는 초혼 후 6년간 감옥살이를 했고 출옥하자 5년 이상 미국에 유학, 독신생활을 한다. 하지만 아들이 죽은 후인 1912년에 박씨의 간절한 부탁으로 이혼을 한 후, 1934년 프란체스카 돈너 여사와 재혼할 때까지 20여 년간 하와이에서 홀아비 생활을 했다.

　민주는 궁금증을 견딜 수 없어 하와이에서 만난 적이 있는 미스터 최에게 이승만의 여자 문제에 대해 아는 것은 없는지 홀아비로만 있었다면 외롭지는 않았는지 알려달라고 메일을 보냈다. 한참 일에 쫓겨 메일을 보낸 것도 잊었을 무렵, 하와이에서 답장이 왔다.

"아직 싱글이라서 그러신지 그런 쪽도 알고 싶으신 가 봅니다. 하와이에서의 이 박사님은 외로울 시간이 없었습니다. 물론 워낙 미남이시니 박사 홀아비를 은근히 사모하는 여인들이 왜 없었겠습니까? 하지만 그분은 성직자처럼 교회를 돌보아 오신 분입니다. 하지만 하와이엔 신여성들도 많았습니다. 물론 다른 여인들 대부분은 '사진 결혼'이라는 방법으로 얼굴 한번 대면하지 않고 시집온 분들도 많았습니다. 그 분들은 이 박사님의 목회아래 하와이 여러 섬에서 '부인구제회'를 만들었습니다. 그리고 이 단체는 주로 이 박사님의 정치자금을 거두는 일을 했습니다. 그러다보니 그림자같이 따라다니며 뒷바라지를 해주는 인텔리 여성도 많았습니다. 그중 가장 각별하게 뒷바라지 한 분이 노디(김해)김(Nodie Kim)양이었습니다. 나중에 노디손(Mrs. Nodie Sohn)여사가 되는데 미국의 특성상 결혼한 후 신랑의 성을 따르는 덕분입니다. 원래 황해도 곡산 출신인데 여덟살 때 부모님을 따라 하와이로 이민왔죠. 하와이 생활에 적응하지 못한 아버지 김윤종씨가 만주로 훌쩍 떠나자 그녀는 홀로 남은 어머니를 모시고 오빠, 여동생과 더불어 어렵사리 자라났습니다. 1915년 그곳의 카후마누 학교를 졸업한 그녀는 이 박사님의 추천으로 미본토로 건너가 오하이오주의 우스터 고등학교에 입학합니다. 그리고 고등학교졸업 후 오하이오주의 명문 오버린 대학에 진학하여 1922년에 역사·정치학 분야의 학사 학위를 취득합니다. 또 대학 재학 시절엔 필라델피아 '한인대표자대회'에 참석하여 유창한 영어로 열변을 토해 모든 사람을 깜짝 놀라게 합니다. 대학졸업 후 하와이로 돌아가 워싱턴에 머무르고 있는 이 박사님을 대신해 '한인기독학원' 원장을 맡아 일하셨죠. 또

친 이승만계 단체들이라 할 수 있는데 '한인기독교회', '동지회', '부인구제회', '한미친선회', '한미상담회' 등의 이사 내지 회장직을 맡아 음으로 양으로 다 이 박사님을 후원하죠."

민주는 그녀의 이름을 듣고 인터넷으로 검색해 보았다. 그랬더니 그녀의 많은 공로가 인정받아 정부수립 후 이승만대통령의 초청으로 한국에 온다, 그리하여 53년 11월부터 55년 2월까지 외자구매처장직을 맡아 일했다고 되어 있었다. 그 후 58년 하와이로 돌아갈 때까지 적십자사 부총재, 인하대학교 이사직 등을 역임했다고 했다.

역시 재밌는 사실이 나왔다. 염문설이다. 노디 김이 하와이 망명객 이승만을 이토록 오래 가까이서 보필하다 보니 두 사람간의 관계에 대해 주위에서 쑥덕공론이 무성했던 것이다. 그녀는 35년에 결혼을 한다. 호놀룰루의 상처한 교포 실업가 손승운 씨였다. 당시 그녀에게 딸려있던 만 8세의 딸, 위니 프레드 리의 친부(親父)가 누구냐가 뜬소문의 핵심이었다. 이승만을 헐뜯는 쪽에서는 위니 프레드 리가 이승만의 딸이라고 의심했다. 그러나 위니프레드 리 남바(Mrs.Winifred Lee Namba)여사가 집필한 '손노디 약전'에 따르면 노디 김은 27년에 이병원이라는 사업가와 잠시 결혼한 일이 있는데 이 때 이씨에게서 얻은 딸이 바로 위니프레드라는 것이다. 한마디로 위니프레드의 친부는 이 박사가 아니라 이병원이었다.

노디 김 외에 미국 망명시절의 이승만과 가까이 했던 한국 여성으로서는 임영신을 손꼽을 수 있다. 전라도 금산태생으로 3.1운동 때 전주에서 만세시위를 주도, 일제 감옥에서 6개월간의 영어(囹圄)생활을 했던 그녀는 일본으로 건너가 히로시마(廣島)고등여학교를 졸업했다.

귀국 후 그녀는 공주 영명학교와 이화학당에서 교편을 잡았다가 1923

년 말 유학을 위해 미국으로 건너갔다.

출국 때 그녀는 유태하의 형인 유태영의 요청으로 관동대지진 때 일제가 한국인을 학살하는 장면을 담은 사진첩을 몰래 숨겨가지고 샌프란시스코에 도착, 마침 그곳을 방문 중인 이승만에게 전달했다. 이를 계기로 두 사람은 서로 믿고 아끼는 동지가 되었다.

임영신은 그 후 로스앤젤레스에 있는 남가주대학교에 입학, 학부와 대학원과정을 마치고 1931년 신학(神學) 석사학위를 취득했다.

임영신의 전기에 따르면 그녀는 졸업 후 귀국에 앞서 워싱턴을 방문했고 이때 그곳 한인교회의 이순길 장로를 통해 간접적으로 이승만의 구혼을 받았다. 임영신은 이 문제를 가지고 십여 일간 번민했다고 한다. 고민 끝에 오빠들과 친구들에게 상의한 끝에 그녀는 미혼의 젊은 나이로 결혼 전력이 있는 50대의 노인과 결혼하는 것이 환영할 만한 일이 아니라는 결론에 도달, 모처럼의 청혼을 완곡히 거절했다. 그러나 여전히 이승만을 흠모한 그녀는 이때부터…이승만의 이름에서 딴…승당(承堂)이라는 아호(雅號)를 지어 애용했다고 한다.

해방 후 이승만 박사가 단신 귀국하자 그녀는 프란체스카 여사가 서울에 도착할 때까지 윤치영 내외와 함께 돈암장, 마포장에서 이승만의 비서역을 충실히 담당했다. 그 후 그녀는 이승만의 추천으로 민주의원의 유엔전권대사로 미국에 건너가 눈부신 외교를 벌인 끝에 정부 수립 후 초대 상공부 장관으로 기용됐다.

승만이 돈너(Franziska Donner)를 처음 만난 것은 1933년 2월 21일이었다. 하나는 잃고 하나는 얻은 여행 스위스에 열리는 국제회의 개막식이었다. 승만이 급거 제네바를 찾아가게 된 이유는 1931년 9월부터 개시된 일본군의 만주침략을 규탄하는 국제회의가 열릴 예정이었기 때문이다.

"여러분 전 급히 제네바를 다녀와야 할 거 같습니다. 승인해주십시오."

"지금 내부 재정 상태가 그다지 좋지 않습니다. 각하!"

"자금이야 또 만들면 되지 않겠소. 나는 이 회의야말로 한국 독립 문제를 다시 한 번 세계여론에 호소할 수 있는 절호의 찬스라고 생각하오."

"알겠습니다. 무엇을 준비하면 되겠습니까, 각하."

"우선 가장 급한 것이 제네바와 모스크바행 여권과 비자요."

"그러면 우선 국무장관 스팀슨에게 부탁을 넣어보겠습니다."

드디어 승만은 미국무장관이 서명한 외교관 여권을 얻어 1932년 12월 23일 뉴욕을 떠났다. 1933년 1월 4일 제네바에 도착한 그는 호텔 드 루시에 여장을 풀고 파리의 「한국대표부」에서 일하고 있던 서영해의 도움을 받아 국제연맹회의에 참석한 중국대표단과 제휴, 그들과 함께 일본의 대륙침략을 지탄, 공격하는 외교활동을 폈다.

"오늘 중국과 우리는 동지입니다. 우리는 이번 국제연맹으로 하여금 대한민국임시정부를 승인케 한 후 일본의 만주침략을 적극 비판해야 할 것입니다. 도와주십시오."

"여긴 한국 문제가 개입할 여지가 없어요. 우리는 각하가 원하시는 만큼의 호응을 해 드리기가 힘듭니다."

승만은 국제 외교의 비정함을 다시 한 번 느껴야 했다.

"하는 수 없군요. 그럼 우선 일제가 급조한 만주국의 괴뢰성을 폭로하는데 같이 돕겠습니다. 그러니 나중에 저희들의 입장도 도와주십시오."

"각하께서 무엇을 어떻게 돕겠다는 것입니까?"

"만주에는 우리 동포 1백만이 삽니다. 나는 우리 한인들의 자율권을 강조하기 위해서라도 일본의 만주점령과 괴뢰국을 미국과 영국 등 우리

나라에 호의적인 나라들을 중심으로 외교를 하겠습니다."

승만은 중국 측과 약속한 대로 2월 8일 '한국인의 주장'을 담은 공한(公翰)을 국제연맹 회원국대표들과 세계 주요 언론사 기자들에게 배포했다. 제네바에서 비록 지배받는 식민지 국가의 망명 정부 대통령이었지만 세계 굴지의 외교관 및 언론인들에게 자신의 존재성을 폭넓게 알렸다.

"기뻐하시오, 이 박사 '리튼보고서'가 채택되었소."

동양평화의 담보로 한국독립의 중요성을 역설하며 만주침략을 규탄한 '리튼 보고서'가 본회의에서 채택되었다.

"결국 일본이 국제연맹을 자진 탈퇴했어요."

일본의 국제연맹 탈퇴 후 승만은 제네바 주재 미국총영사인 길버트와 중국 상주대표와 만나는 자리를 만들었다.

"잘 들어보시오. 앞으로 미국, 중국, 한국이 소련과 합세해 일본의 대륙 팽창을 응징해야 합니다. 그렇지 않으면 결국 일본은 동남아시와 연해주까지 차지하려는 야욕을 드러낼 것입니다."

"우리는 일본의 패권주의를 심히 우려하며 경계하고 있소."

다행이 승만이 제시하는 복안에 대한 그들은 찬성의사를 표시하였다. 승만은 그 기세를 몰아 이 4국 항일연대안을 구현하기 위해 파리에서 러시아 입국비자를 얻어 소련으로 출국준비를 서둘렀다. 그리고 잠시 빈으로 향했다. 빈에 도착한 그는 중국대리공사의 소개로 소련공사 페테루스키를 만나 자신의 구상을 토로했다.

"지금 일본은 팽창하는 힘을 가눌 수 없어 만주를 넘어 연해주까지 그리고 유라시아 대륙까지 넘볼 것이요. 지금 그 싹을 자르지 않으면 언젠가 우리 한국처럼 될 것이요."

"각하의 말씀, 적극 찬성합니다. 본국 정부에 급히 주선을 해 입국을 돕도록 약속드리겠습니다."

승만은 일말의 희망을 발견했다. 그리고 7월 19일 오전 9시 30분 모스크바에 도착해 크렘린궁 건너편에 있는 '뉴 모스코 호텔'에 투숙했다. 그러나 그날 저녁 그는 뜻밖의 전갈을 받는다.

"각하, 외교상 결례인줄 압니다만, 비자가 착오였습니다. 힘드시겠지만 이번엔 출국을 해 주셔야겠습니다."

"아니 이런 법이 어디 있소?"

"죄송합니다. 다음에 어떤 방법으로든지 각하의 제안을 들을 수 있는 기회를 만들어 연락드리겠다는 통보를 상부로부터 받았습니다."

소련 외무부가 보낸 출국 명령은 찬물을 끼얹는 것이었다. 정중한 사과표시를 했기에 승만은 더 이상의 체류가 무의미하다는 것을 깨닫고 돌아서 나왔다. 소련 외무부가 갑자기 이러한 행동을 취한 이유는 당시 소련으로부터 만주에 동청철도를 매입하려고 모스크바에 도착해 있던 일본 협상단이 이승만의 밀행을 탐지하고 그의 축출을 요구했기 때문이었다.

마음이 울적해진 승만은 유럽의 각지들을 둘러보았다. 그 때 승만은 반가운 한 사람을 만난다.

"박사님 반갑습니다."

"오! 한호군 아닌가?"

"네, 오신다는 뉴스를 보고 인사를 드려야겠다 싶어 왔습니다."

"오! 고마우이. 벌써 20년 전인가? 자네의 명성은 뉴스를 통해 알고 있었지."

승만은 20여 년 전 서울에서 가르쳤던 제자 이한호를 만났다. 그는 세계적 하키선수였다. 출정 중 사귀게 된 스위스 여성과 결혼하여 취리히에서 유도 사범으로 일하고 있었다. 3월 초에 독일어 신문을 통해 이승만의 외교활동을 알게 된 그는 자기 동서인 건축가 뮐러 부부와 함께 이승만을 극진히 모셨다. 그렇게 여러 만남이 유럽에서 이어져 가는 가운데 제네바의 한 식당에 잠시 들렀다. 식당이 붐비는 관계로 같은 좌석에 앉게 된 세 사람이 있었다.

"안녕하세요. 일본분이신가요?"

"안녕하세요. 아닙니다. 한국에서 왔습니다."

"오! 네 반가워요."

제네바 호텔 드 뤼시는 국제연맹본부 국제회의 개막식이 있었던 곳이다. 그 식탁은 프란체스카 어머니가 잡아 놓은 곳이어서 자연스럽게 그 어머니가 먼저 말을 걸었다.

"한국에서 오셨다고요? 제가 금강산에 대해 관심이 많아요. 꼭 가보고 싶어요, 한국은 아직도 양반이 있다고 하던데 맞나요?"

"아! 네, 정말 아름다운 곳이 금강산이죠. 양반들이 있긴 하지만 지금은 양반과 평인의 구분이 거의 다 사라졌습니다."

"오. 그래요, 미스터 리는 혼자 오셨나요?"

"네! 저는 한국 대표로 혼자 왔습니다."

승만은 별로 눈여겨보지도 마음에 담아두지도 않았다. 그도 그럴 것이 회의에 들어갈 수 있을지, 들어간다면 무엇부터 어떻게 해야 할 지를 고민하느라 마음의 여유가 없었기 때문이다. 2월 21일 일기에 승만은 낮의 일을 이렇게 기록해 두었다.

"오늘 두 여인과 점심을 먹었다. 국제회의에 왔지만 아직은 참관자격이다. 로잔 대학에 유학하는 메리암 양과 브라운 여사가 나를 많이 도와주었다."

미국으로 돌아온 뒤 승만은 파니(프란치스카 돈녀의 애칭)의 도움이 필요하게 되었다. 두 모녀에게 받아둔 연락처를 기억해내게 되었다. 베를린 독일 은행에 돈을 받을 게 있었는데 길이 너무 멀었다. 그래서 도와 달라고 부탁을 했다. 그리하여 그녀의 도움으로 독일은행으로부터 남에게 빌려준 돈을 돌려받았을 수 있었다.

"당신을 다시 볼 수 있다면 어디든지 가겠어요."

승만도 감사의 표시를 뭔가 하고 싶었다. 하지만 미국에서 유럽으로 한 번 간다는 것은 여간 고역이 아니었다. 그러다가 유럽이 아닌 모스크바에 갈 일이 생겼던 것이다. 그래서 모스크바를 방문하기 위해 먼저 빈에 들르게 된다. 그 때가 7월 7일이었다. 승만은 편지로 파니에게 미리 연락하여 두었다.

"파니, 그 날 이후 당신은 주님이 나에게 보내준 천사라는 생각이 드오, 모스크바에 가기 전 당신의 얼굴이라도 잠시 보길 원하오, 시간이 된다면 만나주시오."

그렇게 해서 만난 파니가 이끄는 대로 헬메스 별장으로 다녀왔다. 승만은 난생 처음으로 파니와 결혼을 목적으로 하는 데이트를 했다.

"파니, 나는 가난한 나라의 망명객이요. 아직도 그 나라는 남의 손아귀에 있소. 평생을 독립운동에 바치다보니 이제는 외로움도 익숙해졌소, 하지만 당신을 만난 이후로 나는 밤마다 당신 생각에 자유로울 수가 없소, 당신만 괜찮다면 나와 결혼해주오. 나는 당신을 진심으로 사랑하고 있소."

"미스터 리 당신은 저에게 과분한 분이에요."

승만의 사랑 고백은 파니의 마음을 움직였다, 그 날 둘은 결혼을 약속하였다. 7월 15일 승만이 빈 외교를 마치고 모스크바로 향해 출발할 때 파니는 기차역까지 마중 나와 주었다.

"영차! 이제 짐 다 실었어요."

"고맙소. 파니, 이제 초청할 준비를 끝내놓고 연락을 주겠소."

"네 기다릴게요."

승만의 짐을 객실까지 실어준 파니는 기차가 떠나 멀리 안보일 때까지 손을 흔들었다. 미국에 가서 초청장을 보내겠다던 약속대신 미국으로 돌아가는 길에 빈에 다시 들렀다. 모스크바에서의 외교적 노력이 실패하여 위로를 받고 싶은 마음이 있었기 때문이었다.

"왜 비자를 내 주지 않는 거요?"

"아시잖소, 당신이 미국시민이 아니기 때문이란 것을."

"나는 비록 미국에 살지만 엄연히 대한공화국의 대통령이요. 그런 내가 편의를 위해 미국에 어떻게 귀화를 하겠소. 특별법을 만들어서라도 결혼을 위해 오는 그녀의 비자를 발급해 주시오."

정초부터 워싱턴에서 파니의 입국 수속을 시작했다. 하지만 빈 주재 미국영사관에서는 동양인과 결혼하기 위해 미국으로 가겠다는 파니에게 쉽사리 비자를 내주지 않았다. 결국 승만은 미국무부의 정치고문 혼벡 박사를 찾아가 협조를 요청한다.

"박사님, 노총각 좀 구제해 주십시오. 이러다가 총각으로 생을 마감하겠습니다."

"허참, 미국에서 박사학위까지 받았다는 사람이 생떼를 쓰다니."

결국 9월 26일 파니에게 비자가 발급되었다. 승만은 더 이상 지체할 필요가 없다고 여겼다.

"파니, 내가 안 되겠소. 결혼식을 서두릅시다."

결혼식은 파니가 뉴욕에 도착한지 나흘 만에 뉴욕 렉싱턴가에 있는 '호텔 몽클레어'의 특별 홀에서 치러졌다.

"이 박사 내가 여기 머무는 동안 식을 올리면 어떻겠소?"

"그렇게 해 주신다면 저는 정말 영광이겠소."

승만의 프린스턴대 동창생인 킴벌랜드 대령 부처가 당시 이 호텔에 장기 투숙하고 있었기 때문이었다.

"우리의 영원한 동창생 이승만 박사의 세기의 결혼식을 내가 적극 도우겠소."

그날 결혼식은 윤병구 목사와 미국인 홈스 목사가 공동으로 집전해 주었다. 결혼 당시 승만은 별세한 파니의 아버지와 동갑인 만59세였다, 반면 파니는 34세였다. 다행이 두 사람의 국제결혼은 미국 외교가에도 일대 파란을 불러일으켰다. 또 승만에겐 평생의 동지가 생겼다. 아직은 젊은 나이에 사무 처리능력이 탁월했던 파니는 노년기에 접어든 승만에겐 둘도 없는 동지요, 반려가 되었다.

"각하! 앞으로 국가의 수반이 되실 터인데, 국내의 정서상 반대가 많습니다."

"대한공화국은 세계와 어깨를 나란히 할 나라요, 미국에서 유럽과 함께 외교적 역량을 펼치는데 파니는 둘도 없는 동지가 될 것이오."

승만은 반대하는 한인교포들을 설득하였다. 신혼여행 기념으로 대륙을 자동차로 여행하였다. 그리하여 1935년 1월 24일 호놀룰루에 도착했다. 이어 베풀어진 환영회에는 뜻밖에도 1천7백여 명의 교포 하객이 몰려 대성황을 이루었다.

승만의 아내가 된 프란체스카 도너양은 오스트리아 수도 빈 시 교외 인서스도르프에서 1900년 6월 15일 소다수 공장을 운영하는 상인 루돌프 도너와 그의 부인 프란체스카 여사의 셋째이며 막내딸로 태어났다.

순수한 게르만 혈통을 자부하는 그녀의 가정은 가톨릭을 믿는 보수 중

산층이었다. 프란체스카의 애명은 '파니'였다. 아버지는 영특한 딸로 하여금 가업을 잇게 하려고 파니를 상업학교에 진학시켰다. 그 후 스코틀랜드로 유학, 영어를 익혀 영어 통역관 국제 자격증을 따냈다. 모국어가 독일어인데다 영어와 불어에 능통했으며 속기와 타자까지 잘했으니 금상첨화였다. 하지만 파니에게도 승만과 같은 아픔이 있었다.

승만은 여행하는 것이 좋았다. 세상이 넓기에 가보고 싶은 곳도 많았던 것이다. 30년대까지 그는 태평양을 세 번, 그리고 대서양을 한번 횡단했고 또 기차로 시베리아를 통과한 일도 있었다. 승만은 미국은 물론 일본, 중국, 필리핀 등 아시아 여러 나라와 과테말라, 엘살바도르, 니콰라과, 쿠바 등 중남미 제국의 주요 도시를 두루 돌아보았다. 그러나 그때까지 세계 외교 및 관광산업의 중심지인 유럽에는 깊숙이 발을 들여놓지 못하고 있었다. 1933년 초에야 그는 스위스 제네바에서 열린 국제연맹회의에 참관함으로써 하와이 촌티를 벗었다.

승만은 1920년대 미국에서 독립운동과 강연활동을 하기 위해 운전면허를 취득했다. 넓은 미국 땅 곳곳에서 열리는 강연에 일일이 참석하기 위해선 바쁘게 움직여야 했고 시간에 맞추기 위해 난폭 운전도 서슴지 않았다.

승만의 난폭 운전은 프란체스카를 불안하게 했다. 어느 날이었다. 뉴욕에서 스케줄을 마친 승만이 프레스클럽에서의 강연 일정이 잡혀 있는 워싱턴으로 차를 몰고 나섰다. 이 날도 역시 약속시간에 맞추기 위해 제한 속도를 무시하고 달렸다. 그런데 어느 순간 자신을 쫓아오는 경찰 오토바이를 발견했다. 함께 타고 있던 프란체스카 여사가 속도를 줄이라고 했지만 그는 아랑곳없이 오히려 경찰을 따돌릴 요량으로 더욱 속도를 높였다.

뉴욕에서 시작된 추격전은 워싱턴까지 이어졌지만 경찰은 결국 승만의 차를 세우지 못했다. 프레스클럽에 정시에 도착하여 무사히 강연을 시작할 수 있었다. 뒤늦게 승만의 차를 발견한 경찰은 강연장 안으로 들어갔으나, 체포하기는커녕 강연에 감동을 받아 끝까지 경청했고 끝날 때에는 박수까지 쳐 주었다. 강연이 끝난 뒤 경찰들이 프란체스카 여사에게 말했다.

"교통경찰 생활 20년 동안, 추격전을 벌여 잡지 못한 속도위반 운전자는 당신 남편이 처음이오."

결국 프란체스카 여사는 남편의 난폭 운전을 보다 못해 자신이 운전면허를 따서 운전대를 넘겨받았다.

승만보다 먼저 상해에서 뒤 늦은 결혼식을 올린 부부가 있었는데 승만에게 이념적으로 도전해 온 박헌영이었다. 당시 상해는 공산주의의 맹렬한 불이 붙어 퍼져나가고 있었다. 이왕 조국의 해방과 독립을 맞으려면 소련식으로 해야 된다고 믿는 소위 사회주의적 혁명의 사상을 가진 사람들이 몰려들었다.

주세죽과 허정숙도 마찬가지였다. 둘은 1920년 상해로 유학을 떠나 급격히 가까워진다. 학문을 익히려면 도쿄(東京)로, 행동이 필요하면 국제도시 상하이로 가던 시대다. 조선과 마찬가지로 제국주의 열강의 위협 아래 있던 상하이에서 이들은 마르크스주의에 빠져든 것이다. 젊은 공산주의자들의 아지트였던 사회주의연구소를 드나들며 주세죽은 박헌영과 허정숙은 임원근과 사랑에 빠진다.

주세죽과 박헌영은 상하이의 한 교회에서 결혼식을 올리며 성경 대신 '자본론' 독일어판에 손을 얹고 인터내셔널가를 부른 뒤 혼례를 치뤘다. 몽양 여운형의 주례사는 이들이 추구하는 바를 가장 정확하게 이야기 해

주었다.

"두 사람은 부부가 되어 서로 사랑하고 존중하며 조국의 독립과 무산 자계급 해방을 위해 일생을 바칠 것을 맹세합니까?"

"네!"

"나는 노동자 인민의 이름으로 이 두 사람이 부부가 된 것을 엄숙하게 선포합니다."

귀국한 이들은 사회주의 여성운동단체인 조선여성동우회를 결성하고 조선공산당의 청년조직 고려공산청년회에 가입해 활동하며 해방 전까지 국내에 좌익 사상을 퍼뜨리는데 일조를 한다.

공산주의와 공화주의

　상해임시정부가 봉착한 가장 큰 문제는 생존이었다. 승만을 늘 압박하며 누르는 것은 상해로부터 오는 자금 요청이었다. 기실 독립운동이라는 것이 자금이 없이는 어떤 것도 할 수 없다는 것을 승만도 알기에 모든 촉각은 상해를 향해 있을 수밖에 없었다.

　망명정부라 하지만 미국에 있는 승만의 구미위원부와 달랐다. 동포들이 조금 있긴 해도 그들에겐 수입원이 거의 없었다. 때문에 중국 국민당이 보태어주는 지원금으로 겨우 연명하는 수준이었다. 김구 주석이 상해에 터를 잡은 이후부터 임시정부는 거의 무정부 상태였다. 그래서 상하이 독립운동가들은 러시아 볼셰비키 정부에 희망을 걸었다. 1922년 1월 21일부터 2월 2일까지 모스크바에서 열린 극동민족대회에 한국 대표단

52명이 몰려갔다. 김규식과 여운형이 공동 단장을 맡았다. 김규식은 대회에서,

"극동의 피압박 인민과 혁명 조직은 함께 나아가지 않으면 안 된다는 것을 깨닫게 되었습니다. 전 세계 프롤레타리아트 만세!"

레닌은 임시정부에 독립 운동 자금 200만 루블을 주기로 하고 이동휘가 파견한 한형권에게 먼저 40만 루블을 건넸다. 이동휘의 비서장 김립은 중간에서 자금을 빼돌렸다. 김구는 사형을 지시했다. 김립은 탄알 일곱 발을 맞고 사망했다.

김구는 '백범일지'에서 어려웠던 임정 상황을 회고한다.

"임시정부 세운 지 3, 4년이 지나면서 열렬했던 독립운동자들이 하나둘씩 왜놈에게 투항하거나 귀국했다. 한때 천여 명에 이르던 독립운동자들이 점점 줄어들어 수십 명에 불과하니, 최고 기관인 임시정부의 형편을 짐작할 수 있을 것이다."

김구는 이승만이 상하이에 부임했던 때를 가장 활발히 활동했던 시기로 회고했다.

"이 대통령이 취임 시무할 때에는 중국 인사는 물론이고 눈 푸르고 코 높은 서양 친구들도 더러 임시정부를 찾아왔다. 이제 임시정부에 서양인이라고는 프랑스 경찰이 왜놈을 대동하고 사람을 잡으러 오거나 세금 독촉으로 오는 이 외에는 없다."

승만이 상하이를 떠난 때는 1921년, 정파 간 난맥상을 보이는 임정에 머물러서는 일을 하기 어렵다고 여겼다. 마침 새로 취임한 미 공화당 하

딩 대통령이 영국·프랑스·이탈리아·일본에 제안해 워싱턴회의(태평양군축회의)가 열린다는 소식이 들려왔다. 군축회의는 1921년 11월 12일 개막해 이듬해 2월 6일 끝났다. 개최 장소는 백악관 인근 현재 애국여성회(DAR·Daughters of the American Revolution) 건물. 이승만은 서재필, 한경 등과 한국 대표단을 꾸렸다. 하지만 미국은 참석을 허가하지 않았다. 일본이 기득권을 포기하지 않을 것 등의 이유였다.

상하이 임시정부에서는 소비에트 정부를 수립하자는 목소리가 커졌다. 1923년 1월 3일 국민대표회의를 열어 임시정부 문제를 논의했다. 정부 조직을 개편하자는 '개조파'와 정부를 아예 새로 만들자는 '창조파'가 대립했다. 김구는 국민대표회의를 불법으로 규정했다. 6월 6일 임시정부 내무총장에 취임한 김구는 "대표회 자체의 즉각 해산을 명한다"는 '내무부령 1호'를 공포했다.

승만은 그 소식을 듣자마자 임시정부에 "공산당과 손잡지 마시오"라고 전보를 쳤다. '태평양잡지' 속간호4)를 내고 '국민대표회의'의 부당성을 지적하면서 공산주의 이론을 비판했다.

"장차 저마다 일 아니 하고 얻어먹으려는 자가 나라 안에 가득할 것이다. 우리는 처음부터 이들의 발호를 막아야 한다."

승만은 공산주의에 대해 신랄하게 비판했다.

"사상으로는 매우 고상하나 인류의 보통 관념으로는 가장 어리석은 물건"5)이라고 했다.

김구는 공산주의자를 조선시대의 사대주의자 같다고 비판했다.

---

4) 1923년 3월 통권 31호.
5) '태평양잡지' 1925년 7월호.

"정자와 주자가 방귀를 뀌어도 향기롭다고 하던 자들을 비웃던 그 입과 혀로 레닌의 방귀는 단물이라도 핥듯 하니, 청년들이여 좀 정신을 차릴지어다."[6]

1919년 3월 3.1운동과 같은 시기에 소련 레닌의 콤민테른도 민족주의자들과의 협동전선을 앞세워 약소민족들을 공략, 공산주의 수출에 나선 결과 그 여파가 상해 임정까지 흘러온 것이다.

때맞춰 대한민국 임시정부가 통합되면서 '노령정부'의 공산세력이 헤게머니 쟁탈에 돌입한다. 레닌의 거액 공작금을 받아 자유민주세력 이승만 대통령을 축출하고 임정을 장악하려 한 것이다. 그때부터 한민족의 좌우 이념투쟁이 시작되었다. 이즈음 이승만이 발표한 '공산당의 당부당'[7] 논문은, 마르크스 공산당선언과 레닌의 폭력혁명선언에 정면 대항하는 세계최초의 '반공선언'이었다.

1917년 레닌의 공산혁명 이후 전세계 정치인 지식인들이 '러시아의 유토피아'를 찬양할 당시, 승만은 공산주의를 예리하게 비판하였다. 승만은 공산정권 등장 6년째에 이 논문을 발표함으로 누구보다 빨리 공산주의의 모순을 분석하고 그 종말을 예언하는 선견자가 되었다.

"공산당주의가 이 20세기에 나라마다 사회마다 아니 전파된 곳이 없어, 혹은 공산당이라 사회당이라 무정부당이라 하는 명목으로 극렬하게 활동하기도 하며, 혹은 자유권 평등권의 명의로 부지중 전염하기도 하야, 전제 압박하는 나라에나 공화 자유하는 백성이나 그 풍조의 촉감을 받지 않은

---

6) 백범일지.
7) 1923.

자가 없도다. 공산당 중에도 여러 부분이 있어서 그 의사가 다소간 서로 같지 아니하나, 보통 공산당을 합하야 의론하건대, 그 주의가 오늘 인류 사회에 합당한 것도 있고 합당치 않은 것도 있으므로, 이 두 가지를 비교하야 이 글의 제목을 "당 부당"이라 하였나니, 그 합당한 것 몇 가지를 먼저 들어 말하건대,

인민의 평등주의라. 옛적에는 사람을 반상(班常)으로 구별하야 반은 귀하고 상은 천하므로, 반은 의례히 귀하고 부하며 상은 의례히 천하며 빈하야 서로 변동치 못하게 등분으로 방한을 정하여 놓고, 영영 이와 같이 만들어서, 양반의 피를 타고난 자는 병신 천치라도 웃사람으로 모든 상놈을 다 부리게 마련이오,

피를 잘못 타고난 자는 영웅 준걸의 자질을 탔을지라도 하천한 대우를 면치 못하였으며, 또한 노예를 마련하야 한번 남에게 종으로 팔린 자는 대대로 남의 종으로 팔려다니며 우마와 같은 대우를 벗어나지 못하게 마련이라.

이와 같이 여러 천년을 살아오다가, 다행히 법국 [프랑스] 혁명과 미국 공화를 세운 이후로 이 사상이 비로소 변하야 반상의 구별을 혁파하고 노예의 매매를 법률로 금하였나니, 이것이 서양문명의 사상 발전된 결과라. 만세인류의 무궁한 행복을 끼치게 하였도다.

그러나 근대에 이르러 보건대 반상의 구별 대신에 빈부의 구별이 스스로 생겨서, 재산가진 자는 이전 양반노릇을 여전히 하며, 재물 없는 자는 이전 상놈 노릇을 감심(甘心)하게 된지라. 그런즉 반상의 명칭은 없어졌으나 반상의 등분은 여전히 있어서 고금에 다를 것이 별로 없도다.

하물며 노예로 말할지라도, 법률로 금하야 사람을 돈으로 매매는 못한다 하나, 월급이라 공전이라 하는 보수 명의로 사람을 사다가 노예같이 부리기는 일반이라. 부자는 일 아니하고 가난한 자의 노동으로 먹고 살며, 인간행락에 모든 호강 다하면서 노동자의 버는 것으로 부자위에 더

부자가 되려고 월급과 삭전을 점점 깎아서, 가난한 자는 호가지계(糊家之計)를 잘 못하고 늙어 죽도록 땀 흘리며 노력하야 남의 종질로 뼈가 늘도록 사역하다가 말 따름이오, 그 후생이 나는 대로 또 이렇게 살 것뿐이니, 이 어찌 노예 생활과 별로 다르다 하리요.

그러므로 공산당의 평등주의가 이것을 없이 하야 다 균평하게 하자함이니, 어찌하야 이것을 균평히 만들 것은 딴 문제거니와, 평등을 만들자는 주의는 대저 옳으니, 이는 적당한 뜻이라 하겠고,

공산주의 중 시세에 부당한 것을 말한 진대,

(1) 재산을 나누어 가지자 함이라.

모든 사람의 재산을, 토지 건축 등 모든 부동산까지 다 합하여다가 평균히 나누어 차지하게 하자 함이니, 이것을 가난한 사람은 물론 환영하겠지마는, 토지를 평균히 나누어 맡긴 후에 게으른 사람들이 농사를 아니 하던지 일을 아니하던지 하야 토지를 다 버리게 되면 어찌하겠느뇨. 부지런한 사람들이 부지런히 일하야 게으른 가난장이를 먹이어야 될 것이오, 이 가난장이는 차차 수효가 늘어서 장차는 저마다 일 아니하고 얻어먹으려는 자가 국중에 가득 할 것이며,

(2) 자본가(資本家)를 없이하자 함이라.

모든 부자의 돈을 합하여다가 공동히 나누어 가지고 살게 하면 부자의 양반 노릇하는 폐단은 막히려니와,

재정가(財政家)들의 경쟁이 없어지면 상업과 공업이 발달되기 어려우니, 사람의 지혜가 막히고 모든 기기미묘한 기계와 연장이 다 스스로 폐기되어, 지금에 이용 후생하는 모든 물건이 다 진보되지 못하며, 물질적 개명이 중지될지라. 자본을 철폐하기는 어려우니, 새 법률로 제정하야 노동과 평등 세력을 가지게 하는 것이 나을 터이며,

(3) 지식계급을 없이하자 함이니,

모든 인민의 보통 상식정도를 높여서 지금에 학식으로 양반 노릇하는 사람들과 비등하게 되자 하는 것은 가하거니와, 지식계급을 없이하자 함은 불가능하며,

(4) 종교단체를 혁파하자 함이라.

자고로 종교단체가 공고히 조직되어 그 안에 인류계급도 있고, 토지 소유권도 많으며, 이 속에서 인민압제의 학대를 많이 하였나니, 모든 구교 숭배하던 나라에서는 이 폐해를 다 알지라. 그러나 지금 새 교회의 제도는 이런 폐단도 없고 겸하야 평등 자유의 사상이 본래 열교[8] 확장되는 중에서 발전된 것이라. 교회 조직을 없이하는 날은 인류 덕의상 손해가 다대할 것이며,

(5) 정부도 없고 군사도 없으며 국가사상도 다 없이한다 함이라.

이에 대하야는 공산당 속에서도 이론이 많을뿐더러 지금 공산당을 주장한다는 아라사(러시아)로만 보아도 정부와 인도자와 군사가 없이는 부지할 수 없는 사정을 자기들도 다 아는 바라 더 설명을 요구치 않거니와, 설령 세상이 다 공산당이 되며, 동서양 각국이 다 국가를 없이하야 세계적 백성을 이루며, 군사를 없이하고 총과 창을 녹여서 호미와 보습을 만들지라도,

우리 한인은 일심 단결로 국가를 먼저 회복하야 세계에 당당한 자유국을 만들어 놓고, 군사를 길러서 우리 적국의 군함이 부산 항구에 그림자도 보이지 못하게 만든 후에야, 국가주의를 없이할 문제라도 생각하지, 그 전에는 설령 국가주의를 버려서 우리 2천만이 모두 다 밀리어네어(백만장자)가 된다 할지라도 우리는 원치 아니할지라. 우리 한족에게 제일 급하

---

8) 裂敎:改新敎.

고 제일 긴하고 제일 큰 것은 광복사업이라. 공산주의가 이 일을 도울 수 있으면 우리는 다 공산당 되기를 지체치 않으려니와,

만일 이 일이 방해될 것 같으면 우리는 결코 찬성할 수 없노라.

일본의 가면

승만에게는 남다른 예지력이 있었다. 그것은 많은 경험과 지식의 결과 얻어진 남다른 통찰력이었다. 거기에다 성령의 체험도 하여 예언자적 선견지명이 생겼다고 스스로 생각했다.

"잠시 워싱턴에 다녀와야겠으니 채비를 좀 해 주시오."

승만은 프란체스카 여사를 통해 비서진들에게 이야기했다.

"왜 갑자기 워싱턴은요?"

"지금 시기가 긴박하게 돌아가고 있어요. 머잖은 장래에 일본이 큰 도발을 할 것이요."

"당신이 그것을 어떻게?"

"다녀와서 말하리다."

승만의 촉은 틀리는 법이 없었다. 1937년에 중일전쟁이 터지고 유럽에서 제2차 세계대전이 발발하자, 승만은 이 전쟁이 결코 쉽게 끝날 전쟁이 아니라는 것을 예감한 것이다. 이는 곧 미국과 일본 간의 충돌이 임박했다고 느끼고 경고를 해야겠다는 긴급함을 가지고 1939년 3월 말 워싱턴으로 달려갔다.

'어떻게 해야 미국에 경각심을 주지?'

가는 길에 여러 가지 방법을 구상해 보았다. 우선 워싱턴에 도착한 승만은 워싱턴 국립동물원 근처 호바트가의 작은 2층 가옥을 빌렸다.

"아무래도 우선 글을 써서 책을 내는 게 여론 조성에 가장 합당한 듯 하오."

"네, 그러셔야죠. 저도 기도하겠습니다. 파파."

국립동물원 근처라 밤마다 맹수들의 울음소리가 간간히 들려왔다. 그리고 얼마 지나지 않아 승만은 회심의 대작을 완성한다

"마미, 원고 이제 탈고 했소."

"진짜인가요?"

"그렇소. 제목은 'Japan Inside Out'으로 정했소."

"'Japan Inside Out'요? 제목이 의미심장하네요."

"그렇소, 지금 미국이나 동남아시아의 각국들은 가면을 쓴 일본을 몰라요. 그러니 이것을 빨리 알려야 해요."

"그래요, 저도 빨리 출판을 알아보겠어요, 파파."

승만은 아시아 각국을 차근차근 점령하여 급기야는 세계의 패권을 놓고 미국에 선전포고를 할 것이라고 예언했다. 따라서 미국이 당장 힘으로써 일본을 제재할 것을 촉구한 것이다.

"여보, 드디어 책이 출간되었대요."

"수고하셨어요, 주님 감사합니다."

1941년 초, 뉴욕의 유명한 출판사인 플래밍 H. 레벨사를 통해 간행되었다.

"뉴스 보았소?"

"네 저도 보았어요. 드디어 미국의 지성들이 주목하기 시작하네요."

하지만 미국은 1941년 12월 8일 진주만이 공습을 받기 전까지 별다른 움직임을 보이지 않았다.

"여보! 일본이 드디어 하와이 진주만을 공격하기 시작했대요. 진주만 공격 몇 시간 전에 선전포고를 했다네요."

"저런 나쁜 놈들."

드디어 미국이 공격을 받고 태평양 전쟁이 발발하자 그제서야 워싱턴 정가에서는 'Japan Inside Out'이 불티나게 팔리기 시작했다. 그리고 '이승만은 예언자'라는 평을 받기 시작했다.

"자! 이제 일본의 정체를 깨달으셨소?"

"이 박사 정말 당신의 혜안은 놀랍소!"

"전시 비상체제에 들어갔으니 우리를 일본에 대항할 수 있도록 승인해 주시오."

승만은 미국무부를 상대로 당시 중경에 있는 대한민국 임시정부의 승인을 해줄 것을 끊임없이 주장했다. 그리고 그동안 문 닫았던 워싱턴의 한국위원부의 업무를 다시 시작했다.

"이는 하늘이 주신 마지막 기회요, 김구 주석에게 연락해서 나를 빨리 주미외교위원부 위원장으로 임명해 주시기를 부탁드립니다."

뿐만 아니라 임정과 재미교포 단체를 대표하는 외교위원장 자격으로 워싱턴 정부 요로에 접근을 했다.

"내가 노리는 외교목표는 미국 등 연합국으로부터 임정의 승인을 획득한 후 한국이 연합국의 일원으로 대일(對日)전쟁에 적극 참가하는 것입니다. 그래야만 종전 후 국제회의에서 발언권을 확보할 수 있습니다."

승만은 이러한 소망을 담은 임정 문서를 진주만 사건 발발 전에 그리고 발발 후에 또 미대통령 프랭클린 루스벨트에게 전달했다.

"각하, 거듭 부탁을 드렸거니와 이젠 강력히 촉구하는 바입니다. 아시는 바와 같이 대한공화국은 국권을 일시적으로 일본에게 빼앗긴 약소국이나 이제 중경과 여기 미국에 국가적 조직을 완성하여 국권을 회복하고자 합니다. 그러므로 먼저 저희 임시정부를 공식적으로 인정해주어 태평양전쟁에 연합국의 일원으로 참전할 수 있도록 해주시기를 간곡히 부탁을 드립니다."

승만은 국무부 극동국장 혼벡 박사 등 요인을 만나 임정 승인을 촉구했다.

"이 박사님, 저희들이 이 박사님의 수고와 노력을 모르는 바는 아닙니다. 그러나 미국 혼자 독자적으로 결정할 수 있는 문제가 아님을 이해해 주시기를 바랍니다."

승만은 반응이 냉담하자 다시 헐 국무장관과 루스벨트 대통령에게 직접 편지를 띄웠다. 또 루스벨트의 부인 엘리너 루스벨트 여사를 만났다.

"여사님. 주님의 은혜가 넘치시기를 늘 저희들은 기도합니다."

"오! 이 박사님, 지난번 쓰신 'Japan Inside Out'은 저도 잘 읽어보았습니다. 우리가 그 때만 일본의 야심을 깨달았어도, 진주만의 그런 희생은 없었을텐데 말입니다."

"지금부터라도 그들의 야욕을 깨 부셔야 합니다. 그래서 저희 한국민들도 이 전쟁에 국가적 자격으로 참전하고자 합니다. 그러니 임시정부의 승인을 전격적으로 승인하도록 좀 도와주십시오.”

“알겠습니다. 제가 각하께 거듭해서 부탁을 드리겠습니다.”

“진심으로 감사드립니다.”

얼마 후 루스벨트 대통령이 퀘벡에서 영국 수상 처칠과 회담한다는 소식을 승만이 들었다. 지칠 줄 모르는 불굴의 의지를 발휘하여 급전을 보냈다.

“각하! 당신의 결정 하나에 한 나라의 운명이, 그리고 당신의 나라는 귀한 동맹을 하나 얻을 것입니다.”

승만의 노력에도 불구하고 루스벨트는 1945년 4월 12일 아깝게 서거하고 만다. 그 다음 대통령이 된 트루먼에게 축하의 메시지와 함께 또 급전을 보냈다. 얼마 후엔 포츠담에서 연합국 원수들이 회담한다는 이야기를 듣고 또 서한을 보냈다.

“세계사의 흐름으로 보나, 국내외 대한공화국 국민들의 의지로 보았을 때, 완전한 독립을 앞두고 이를 준비할 우리나라의 임시정부를 승인해 주시기를 진심으로 간청드립니다.”

승만은 가능하면 준비를 철저하게 했다. 아직은 아무런 실체나 힘도 없는 임시정부의 존재를 그렇게라도 부르짖어 알려야 세계대전이 끝나고 평화의 시대가 올 때, 한국의 입지를 확보할 수 있다고 강하게 믿었기 때문이다. 이것은 승만이 아니면 할 수 없는 일이었다.

지칠 줄 모르는 끈기로 반평생을 그렇게 수고함에 있어 어느 누구하나 알아주는 이 없어도 승만은 본인에게 주어진 역사적 사명으로 여기고 묵묵히 걸어왔다.

‘그래, 이제 막바지야. 끝이 보여! 고진감래란 좋은 말도 있잖아.’

본인 스스로 그렇게 위로하며 끝임없는 청원과 외교적 접촉을 계속하는 한 편, 좀 더 구체적인 작업에도 착수했다. 그것은 42년 초에 한국독립에 깊은 관심을 가진 미국의 저명인사들을 모아 조직체를 구성하기 위한 작업이었던 것이다.

"마미, 아무래도 외곽조직을 만들어야겠어요."

"어떤 분들에게 부탁을 드릴까요?"

"당신이 캐나다 대사를 역임한 크롬웰, 워싱턴의 변호사 스태거스, INS 통신사 기자 윌리엄스, 시러큐스대학 교수 올리버 박사들에게 정중하게 편지를 보내어 주세요. 지금 우리가 한미협의회(Korean-American Council)를 조직하여 외곽에서 후원하는 단체를 조직하려 하는데 도움을 주실 수 있는지 좀 의사를 타진해 주세요."

"네, 알겠어요."

이윽고 연락들이 오기 시작했다. 감사하게도 크롬웰 전 캐나다 대사가 신임회장 직을 수락해 주었다. 그러자 회원들은 적극 가입을 해주었고, 이에 미국 정부에 압력을 가하기 시작했다.

"이번 3.1절 대회를 앞두고 재미한족연합위원회와 공동으로 백악관 근처 라파예트 호텔에서 '한인자유대회'(Korean Liberty Conference)를 개최하기로 준비가 끝났습니다."

그날 2백여 명의 한미 인사들이 모인 이 대회에서 미 하원의원 커피 등은 임정의 즉각 승인을 강조하는 연설을 했으며 회의 진행 상황이 워싱턴의 WINX 방송망을 통해 실황 중계됨으로써 상당한 홍보 효과를 거두게 되었다. 하지만 즉답은 오지 않았다. 많은 에너지를 쏟고 자원을 투자했음에도 불구하고 뜨뜻미지근한 미국 정부를 보며 승만은 탄식을 하지 않을 수 없었다.

"아! 어떻게 이렇게 하나님이 무심하실 수 있다는 말인가? 이제는 지치는구나"

승만의 중단 없는 노력에도 불구하고 미국 정부는 끝내 임정을 승인하지 않았다. 한국문제를 소련, 중국 등 관계 열강과 협의해 처리하려고 작정한 미 정부는 임정승인 요구에 처음부터 거부 반응을 보였고 무시하는 전략으로 나왔다.

뿐만 아니라 중국의 국민당 측에서 임정승인 움직임을 보이자 이에도 제동을 걸었다. 결과적으로 승만의 임정승인 획득 노력은 목표 달성에 실패한 셈이다. 그렇게 또 시간이 흘러가는 어느 날이었다.

"여보, 카이로 선언은 들으셨소?"

"네."

"우리의 끈질긴 외교와 홍보 노력이 이제 겨우 결실을 맺기 시작하는군요?"

일 년이 지난 1943년 11월 카이로에서 모인 미. 영. 중 원수들이 '카이로 선언'을 하게 된다. 그 내용은 '적절한 절차를 거쳐서(in due course)' 한국을 독립시켜 준다는 것이었다.

"자, 임정의 존재와 한국의 독립 문제가 국제적으로 공식적으로 거론되었으니 우리도 이 전쟁에 참전할 준비를 해야 할 것 같소."

"어떻게 하시려고요?"

"우선 미 육군전략처(OSS)와 협력해 한국인 청년들을 뽑아 국내 침공작전 때 첩보작전을 하도록 도와야 할 것이요."

"그게 가능할까요. 파파!"

"그렇잖아도 미 국무부에서 간접루트를 통해 의사를 타진해 왔어요."

"그렇다면 다행이고요. 얼른 적극 협조를 해야 되겠네요."

승만은 관계부처에 이야기를 해 한국인 청년 20여명을 선발하도록 지시했다. 그리고 그들이 OSS 특공대의 요원으로 특수훈련을 받게 했다. 그들은 즉시 대일전쟁에 참여시켰다.

"각하! 미 정부가 한국 교포들을 일본인과 구별해 '우호적 외국인'으로 취급하도록 조처해 주시면 이 엄중한 전시 하에서 일본인과 비슷한 외모를 가진 것 때문에 불이익을 당하지 않도록 도와주십시오."

승만은 미 법무장관과 육군책임자를 설득하여 확답을 얻어내었다.

"여보! 드디어 미국 체신부에서 1944년 11월부로 태극기 마크가 그려진 우표를 발행하기로 결론을 내렸다 하네요."

"오! 주님 감사합니다."

오리무중만 같았던 한국의 독립이 이제 서서히 운무가 걷히며 보이기 시작했다. 이 소식은 통신사를 통하여 전 세계에 알려졌고, 우표수집가들은 너나 할 것 없이 구입신청을 함으로 일약 태극기 우표가 품귀현상까지 빚게 되었다. 승만은 충칭에 있는 김구 주석에게 영문으로 된 편지를 발송하여 우표 발행 소식과 일련의 외교 정치적 상황을 보다 상세하게 서술하여 보내었다.

"존경하는 백범 주석 각하. 1944년 11월에 미국정부는 한국인의 대일항전을 기념하기 위해 5센트짜리 태극우표를 발행하기로 전격 결정하였습니다. 그리하여 11월 2일 미국 체신청에서 발행하여 주었습니다. 이것은 한국의 독립을 미국이 지지한다는 증명으로 우리에게 보여준 것입니다. 이에 발행된 태극우표 3점을 동봉하니 마지막 조국 독립의 길에 더욱 힘을 내어주시기를 부탁드립니다."

1943년 초부터 승만이 미국의 대통령들과 조야의 실력자들에게 한국정부의 승인을 요청하는 서한을 계속 보낸 불굴의 노력들이 드디어 결실을 맺는 순간이었던 것이다.

"우리의 독립을 통해 일본을 몰아낸 후에는 한미연합으로 반소전선을 구성해야 할 것을 요청합니다."

이러한 일련의 노력들이 결국 43년 카이로 선언에서 미국이 한국의 독립을 지지하는 쪽으로 급선회하게 만들었고 이어서 이러한 일련의 소식들을 지속적으로 '미국의 소리'인 VOA 초단파 방송망을 통해 희망을 주었다. 이는 고국 동포들에게 일본의 패망을 예고하는 희망의 육성방송이 되었다. 국내에서 이를 전해들은 동포들은 봄의 기운 같은 것이 서서히 태평양 너머에서 달려오고 있는 희망과 용기를 갖기 시작했다.

승만은 간혹 한국에서 들려오는 소식을 유학생들과 사업가들로부터 들었다. 당시 경성방송국에서 근무하는 한국인 직원들이 위험을 무릅쓰고, 미국 샌프란시스코에서 송출되는 미국의 소리 한국어 방송을 듣는다는 것이었다.

"사랑하는 동포여러분! 일제는 전쟁에 점점 패하고 있습니다. 우리 임시정부는 미국의 승인을 얻어 연합군의 일원으로 참가할 날이 가까워 오고 있습니다. 나의 사랑하는 2,300만 동포여, 우리가 독립을 위해 건국을 준비하여야 하며 피를 흘려야 자손만대에 영원할 것입네다."

승만은 이 방송이 한국민들 중 일부에게만 들려져도 일파만파로 퍼져나갈 것을 알고 있었다. 그렇기에 지치지 않고 틈을 얻는 대로 방송을 부탁했다. 라디오 방송은 단파방송으로 송출되었다. 결과적으로 얼마나 사람들이 그 방송을 전해 들었는지 국내에서 이승만이 있는 미국에 임시정부 있는 것으로 알 정도였다. 워싱턴에서 항일 단파방송을 하였던 승만의 공식직함은 '충칭 대한민국 임시정부 주미외교위원부 위원장'이었다. 또 한 소식이 승만에게 들려왔다.

"각하! 각하께서 행하시는 항일 단파방송을 몰래 밀청하다가 일제 총독부에 의해 잡혀간 사람들이 속출하고 있다는 첩보입니다."

"그래요. 잠시간만 고생하면 나오겠지만, 일단은 우리의 방송을 듣는 사람이 많다는 것이구려."

"네 그렇습니다."

민주는 지금까지 이승만 전 대통령의 일생을 추적해왔다. 어쩌면 이렇게 끝까지 불굴의 의지로 나라를 되찾기 위해 투쟁하고 노력하고 구체적으로 활동했던 인물을 우리의 역사 속에서 발견해 내지 못했다. 그런데 이렇게 철저하게 외면되고 왜곡되어진 인물도 없을 것이라는 생각이 들었다. 민주는 혼란스러웠다. 이미 몇 꼭지의 글을 기사화하기 시작했지만, 그것만으로는 이승만 전 대통령의 업적을 드러내기에는 부족했다.

머리도 식힐 겸 대한민국 역사 박물관을 찾아가 도대체 어디서부터 잘못된 것인지를 확인하고 싶었다.

왜!

언제부터!

누가!

이 질문에 대해 답해 줄 사람은 누구일까?

먼저 제 1전시관에 들어섰다. 머리말은 대한민국의 태동기에 대해 전시관이 구성되어 1876년부터 1948까지의 과정을 일목요연하게 보여주고 있었다. 가장 입구 쪽에 임시정부에 대한 설명이 나온다.

"새로 출범한 대한민국 임시정부는 국내 조직과의 연계 활동과 외교 활동에 주력하였지만, 일제의 탄압과 열강의 외면으로 큰 성과를 거두지 못하였다. 임시정부의 향후 진로를 놓고 독립운동 세력 간에 갈등이 생겨, 여러 독립운동 세력이 임시정부에서 이탈하였다.

그 후 대한민국 임시정부는 침체에 빠졌으나, 국무위원 김구가 지휘한 한인애국단의 의열투쟁으로 활기를 되찾았다. 특히 윤봉길 의사의 의거 이후 중국 국민당 정부는 임시정부를 지원하였다. 일제의 탄압이 심해지자, 대한민국 임시정부는 상하이를 떠나 항저우, 난징, 창사를 거쳐 충칭으로 옮겼다."

민주는 경악을 했다,

'아니, 임시정부 초대 대통령이었던 이승만 박사에 대해 한 마디도 적혀 있지 않지?'

민주는 정말 의아했다. 하지만 그 반대로 김구 선생의 이름은 곳곳에 부각되어 있었다. 더더구나 민주가 취재한 바에 따르면 임시정부를 위한 독립자금의 모금 활동은 거의 이승만을 중심으로 이루어지고 김구의 상해임시 정부는 국민당의 후원과 이승만의 지원금으로 운영되다시피 했는데 영상에는 정정화 여사의 활약만 상세하게 나온다. 이승만 전 대통령의 활동은 단 한 번도 거론되지 않는데 일말의 분노가 치밀었다.

'임시정부의 운영이 이승만 박사가 미국 교민들로부터 모아 보내던 자금이 있었기에 가능했는데, 어떻게 이렇게 역사를 감쪽같이 왜곡할 수 있지?'

반면 이승만 전 대통령의 이름이 거론되는 곳은 임시정부 연대표뿐이었다. 즉 임시정부 연대표에서 딱 두 번 이승만이라는 이름이 나오는 것이다.

'1919년 초대내각 발표 대통령 이승만.'

"1925년 이승만 탄핵."

'아니 대통령을 탄핵했다면 국회를 열었다는 이야기인가?'

반면 김구의 이름은 총 세 번에 걸쳐 나온다. 1935년 김구 한국 국민당 조직, 1938년 남목청 사건. 조선혁명당 간부에 의해 김구 피습, 1943년 김구 장제스 면담. 카이로에서 한국 독립 관철 요청.

그리고 더 가관인 것은 임시정부 단체 사진에서도 이승만은 보이지 않는다. 이는 의도적으로 배제시키려고 노력한 결과의 흔적이라고 밖에 할 수 없다. 국내의 민족운동 코너에서는 '한국의 자주독립'을 위한 목소리가 테마였다. 외국에서 불굴의 의지로 투쟁한 바탕인 이승만 전 대통령의 저서인 《독립정신》은 찾아 볼 수가 없었다. 많은 독립운동사례를 소개하면서도 해외의 독립운동을 설명하는 코너에서도 이승만의 이름은 나오지 않았다.

지금까지 이승만 전 대통령의 궤적을 추적하였지만, 1931년 제네바 국제연맹 총회에서의 독립 호소, 미국에서의 독립운동, 독립국의 지위를 인정받기 위해 해방 전 일본에 선전포고를 할 것을 지시했던 이승만 박사의 활동에 대한 설명이나 전시는 아예 흔적조차 찾을 수 없었다.

'아! 이승만을 깎아내리기 위해 건국100주년 주장을 폈던 이유가 바로 이것 때문이었구나. 문재인조차도 그들이 그토록 주장했던 건국100주년 주장을 북한 김정은의 분노를 사자 곧바로 기념사도 없이 임시정부 100주년 기념식에도 불참하고 미국에 가면서 꼬리를 내렸으면서도, 여전히 1948년 대한민국 건국을 인정하지 않고.... 이 나라는 심각할 정도로 오염이 되었구나.'

민주는 이런 결론을 내릴 수밖에 없었다. 씁쓸했다. 민주 스스로 생각해도 물론 애국자는 아니지만, 그동안 역사 교과서에서 배우지 못해 알지 못하였고, 부분적으로는 잊고 있었던 사실이 부끄러워졌다. 지난번 미국 워싱턴에 갔을 때, 둘러보았던 미국 건국의 아버지들의 기념관들을 보면서, 자괴감을 넘어 이제는 부끄러움을 느껴진다.

'아! 어떻게 이 이야기를 갈무리하여 전달한 것인가. 누군가는 빼앗긴 나라를 돌려주기 위해 일생을 걸고 투쟁하고 희생하였는데, 나는 아무런 대가도 없이 받은 이 나라와 이 풍요를 지켜낼 의지도 없단 말인가.'

생각이 여기까지 미치자, 깨닫게 된 이 사실들을 방기(放棄)할 수 없었다. 어떤 모양으로든지 컨텐츠화시켜서 전달해야 되지 않을까 하는 어떤 사명 비슷한 것이 느껴졌다.

27

정적을 뛰어 넘어

"마미, 이제 우리나라의 해방이 멀지 않은 거 같소."

"당신의 평생 바람이 드디어 이루어져 가는 군요,"

"문제는 해방 후가 더 문제라오?"

"그건 또 무슨 말이에요?"

"당신도 알지 않소. 우리에겐 아직도 넘어야 할 산이 많다는 것을."

35살에 시집와서 스무 해, 어느덧 승만의 나이 70이 다 되어가고 프란체스카의 나이도 환갑을 바라본다. 두 사람이 진정한 동지로 살아 온지도 스무 해가 되어간다. 미국에서의 투쟁기간 내내 추종자도 많았지만 배척자도 많았다. 그 이유는 자명하다. 명분은 거창했으나 실리가 없다는 것을 깨달은 사이비 독립운동가들이 자신의 입지와 권력을 쫓아왔기 때문이다. 승만에게 남은 것이라곤 아무것도 없다는 것을 안 사람들이 밀물처럼 쫓아왔다가 썰물처럼 사라져가는 것을 평생을 통해 경험한 것이다. 물론 배척자나 배신자만 있었던 것은 아니다. 진심으로 투쟁하고 한결같은 마음으로 도와준 이도 많았다. 투쟁을 하는 그의 장점만을 보는 인물들은 불세출의 위인으로 추앙하면서 물심양면으로 기꺼이 도왔다. 그중에도 지금껏 45년간 변함없이 돕는 그룹은 하와이의 대한인동지회(大韓人同志會)였다.

반면 승만의 유아독존적 행동 양식과 외교독립노선에 거부감을 느껴 배척하고 배신하는 그룹도 있었다. 1910년대에 결성된 도산의 대한인국민회와 박용만의 대조선독립단 등은 바로 이러한 반대 세력이었다. 1920년대 초 구미위원부 위원장으로서 워싱턴에서 승만과 함께 일했던 김규식도 미국을 떠난 후 중국에서는 비토 세력이 되었다.

더 큰 문제는 새로운 신진 세력들이 등장하면서 나이를 먹어가는 승만을 배척하려는 움직임이 끊임없이 일어나고 있었다. 일제의 패망이 가까워지자 이러한 현상은 더 빈번히 일어났다. 특히 1941년 4월에 발족된 재미한인연합위원회의 김호. 김원용. 한시대 등은 대한인국민회 계통의 실력자들이었는데, 이승만이 독주한다고 하면서 제동을 걸기 일쑤였다.

"이 박사님, 그 동안 수고하신 거 저희들도 압니다. 이제는 후배들에게 맡기시고 뒤에서 자문만 해 주십시오."

그렇게 말하고는 1944년 경 부터는 워싱턴에 별도의 사무소를 설치하고 독자적인 임정 승인 획득운동을 하겠다고 설쳐대었다. 노골적인 비판 세력의 배후에는 한길수가 있었다. 승만은 그를 생각할 때마다 미어지는 가슴을 쓸어내려야 했다. 특히 그는 1942년 이후 중칭 임시정부 내에서 야당의 파벌을 만든 김원봉과 김규식과 연계하여 미주 내 이승만 타도운동의 선봉에서 승만을 괴롭혔다. 그는 미국 국무부, 해군부를 드나들면서 이승만 격하에 열을 올렸다. 그들이 왜 그렇게 승만을 집요하게 비난했을까를 승만은 짐작하고 있었기에 미래를 두고 생각하면 해방 후가 더 걱정이었던 것이다.

"잘 기억해야 해요. 러시아가 망했던 것을 잘 보세요. 공산주의자들은 목적을 위해선 수단을 가리지 않는다는 투쟁의 원리가 있어요."

그들은 광복 후 좌우합작을 통한 연립정권 수립을 위해 미리 포석을 놓고자 하는 것이었다. 하지만 그들의 야욕을 간파한 승만은 그들의 논리와 회유에 대해 결코 굴복하지 않았다.

이들의 이러한 활동은 전후 한국문제 처리에 있어 소련과의 협조가 필수라고 보는 미국무부의 용공적인 고문 히스의 대한정책 구상과 맞아 떨어졌다. 그래서 일부이긴 하지만 미정부의 호감을 샀다.

문제는 다른 데서 불거졌다. 워싱턴에서 벌어지는 이러한 반목과 질시는 미국 및 중국정부 지도자들에게 부정적인 인식을 심어주기에 충분했다는 것이다. 결국 승만이 죽기살기로 추진하던 임정 승인 획득운동에 찬물을 끼얹는 효과를 초래했다. 뿐만 아니라 1945년 4월 25일 샌프란시스코에서 개최된 유엔창립총회에 한국대표단의 참석을 불가능하게 만들었다.

왜냐하면 승만과 한시대가 이끄는 두개의 한국대표단이 샌프란시스코에 도착, 회의 참석권을 얻으려고 서로 겨루던 끝에 간신히 단일팀을 구성하는 데까지는 성공했으나, 공교롭게도 이 총회의 사무총장직을 맡게 된 히스는 한국대표단의 내분을 핑계로 서류의 접수조차 거부해버리고 말았다.

"여보, 한길수·김원봉·김규식 등은 내가 판단하건데, 이미 공산주의자의 물에 오염이 되었어."

"그럼 어떻게 해요?"

"하나님께서 그를 막아주시길 기도하고 있지만, 반드시 처단하고 때가 되면 처벌을 해야 할 것이요."

"아니, 우리가 세운 학교에서 기독교 신앙으로 교육을 받은 인사가 그렇다니."

승만은 정말 마음이 아팠다. 한길수는 미국의 조야에 너무 내분을 크게 보이게 함으로 말미암아 결과적으로는 임정의 국제적 승인을 못 받게 했을 뿐 아니라, 자칫하면 전후 한국에 폴란드의 루블린정권과 비슷한 소련 괴뢰정권이 탄생할 것까지 염려를 하게 된 것이다.

"나는 광복을 바라며 여기까지 달려온 것이요. 하지만 자칫하다간 광복 후에 민족진영과 공산주의자 간에 내전이 발발할 가능성도 배제할 수 없어요."

"당신의 염려를 알고 있어요. 그러니 지금부터라도 부지런히 더욱 열심히 그것을 막을 묘책을 세워야죠."

"고맙소."

승만은 절친 올리버에게 아픈 심경을 토로했다.

"만약 말이요. 광복 후에 좌우합작으로 이루어지는 연립정부가 세워진다면 나는 거기에 참여하거나 집권할 생각이 없어요."

"그러면 어쩌시려고요?"

"천하대세가 여의치 않으면 차라리 정계를 은퇴하여 시골에 가 닭이나 치겠소."

승만은 스무 해 전 공산주의자와 처음 부닥치게 된 나쁜 기억을 지울 수 없었다. 그것은 1921년 상하이 임시정부에서였다. 당시 국무총리 이동휘는 공산주의자였다. 비록 그가 제기한 문제는 위임 통치국 청원에 대한 것이었지만, 벌떼처럼 달려드는 공산주의자와 그 동조세력들에게 크게 시달렸던 기억이 떠올랐기 때문이다.

두 번째 공산주의에 대한 나쁜 기억은 1933년에 소련에 갔을 때였다. 그들은 비자까지 내어주고서도 눈앞의 이익을 위해 일순간 도리를 버리는 일을 서슴지 않는 것을 보았기 때문이다. 추방되는 수모를 겪고 돌아오는 길에 결심했다.

'저들은 정상적인 사고를 가진 사람들이 아니다. 문명사회의 암적인 존재가 될 것이 분명하다.'

또 나라의 명운이 걸린 유엔창립총회가 열리는 데, 적어도 임시정부이긴 해도 평생을 달려왔으며 대통령까지 지낸 자신을 배제하고 공산주의 음모를 가지고 자신을 배척하여 한국을 공산화시키려는 수작을 하는 그들에게 승만의 결심은 더욱 굳어져 갔다. 승만은 유엔 창립총회 자리에서 쫓겨 나오면서 옆에 있던 동지들에게 말했다.

"미국인들은 언젠가 소련의 공산주의에 대해 치를 떨 날이 올게요. 내 장담하리다."

민주는 다시 신문사로 돌아와 관련 자료들을 수집하기 위해 동분서주했다. 그런데 뉴스를 보다가 이승만과 뗄래야 뗄 수 없는 한 인물에 대한 이야기가 문재인 대통령의 입에서 나왔다.

"김원봉 선생은 우리가 또 기억해야 할 위대한 독립운동가입니다."

민주는 자기 귀를 의심했다. 이승만의 컬렉션에서 그는 분명히 공산주의자로 거론되고 있는 인물인데, 해방 전부터 공산주의 활동을 해 온 사람을 독립유공자로 지정한다는 데에 대해 민주는 진실이 무엇인지 또 궁금해졌다. 그러다가 한 모임이 있어 주익종 박사를 만나 도대체 어찌된 역사인지 듣고 싶었다.

"한마디로 말해 언어도단입니다."

그의 첫마디는 단호했다.

"단순히 공산주의를 신봉했던 사람이 아닙니다."

"그럼요?"

"그는 대한민국이 잉태되어 순산할 무렵 사산시키려한 인물입니다."

"그게 무슨 뜻인지요?"

"지금 이 정권은 '역사정치(歷史政治)'를 이어가는 공산주의자들의 길을 그대로 가고 있습니다."

"역사정치요?"

"역사를 날조하고 비틀어 자기들이 하고 싶은 이야기만 만들어 혹세무민하는 자들이지요?"

"아!"

"그는 신생 대한민국을 파괴하려 한 인물입니다. 그런 자에게 '건국' 훈장을 준다는 것은 난센스 중의 난센스입니다. 어쩌면 그 부당성을 자세히 논할 필요조차 없으니까요. 그가 월북(越北)해서 북한 정권에 가담한 것만 문제 삼고, 그의 해방 전 독립운동을 그저 상찬(賞讚)하는 것은 온당한 일일까요?"

"그래도 그가 의열단(義烈團)을 창립해 일제(日帝)의 간담을 서늘하게 만들었고, '조선의용대(朝鮮義勇隊)'라는 정규군을 창설하여 무장투쟁에 앞장섰으며, 1940년대에는 독립운동의 대동단결을 이룩했다고 하든데요?"

"김원봉의 독립운동에 대한 한국사 교과서의 서술도 이와 크게 다르지 않습니다. 아마도 이것이 역사정치가 한국에서 어느 정도 성공하여 먹히고 있다는 증거입니다."

주 박사의 말을 종합해보면, 김원봉은 1898년 경남 밀양의 중농(中農) 집안에서 태어났지만 제대로 된 교육을 마치기도 전에 혈기 하나만으로 독립운동판에 뛰어들었다고 한다. 처음에는 적(敵) 요인을 살해하고 적 시설을 파괴함으로써 조선인의 애국심을 환기해 민중 폭동을 일으킨다는 명목으로 테러 활동을 했다. 그러다가 1919년 11월 신흥무관학교 출신자를 중심으로 만주 지린성에서 조직된 의열단에 참가한다.

"얼마 전 우리나라에서 영화를 만들었는데, 그 주인공이라면서요?"

"그러니 이 나라가 얼마나 지금 문제가 많겠습니까?"

"김 기자가 말하는 영화가 '암살'인데, 그 영화에선 1933년에 김구(金九)와 김원봉이 손잡고 공작조를 보내 조선군 사령관과 친일(親日) 거두를 사살하는 것으로 나오는데, 그런 '화려한 성공'은 한 번도 없었습니다. 실상 의열단은 그보다 훨씬 전 테러 방식에 의한 항일활동을 그만두었기 때문입니다."

"네! 사실인가요?"

"무장투쟁을 주창했던 그의 입장에서 보면 이승만 박사의 외교적 투쟁과 안창호 선생의 준비적 투쟁은 모두 우스운 소리였습니다. 오죽하면 같은 맥락을 가진 신채호가 터무니없는 말로 여론을 호도했겠습니까?"

주 박사가 말하는 터무니없는 말이란 그가 1923년 1월에 쓴 '조선혁명

선언'을 말한다. '의열단 선언문'이라 할 이 글에서 신채호는 외교론에 대해 혹독하게 비판을 했다.

"외교론이란 한 마디로 2,000만 민중을 용기 있게 힘써 앞으로 나아가는 의기(義氣)를 없애는 매개가 될 뿐이라, 또 준비론 역시 어떻게 실업을 발전하며, 교육을 확장하며, 더구나 어디서 얼마나 군인을 양성하며, 양성한들 일본 전투력의 100분의 1의 비교라도 되게 할 수 있느냐"

김원봉이 주창하고 조직한 의열단을 칭송하고 치하하며 오직 암살· 파괴· 폭동의 폭력으로써만 일본을 축출할 수 있다고 주장했다.

"결론적으로 말씀드리자면, 김원봉은 이회영· 박용만· 신채호 등 베이징파와 마찬가지로 이승만과 임시정부를 극렬 비판했습니다. 심지어 의열단 등 베이징 방면의 무장투쟁론자들은 이승만 등 임시정부 요인의 암살을 공언하면서 현상금을 내걸기도 했습니다."

"일제가 아니라 무장투쟁을 주장하는 단체에서 현상금을 내 걸었단 말인가요?"

"그렇습니다. 비록 실행은 못 했지만 김원봉 등이 그렇게 공언하고 다녔습니다. 독립운동 노선이 다르다는 이유로, 민족의 공통 적에 겨눠야 할 무기로 같은 동포, 그것도 독립운동의 지도자들을 겨눈 것은 어떤 이유로든 정당화될 수 없죠."

민주는 정말 충격을 받았다. 이승만을 비토하거나 반대, 혹은 정적으로 경쟁할 수는 있어도, 암살 혹은 제거하려고 했던 자가 있었다니. 그런 사람을 독립유동자로 서훈을 추진하려고 했다니 지금 이 정권의 정체마저 궁금해졌다.

"의열단의 항일투쟁이 한계에 도달하는 상황이 왔습니다. 가장 큰 문제가 자금이었어요. 폭탄과 무기 구입, 단원 파견 등에 필요한 돈이 없는 겁니다. 의열단은 창립 때부터 주로, 이동휘가 만든 상하이파 고려공산당으로부터 자금 지원을 받았거든요. 그런데 그 돈은 레닌이 이동휘에게 준 자금이었어요."

"네! 소련 공산당의 자금을 독립운동, 그것도 테러자금으로 썼다는 건가요?"

"당시 레닌이 40만 루블을 주었는데, 중요한 것은 이미 벌써 공산당의 공작이 임정내부에 시작이 되었다는 것이죠."

"왜 임시정부에 자금을 주었을까요?"

"김원봉이 1924년 봄부터 가을까지 광둥(廣東)의 쑨원(孫文) 정부에 손을 벌렸으나, 일본 정부의 반발을 우려한 쑨원은 거절했기 때문이죠. 그 후 의열단 활동이 중단되고 단원들은 칩거 상태에 들어갔습니다. 7, 8명의 단원이 좁은 방 하나에 함께 거주하며 중국 만두나 국수로 끼니를 때우는 비참한 상태에 있었습니다. 염인호 씨의 책에 보면 구체적인 정황까지 다 나옵니다."

김원봉은 중국 장제스(蔣介石)의 북벌 국민혁명에 참여하려고 1926년 1월 황푸(黃埔)군관학교 제4기생으로 입학하여 군사훈련을 받는데 거기서 후일 중국 공산정권의 총리가 되는 저우언라이(周恩來)에게 포섭이 된다. 졸업 후 국민혁명군 소위로 임관한 김원봉은 장제스 국민혁명군의 북벌(北伐)에 참여했다. 그런데 이듬해 4월부터 장제스가 국공합작(國共合作)을 깨고 공산당 탄압에 나서자 공산당은 폭동으로 맞섰다. 김원봉 등 의열단은 공산당 쪽에 가담했다가 많은 단원을 잃게 된다.

상하이에서 김원봉은 중국으로 망명한 제3차 조선 공산당 책임비서

출신 안광천을 만났다. 안광천은 불미스런 사건으로 조선 공산당에서 배척된 인물이었다. 김원봉은 그와 조선 공산당을 재건하자는 데 의기투합했다. 코민테른과 아무런 연계 없이, 김원봉과 안광천은 1929년 말 베이징에서 조선 공산당 재건동맹을 결성했다. 김원봉은 그 부설 교양기관으로 레닌주의 정치학교를 개설해서 공산혁명 요원 양성에 나섰다. '노동자·농민 속에서 당 조직을 건설하라'는 코민테른 노선에 동조한 활동이었다.

이 학교에선 1930년 4월~9월과 1930년 10월~1931년 2월에 모두 21명이 교육을 받았다. 김원봉은 이들을 조선 내에 침투시켜 공장이나 농촌에서 '세포'를 조직한 것이다. 일찍이 김원봉은 1926년 황푸군관학교에서 훗날 국민당 정부의 간부가 될 인물들과 인맥을 쌓는데. 남의사(藍衣社) 서기인 텅제가 그중 하나였다. 이후 김원봉은 1932년 5월 텅제를 통해 중국 정부에 한중(韓中)합작 항일투쟁을 제안하여 월 3,000원을 지원받는다, 그리고 난징(南京) 교외에 중국군 간부훈련반으로 위장한 조선혁명 군사정치 간부학교를 설립했다. 이 학교는 조선 내외 각지에서 학생을 모집했는데, 처남인 박문희로 하여금 신간회(新幹會) 회원이나 동래 노동조합원 등 5명을 포섭하게 했다. 의열단원인 윤세주는 펑톈(奉天)에서 시인 이육사(李陸史)를 포섭하기도 했다. 간부학교는 2~3명을 한 조(組)로 공작지에 파견해서, 조선과 만주에 전진대를 조직하려 했다. 중국 정부가 1기 졸업생 공작금으로 3만원을 보조하는 등 4년간 40만원이란 거금을 지원했다. 이때 이육사도 교육을 받고 서울에 돌아와 조선일보 대구특파원으로 채용되었으나, 정보가 새서 곧 경찰에 체포되었다. 그는 철저하게 사회주의 혁명자였다.

"지금부터 우리의 운동은 직접 공장 내로, 농촌에 민중 가운데로 잠입하여 노동자·농민이 되어 민중 속에서 강대한 조직과 투쟁을 전개하지 않으면 안 된다…. 혁명 세력을 조선 민중 속에 두고… 프롤레타리아 혁명 운동으로의 진전 공작을 해야 한다.”

조선의용대 창설을 김원봉이 주도한 것이 아니라 중국국민당정부가 창설했다. 조선의용대는 중국군 내 조선인 부대였다. 활동 전반을 통제한 지도위원회는 중국 측이 장악하고 있었다. 김원봉이 대장을 맡은 건 사실이지만, 중국 정부가 그를 임명했다.

“정치적으로 절대 믿을 수 없는 소시민적(小市民的) 기회주의자, 개인적 영웅주의자”

이것이 김원봉에 대한 중국공산당의 솔직한 평가였다. 대다수 의용대 병력과 단절됨으로써 김원봉은 회복 불능의 타격을 입었다. 결국 김원봉은 중국공산당의 공작으로 조선의용대를 빼앗겼다. 김원봉 독립운동사중 최대 위기였다.

김원봉의 민혁당은 1941년 5월 중앙회의를 열어 임시정부에 참여키로 결정했다. 이는 임시정부가 연합국으로부터 승인받을 가능성을 고려한 때문이었다. 김원봉은 의용대의 화베이 이탈 후 곧바로 1941년 11월 임정 참여를 시도했으나, 한국독립당이 그를 거부했다.

후일 김원봉은 실제 임정 정무에서 소외되었다. 이래저래 김원봉은 광복군에 영향력을 행사할 수 없었다. 김원봉은 옛 조선의용대를 끌어들일 생각으로 저우언라이를 통해 옌안 조선독립동맹의 김두봉과 접촉하기도 했으나 거부당했다.

그때부터 김원봉은 임시정부에 어깃장을 놓았다. 돌파구를 찾기 위해 김원봉은 미국에 대해 임정 승인 외교를 펼치는 김구·이승만 팀에 대항해, 미국에서 이승만의 반대파로 적극 활동하던 한길수(韓吉洙)

와 제휴했다. 한길수는 미국 국무부와 정계를 대상으로 미국이 임정 승인을 하지 않도록 열렬히 선전활동을 했던 악인이다. 미국 국무부가 임정에 대해 갖고 있던 부정적 인식의 상당 부분은 한길수의 악선전 때문이었다.[9]

김원봉은 일제 패망이 확실해진 무렵부터는 임정 해체를 요구하기 시작했다. 일본이 항복 의사를 표시한 후인 1945년 8월 13일 김원봉은 20여 명의 비한독당 의원들과 연서(連書)로, "대한민국의 주권을 27년 이래 임시정부 소재지에 거주하는 독립운동자만 행사해온 것은 부당한 일이었다.… 임시의정원의 권한을 장차 성립될 전국 통일적 임시의회에 봉환하기로 하고 의정원의 직권을 정지하는 것이 정당하다."는 제안서를 임시의정원 의장에게 제출했다. 3년 넘게 몸담고 있던 자신의 피란처를 해체하라고 요구한 것이다.

더 가관인 것은 해방 후 김원봉의 행각이었다. 8월 23일 김원봉 등 의원 19명은 내각 총사직 및 '간수(看守)내각' 조직을 제안했다. 간수내각이란 임정의 잔무를 처리하는 기구를 뜻했다. 이 공세에 지친 김구는 마침내 9월 3일 〈국내외 동포에게 고하는 글〉에서 국내 각계급, 혁명당파, 종교집단, 지방대표 등이 참여하는 임시정권을 조직할 것이며, 이 과도정권이 수립되는 대로 임정은 일체의 직권(職權), 문서, 물품을 인계하겠다는 일종의 항복 선언까지 했다.

김원봉의 활동을 보통의 독립운동 노선 구분법에 따라 살피면, 의열투쟁 – 군사요원 양성 – 공산혁명론 – 민족협동운동 – 무장투쟁 – 민족협동

---

9) 《방선주 저작집》 1, 649~653쪽.

운동 등이라 할 수 있다. 이는 학습에 따라 진화해간 게 아니라, 한마디로 갈 지(之) 자 모양의 좌충우돌이었다. 체계적인 교육을 받지 못한 결과로 사상이 열정을 못 따라간 것이었다.

흔히 조선의용대를 군사조직이란 표피만 보고 무장투쟁노선으로 분류하지만, 그것은 실제로는 외교독립운동이었다. 중국 항일전에 기여함으로써, 중국이 승리한 후 조선의 독립을 얻으려 한 것이기 때문이다. 의용대 창립 전인 1938년 4월 25일 김원봉은 "조선과 중국은 입술과 잇몸 관계에 있다."고 했다. 또 의용대 지도위원회의 주임인 중국군 중장 허중한(賀衷寒)도 1938년 10월 12일 "중국 혁명이 성공한 뒤 한국 민족의 독립해방이 이뤄질 수 있다."고 의용대원들에게 훈시했다. 국제관계의 기회를 이용해서 타국(他國)의 힘을 빌려서 조선 독립을 달성하려 한 게 외교론 아니면 무엇인가. 오히려 김원봉에게서 돋보인 것은 중국 정부를 상대로 한 외교 수완이었다.

역시 중국 정부에 기댄 김구도, 중국공산당에 가입한 김두봉도, 소련군 장교가 된 김일성(본명 김성주)도 다 본질적으로 외교독립운동을 한 셈이다. 흔히 이승만의 독립운동을 외교론이라 하여 비하하지만, 중국이나 러시아에 기댄 외교운동보다는 미국을 상대로 한 외교운동이야말로 가장 현실성 있는 독립운동이었다.

더욱이 전쟁 중 김원봉의 행태는 그 독립운동의 진정성을 의심케 한다. 그는 임시정부가 광복군을 창설하자 중국 정부에 임시정부를 승인하지 말라고 하여 훼방을 놓았으며, 자신이 임시정부에 가담하려 하면서도 중국 정부에 임시정부를 승인하지 말라고 요청하는 이중 플레이를 했다. 그는 자신을 지원한 중국국민당 정부를 기만하다가 중국공산당에 뒤통수를 얻어맞았다. 어쩔 수 없이 임시정부에 참여한 후에는 미국에 있는 한길수를 통해 미국 정부가 임시정부를 승인하지 않도록 공작했다. 그는 일본의 항복이 분명해진 때부터는 임시정부 해체를 요구하기 시작했다. 마시던 우물에 침을 뱉은 격이었다.

일본의 패망

전황(戰況)은 연합국의 대승, 미군의 절대 승리로 끝나가고 있었다. 문제는 태평양 전쟁이 끝나고 난 후의 일본과 한반도에 대한 처리 방안 문제였다. 이를 위해 미국 정부는 소련군이 참전하기를 바랐다. 승만은 이 점을 미리 알고 있었다. 문제는 얄타회담이었다.

"박사님, 일본의 나가사키에 원자폭탄이 투하되었다고 합니다."

"원자폭탄! 드디어 승리의 날이 돌아왔구려."

"그리고 일본이 항복할 때까지 계속해서 원자폭탄을 투하할 것이랍니다."

"감사합니다. 아버지 하나님!, 그러나 무고한 희생자들을 주께서 받아 주시옵소서."

원폭투하 후 8월 9일 소련은 그동안 침략국 일본과 맺어왔던 소일불가침조약을 파기하고 군대를 일제히 만주로 진군시켰다. 일본은 급히 항복할 뜻을 미국 측에 통보한다. 소련이 한반도로 물밀 듯이 내려오는 모습을 보고, 이를 막고자 일본은 급히 항복할 뜻을 미국 측에 통보한다. 그러자 딘 러스크와 본 스틸 대령은 내셔널 지오그래픽의 한반도 지도를 참고로 하여 38선을 미군과 소련군의 점령지 분계선으로 하자고 소련 측에 제안을 했다. 스탈린이 이 제안을 거절했다.

"부산까지 소련군이 점령 관리하겠다. 그리고 일본은 분할 점령 관리하겠다."

당시 소련군은 만주를 장악한 데 이어 북한지역으로 넘어오고 있었다. 하지만 미군은 오키나와에 있었다. 스탈린은 일본에 대한 미소 분할 점령을 생각하고 있었다. 더 큰 야심이 있었던 것이다.

"우리는 러일전쟁의 치욕을 잊지 않고 있다."

스탈린은 이를 갈고 있었다.

"우리는 카이로회담에서 밝힌 바와 같이 한반도를 독립시키기에 앞서 미국의 진주가 불가피하다."

미국은 미국대로 소련의 야욕을 알고 있었다.

"일본을 분할 통치하려면 미국의 제의를 받아들일 수밖에 없습니다."

"하는 수 없군, 일단 미국 측 안을 수용하고 기회를 봐서 한반도 전체를 장악하도록 정치적 방안을 강구하시오."

이 소식을 미리 알고 있었던 승만은 얄타밀약설을 미국의 각 언론에 퍼뜨렸다.

"얄타회담에서 프랭클린 루스벨트는 한반도를 소련에 넘겨주기로 스탈린에게 약속했다."

이 소식은 일파만파로 퍼져나가 루스벨트 대통령뿐 아니라 친소적이고 좌경적인 인물들이 박혀 있었던 미 국무부를 화나게 했다. 이로 인해 승만은 문제 인사로 낙인이 찍혀 귀국이 막히고 있었던 것이다.

반면 소련군은 김일성(본명 김성주)을 빠른 시간에 평양으로 데려왔다. 그는 소련군에 편입되어 있던 중국 공산당 산하 항일 빨치산 출신 장교였다. 이미 자신들의 꼭두각시로 내정한 그들은 1945년 9월 북한에 전격적으로 데리고 들어온 것이다.

김일성은 중국 공산당원으로서 일본에 대항하여 싸웠지만 조선독립을 위해 싸운 적은 없었던 인물이다. 하지만 여전히 승만은 34년째 미국에 머물러 있었다.

귀국 전 마지막 외교적 작업으로 승만은 1943년 여름부터, 국무부를 중심으로 은밀한 동맹적 작업을 추진했다. 그 일환으로 미국 대통령에게 한국 지하운동 조직망의 설계도를 작성해 보냈던 것이다. 이에 프랭클린 D. 루스벨트는 워싱턴에 와 있던 중국 외교부장 송자문에게 한인 저항운동의 능력을 평가해달라고 부탁했다. 조사해보니 이승만은 안창호 계열(국민회·흥사단)이나 중도파(한길수·김용중)나 좌파(연안독립동맹) 등 대적자들이 너무 많았다.

"이 박사, 이대로는 미국의 협조를 받아내기가 어렵소. 그러니 한길수·김용중 등과 제휴하시는 게 어떻겠소?"

"송자문 각하, 반목하는 사이에 제휴를 한들 무슨 단일한 지도력이 나올 수 있겠소."

"그러면 나도 한인들이 너무 분열되어 있어 무기 원조를 받을 가치가 없다고 보고할 수밖에 없소이다."

"이해합니다. 하지만 두고 보시면 알겠지만 공산주의자들과 대화나 연립은 절대 불가하다는 것을 알 것이요. 나는 이미 경험을 했으니 말이요."

결국 루스벨트에게 송자문의 보고서는 들어갔고, 임시정부의 승인이나 무기원조를 받을 기회는 사라지고 만다.

다시 마지막 기회가 1945년 5월에 왔는데. 연합국 대표들이 샌프란시스코에서 유엔 창립총회를 여는 날이 온 것이다. 승만은 한인 지도자들을 모두 불러 샌프란시스코의 마우리스호텔에 본부를 설치하고 유엔 창립총회 사무총장 일을 보게 된 국무부의 앨저 히스에게 한국도 옵서버 자격을 갖게 해달라고 요구했다. 하지만 보기 좋게 거절당했다. 이때도 공산주의 계열의 지도자라 자처하는 자들이 동시에 옵서버 자격을 신청했기 때문이었다. 일본의 항복 후 하루빨리 귀국하고 싶었다. 그러나 국무부가 비협조적이었다. 전시 중 인연을 맺은 OSS가 도움을 주어 겨우 여행증을 받았으나 얼마 후 다시 취소되었다. 이유는 그가 임정 고위직(High Commissioner) 자격으로 한국에 들어갈 수는 없다는 것이었다.

"내 나라에 내가 가려는 데, 어찌 이리 어렵단 말이요."

승만은 화가 나서 담당자들을 향해 불같이 화를 내었다.

구원의 손길은 다시 군부로부터 왔다. 구체적 인맥은 OSS 차장으로 승진한 굿펠로 대령이었다. 정보기관 부책임자의 추천은 맥아더에게도 무게 있게 받아들여졌다. 하지만 또 시간이 흘렀다.

증오와 절망감에 쌓인 채 당황하던 이승만에게 기적과 같은 일이 일어났다. 일면식도 없는 육군 장교가 느닷없이 나타난 것이다.

"각하, 귀국을 준비하십시오."

"나야 가고 싶지, 하지만 방법이 없으니 이렇게 묶여 있지 않소."

당시 미 합참본부가 육군성 군사정보처 워싱턴 출장소장 앞으로 전보가 하나 왔었다.

"워싱턴에 살고 있는 이승만이란 한국인을 찾아 **빨리** 서울로 보내라."

그런 내용이었던 것이다. 부소장인 윌리엄 킨트너 대령은 부하 장교를 시켜서 수소문한 끝에 매사추세츠가의 사무실에 있던 승만을 찾아내게 된다. 이승만을 귀국시켜달라고 요청했던 이는 남한 점령 미군 사령관 존 리드 하지 장군이었다. 하지는 이승만과 상해 임정 사람들이 귀국해야 한국의 혼돈상황이 정리될 것이라고 판단했던 것이다.

"대부분의 한국 사람들은 이승만을 한국의 손문으로 여기고 있다. 그를 빨리 귀국시켜 혼란을 중지시켜야 한다."

하지 중장은, 한국에서 태어났고 한국말을 잘 하는 해군중령 윌리엄즈를 특별보좌관으로 임명했다. 그의 한국이름은 '우광복' 이었다. 그의 아버지 윌리엄은 충남공주를 무대로 선교하며 영명학교를 세우고 민족정신을 고취한다는 이유 때문에 일제에 의해 추방당한다. 하지만 한국의 독립을 바라는 마음에서 아들 이름을 광복으로 지은 것이다.

윌리엄즈는 비행기를 타고 대전, 광주, 대구, 부산 등을 돌아다니면서 민심동향을 파악했고 거기서 이야기를 들었던 것이다.

"왜 우리 대통령 이승만 박사를 빨리 데려오지 않는가?"

"이승만 박사가 미국에 있다는데 왜 모셔오지 않는가?"

우광복 중령은 놀랐다. 한국인들은 일본의 패망과 독립을 당연히 동일시하고 있었던 것이다. 심지어 좌익도, 우익도 없었던 것이다. 그뿐 아니라 벽돌공장에 숨어 기회를 엿보던 박헌영이 재빠르게 9월 14일 거짓말로 속이고 만들어 발표한 조선인민공화국 내각 명단에도 승만이 대통령으로 추대될 정도였다.

"순진한 한국인들은 해방되고 독립한 나라의 대통령도 당연히 이승만이라고 생각하고 있습니다."

이런 민심보고를 접한 하지 중장이 본국에 이승만을 귀국시켜달라고 건의했던 것이다.

당시 승만이 단단히 화가 났다는 것이 국무부와 국방부에 알게 모르게 전달이 되었던 것도 빠르게 귀국하는 통로가 된 것이다. 그로부터 한 달. 승만은 도쿄(東京)행 군용기를 얻어 타게 되었다. 10월 4일, 그는 배웅 나온 임병직에게 편지를 한 통 건넸다. 거기에는 그동안 그가 국무부에 '왕따'당한 피눈물나는 설움을 적었다.

> "미쥬를 떠나는 나 리승만은 새벽 등불 하에서 두어 줄 글로 미포(美胞) 1만 동포에게 고별합니다. 40년 동안 혈전고투하든 우리로 필경 왜 멸망하고 우리가 살아서 고국산천에 발을 다시 드려노케 되니 엇지 깃분 감상을 늣기지 안으리요만은 이때 나의 심회는 도로혀 억울 통분하여서 찰하리 죽어서 아모 것도 모르고 십흡니다…"[10]

그래도 감격한 것은 승만이 귀국하던 날, 남한의 좌우정당, 사회단체 대표들이 모두 그의 지도를 받기 위해 모여든 점이었다. 미군정 또한 그의 지도력을 원했다.

이렇게 '반미적 인사'로 낙인찍힌 승만은 비자는 물론 서울까지 가는 교통편조차 마련할 수가 없었다. 이는 한 마디로 승만이 캐스팅 보트를 여러 장 쥔 중요한 인물인지를 보여주는 작은 예에 불과했다.

이미 승만은 이미 4년 전 《재팬 인사이드 아웃》이란 책을 통해 일본의 태평양전쟁 도발론을 설파했었고, 공산주의 허구와 문제점에 대해 논문을 썼다. 하지만 미국의 조야에선 어느 누구도 귀를 기울이지 않았다. 그가 주장한 국제관계의 절대적 주장은 '코리아 완충지대론'이었다. 이론의 핵심

---

10) 매일신보 1945년 10월 22일자에 내 보냈다.

은,

　"미국이 대한민국의 독립을 지원하고 보호하는 길이 미국의 국제 전략에
주효하다. 러일전쟁에서 승리한 일본은 분명히 머지않아 아세아 패권을
장악한 후에 미국에 도전할 것이다."

　미국은 승만의 이 이론을 무시하고 비웃었다. 그러다가 아니나 다를까
1931년에 만주사변이 일어나고, 1937년에 일본이 남경대학살을 저지르
고, 1941년 12월 7일에 하와이 진주만을 기습 공격한 다음부터는 이승만
의 예언을 재인식하기 시작하였다.

　책이 출간되고 난 후 6개월 뒤 일본의 공격이 시작되자 승만의 책은
베스트셀러가 된다. 진주만 공격으로 미군 5,000명이 하루에 전사하였
다. 미국은 충격에 빠졌다. 그뿐인가. 태평양 전쟁에서 미국 민간인, 군인
도합 30만명이 희생 되었다. 그러자 미국에서는 이승만 재인식의 바람
이 불었던 것이다.

　"이승만은 20세기 최고의 전략가다. 그의 말에 귀를 기울여야 한다."

　노벨문학상을 수상한 펄벅 여사까지 지원사격을 했다. 승만은 즉시 편
지를 보내 펄벅 여사에게 감사의 말을 전했다.

　결국 펜타곤은 이 책 수십만 권을 사서 군인들에게 필독서로 배포했
다. 이어 이 책은 영국과 프랑스에서도 베스트셀러가 되었다. 책의 인기
에 편승하여 승만은 미국의 유력 정치인들과 학자들과의 인맥을 구축하
기 시작하였다.

　한편 한국에서는 일본의 패망과 한국에서의 철수가 시작되기 일보직
전이었다. 당시 아침 8시가 되자 일장기가 보이는 조선총독부 접견실에

여운형이 들어선다.

"경례!"

일본군들이 차렷 자세로 경례를 붙인다. 그는 머리를 숙여 인사를 받고 접견실에 앉았다. 곧이어 군화 소리와 함께 일본 총독부 정무총감 엔도 류사쿠가 들어선다. 여운형은 손을 내미는 총감의 손을 잡았다. 그의 손은 차가웠다. 밤새 고민한 흔적이 손에 묻어났다.

"여운형 선생, 오늘 정오에 우리의 텐노(天皇)께서 라디오방송을 통해 중대발표가 있을 겁니다. 그것은 항복 선언입니다. 따라서 우리는 포츠담 회담의 결과를 수락합니다."

"오! 그게 사실이요?"

"그러므로 우리 대일본제국 조선총독부와 산하 모든 군경은 오늘부로 철수준비를 할 것입니다."

"그렇소?"

"에! 또 그리고 17일 오후 2시까지는 소련군이 경성에 진주하게 될 것입니다. 당분간 조선은 남북으로 갈라져 한강을 경계로 남쪽은 미군이, 북쪽은 소련군이 통치하게 될 것이오. 불상사를 막기 위해, 오늘부터 우리 일본인의 신변안전을 당신에게 맡기겠소, 치안책임을 수락하시겠소?"

"그러죠. 수락하겠소이다. 즉시 전국의 정치범 사상범을 석방하고, 그 밖에 다섯 가지 조건이 있소."

여운형은 준비해간 쪽지를 내밀었다. 그렇게 나온 뒤 드디어 정오가 되자 일왕의 항복 방송이 전국적으로 내보내진다.

비슷한 시각 미국에서 승만은 맥아더와 만나고 있었다.

"안녕하시오. 닥터 리!"

"오! 반갑소, 제너럴 맥아더!"

승만의 책을 읽고 감격한 맥아더가 찾아왔다. 승만과 맥아더의 친교는 이승만이 미국에서 조지워싱턴 대학, 프린스턴 대학에서 학사와 박사 과정을 밟을 때로 거슬러 올라간다. 맥아더는 당시 백악관과 국방성에서 근무했다.

"당신의 책은 정말 예언자적 영감으로 가득 찬 책이었소."

"감사합니다. 미국이 조금만 더 일찍 본인의 경고를 받아들였어도 희생을 줄일 수 있었을 터인데, 아쉽소."

"알고 있습니다. 나는 한국에 대해 알고 있소. 내 아버지도 육군 장성이었는데, 고종 때 조선을 방문하였지요. 고종황제께서 아버지께 주신 향로는 국보급이라고 하던데, 나는 그것을 아버지의 유품으로 가지고 있소."

"오! 그렇군요, 당신 집안은 대단합니다."

"저는 그 향로를 전쟁터마다 가지고 다니며 감상합니다."

"하하하, 진짜로요?"

"네, 정말 아름답습니다."

후일 맥아더는 전투 중에 부관의 실수로 그 물건이 상실되었다고 승만에게 아쉬움을 토로했다.

"그나저나 귀국이 쉽지 않으시다는 이야기를 들었습니다."

결정적인 '기피인물' 낙인은 카이로회담 이후, 그리고 얄타회담, 포츠담회담 때였다.

소련을 태평양 전선에 끌어들이려 조바심친 미국과 영국, 때를 놓치지 않고 덫을 놓은 스탈린은 의기양양했다.

"참전하면 해방지역을 점령해도 되는가?"

"오케이."

루즈벨트는 즉석에서 환영했고 트루먼이 인계받은 강대국들의 비밀

야합 시나리오는 결국 한반도에 돌이킬 수 없는 전쟁을 야기한 것이다.

"우리는 소련의 한반도 진주 및 남북한 분할 음모를 결사 반대한다."

승만은 귀국 전부터 대미 투쟁을 시작한 것이다. 하지만 이것 때문에 발목이 붙잡힌 것이다. 귀국을 막는 사람들은 다름 아닌 미국 내의 좌익들 그룹이었다. 그 중의 한 사람은 몇 년 전부터 알고 있는 미 국무부의 거물급 관리인 앨저 히스였다. 승만이 그의 실체를 모를 때, 그에게 한국의 독립을 호소한 적이 있었다. 하지만 그는 공산주의자였다. 그는 미 국무부의 기밀문서를 소련에 건네 준 간첩이기도 했다. 그래서 1948년에 기소되었다가 풀려났다. 하지만 리차드 닉슨 하원의원의 끈질긴 추궁으로 5년간 옥살이를 했다. 나중 공개된 '코민테른' 문서를 통해 소련 간첩이었음이 확인되었다.

"나는 정말 미 국무부 심장부에 앨저 히스나 존 카터 빈센트 같은 공산주의자들이 있으리라는 것을 꿈에도 생각하지 못했소."

승만은 아픈 마음을 프란체스카에게 토로했다. 그만큼 당시는 미국도 상당히 좌경화해 있었던 것이다. 프랭클린 루즈벨트 대통령과 그 측근들조차도 좌익은 아니라 할지라도 좌경화 되어있었다. 그들은 공산주의 이념이 언젠가는 세계를 뒤덮을 것이므로, 따라서 미국은 소련과 정면으로 대결하지 말고 타협해야 한다고 생각했다. 그래서 나온 것이 좌우합작 정책이었다.

하지만 승만은 오랜 세월 겪어온 동물적 정치감각으로 미국이 곧 후회하게 될 것을 예견했다. 미 국무부는 좌우합작주의를 주장하는 한국 단체를 물색했다. 그러자 흥사단을 비롯한 안창호의 추종자들이 큰 비중을 차지하고 있었다. 흥사단은 평양에서 선교사의 아들로 태어나 국무부 관리가 된 조오지 맥퀸의 적극적인 후원을 받고 있었다. 때문에 승만의 따돌림은 당연시되었다.

이 사실을 안타깝게 여긴 로버트 올리버 박사는 승만에게 미 국무부의 좌우합작 노선을 받아들이도록 간곡히 권유하였다. "이 박사님, 당신이 일생 동안 고생스럽게 독립운동을 하고도 조국이 해방되었을 때 정부 수립에 참여조차 할 수 없게 될 수도 있습니다."

"충고는 감사하오. 내 일생 경험을 통해 조직이 없는 우파가 조직이 강한 좌파와 손을 잡는 순간 좌우합작은 공산화로 이끄는 지름길이 될 것이오. 그러니 합작 이야기는 꺼내지도 마시오."

승만은 권력을 위해 좌고우면(左顧右眄)하는 사람이 이미 아니었다. 70평생을 살면서 성경을 기준점으로 삼아 원칙을 고수하고, 이익을 위해 영혼을 파는 자들과 과감히 대적하는 그렇기에 사심없이 미래에 대해서도 정확하게 꿰뚫는 혜안이 생긴 것이다.

승만의 주장은 간단했다.

"공산주의자와는 어떤 타협도 불가능하다. 왜냐면 그들은 짐승들의 성정으로 사물을 보기 때문이다."

5부
강국(强國)

공산주의와의 타협은 불가능하다

-이승만-

내부의 적부터

    여전히 한반도는 군사 작전지역이었기에 일본의 맥아더 사령부로부터 여행 허가증을 얻어야 했다. 비서를 통해 맥아더 사령부에 전보로 요청했다. 여권문제로 두 번 세 번 애를 먹이던 국무부에서 이번엔 승만에게 수송편을 제공할 수 없다는 연락을 해왔다. 설사 제공하게 된다 하더라도, 일본의 맥아더 장군으로부터 허가를 얻어야 한다는 것이었다. 승만은 맥아더 장군의 허가를 요청하는 전보를 쳐달라고 국방부에 요청했다. 그랬더니 국방부는 국무부의 특별허가를 받아야 한다고 대답했다. 그래서 이승만은 국무부 여권과에 특별 허가를 요청했다. 그러자 여권과는 더 이상 그 문제에 개입하지 않겠다고 대답했다. 어쩌면 이렇게 일이 복잡하게 꼬일까.

"이것은 의도적입니다. 만약 이것이 미국 국무부의 뜻이라면 반드시 내가 책임을 물을 것이외다. 하지만 공산주의자들의 책동이라면 나는 언젠가 후회하게 될 날이 올 것을 알리는 것으로 만족하겠소."

이것을 보면 국무부 안에 이승만의 귀국을 방해하는 세력이 숨어 있는 것이 확실했다. 미 국무부도 할 말은 있었다. 향후 한반도 문제는 뜨거운 감자가 될 것이 분명한데 소련과 합의를 해야 할 과정이 많다고 판단, 반공주의자인 이승만이 경계해야 할 대상이 된 것이 분명했다.

어느새 일본의 패전 후 2개월이 지나고 있었다. 결국 승만은 중국을 경유하는 귀국 노선은 포기해야 했다. 중국 임정이 이미 좌우합작 상태였기 때문이다. 그래서 마닐라를 경유하는 코스로 정하고 국무부에 여권을 신청했다. 또 미군 당국으로부터 작전지역 출입허가를 받아야 했다. 이 허가서는 결국 맥아더 사령관을 통해 해결되었다. 또 다시 장벽, 또 다른 방해공작 끝에 여권 과장을 만나게 된 것은 9월 21일이었다.

"나는 아무 직위도 필요 없소, 그러니 조용히 귀국하고 싶소."

과장은 미군 허가서에도 직위를 없애라고 했다. 승만은 허가서를 새로 발급 받은 뒤 국무부를 찾아갔다.

"미국 국무부는 당신의 여행 편의를 제공하지 않기로 결정했습니다."

날벼락 같은 뜻밖의 선언이었다. 원래 이승만은 군용기를 이용하려 했다.

"상당히 죄송합니다. 오키나와나 동경에 도착할 수 있는 특별 허가증을 맥아더 사령부로부터 재발급 받으셔야 합니다."

"이미 받았지 않소?"

"여권의 성격이 바뀌었기 때문에 다시 받으셔야 합니다."

"참으로 너무하지 않소?"

"방침이 그렇습니다. 아, 참! 또 일본에서 한국에 가실 때 군용기 사용

허가도 별도로 필요하다고 하니 국방부를 통해 받으시기 바랍니다."

승만은 화가 머리끝까지 났지만 신생국이 탄생하는 이 마당에 미국의 심기를 건드릴 수는 없기에 꾹 참았다. 그리고 승만은 다시 여권 과장을 어렵게 만났다. 국방부에 협조를 부탁해달라고 말했을 때 과장은 싸늘하게 거절했다.

"국무 장관의 특별 허락이 필요합니다. 국무부는 더 이상 개입할 수 없습니다."

어떻게 할 것인가. 해방된 한국에 가겠다는 한국 지도자를 이렇게 홀대 할 수 있는가. 승만은 어렴풋이 알고는 있었지만, 자신의 능력 밖에 있는 일이었기에 속으로 눈물을 삼키며 또 삼켰다. 하지 장군의 초청으로 서울에 날아온 로버트 올리버 교수는 승만을 한국에 초청시키기에 앞서 입단속을 부탁하였다.

"이승만은 한국에서 유일하게 위대한 정치가지만 러시아에 대한 그의 공격 때문에 미국 정부는 이승만을 어떤 형태로도 정부수립에 참여시킬 수 없습니다. 지금 러시아의 협력 없이는 한국문제 해결이 불가능해요. 제발 당신이 이승만을 설득하여 러시아 비판을 중단시켜줘야겠소."

하지만 승만이 하지의 부탁을 들어줄 수 없다는 것을 올리버 박사는 알고 있었다.

"저는 사실 자신이 없습니다."

"제발 부탁이요. 좌우합작을 결연하게 반대하는 이승만의 입을 좀 막아주시오."

하는 수 없이 승만을 다시 만나러 온 올리버는 하지 장군의 이야기를 완곡하게 전달하여 조언을 했다.

"이 박사님 저는 당신의 입장을 충분히 이해하며 찬성합니다. 하지만 정치란 타협도 하면서 미래를 도모하는 것입니다."

"내가 어떻게 하길 바랍니까? 이제 와서 개인적인 자리에 연연하여 한국을 러시아에 넘길 공모를 하라고요? 그건 노예의 길입니다. 나를 잘못 보았습니다. 소련의 침략을 막을 나라는 미국뿐인데 이런 식이라면 미국이 가장 많은 시련을 겪게 될 것입니다."

그리고 프란체스코를 보면서 웃었다.

"내가 조국을 위해 하는 일이 끝장이라면 우리는 언제라도 시골 가서 닭장이나 돌봐야지요."

결국 1945년 10월 16일에 승만은 김포 비행장에 도착했다. 그런데 귀국하는 길에 10월 10일에서 16일까지 도쿄에 머무르게 된다. 맥아더의 배려 때문이었다. 그리하여 16일 오후에 이승만을 자기 전용기에 태워 김포로 보낸 것이다. 서울에 온 승만은 갑자기 달라진 하지의 태도를 볼 수 있었다.

'역시 모든 사람은 권력 앞에서는 달라지는군......'

승만은 맥아더의 입김이 하지에게 작용했음을 알 수가 있었다. 하지는 귀국한 다음 날인 10월 17일에 신문 기자들을 모아 특별기자회견을 하도록 배려해 주었다.

"오늘 이 자리에 모신 이승만 박사는 한국의 진정한 애국자입니다. 저는 진심으로 존경하며 이 자리를 빌어 깊은 찬사를 드리는 바입니다."

하지는 승만에게 앞서 걸을 수 있도록 배려하고 자신을 앞세운 채 수행하듯 뒤따라 들어왔고, 승만을 기자 회견장 헤드 테이블 중앙에 앉혔을 정도이다.

"이제 말씀하십시오."

더 가관인 것은 10월 20일 개최된 연합군 환영회는 더욱 극적이었다. 5만명의 인파가 참석한 가운데 중앙청 앞에서 개최된 이 환영회에서, 하지는 짧은 답사 직후 이렇게 승만을 소개했다. 정말 그렇게까지 반대를 하던 사람이 맞나 싶을 정도였다.

"이 가운데 조선 사람의 위대한 지도자가 있으니 소개하겠습니다. 조선의 해방을 위해 싸웠고 조선의 자유와 독립을 위해 큰 세력을 가진 분입니다. 개인의 야심은 추호도 없고 다만 국제 관계에 일생을 바치고 노력하신 분이며 따라서 군정부 정당에도 아무런 관련이 없고 단지 개인 자격으로 이 땅에 오신 분입니다."

하지는 승만이 연설하는 내내 부동자세로 서 있었다. 하나님의 섭리가 아니고서는 이러한 기적이 일어날 수 없었던 것이다.

승만은 연설 후에 만나게 되는 인사들로부터 그의 단파방송이 이승만이 건재하며, 유일하게 미국과 국제사회에서 독립운동을 계속하고 있다는 것을 알리게 되었다고 말해 주었다. 송남헌이 옆에 오더니 승만에게 이렇게 고백했다.

"1942년 6월경으로 기억합니다. 박사님께서 흥분한 목소리로 '2,500만 동포들이여 조국 광복의 날이 멀지 않았으니 동포는 일심협력하여 일제에 대한 일체의 전쟁 협력을 거부하고 때를 기다리라'고 하신 연설을 저는 직접 들었습니다. 이 방송을 들은 저는 가슴이 마구 뛰었고, 흥분해서 변호사 사무실로 달려가 그대로 전했습니다. 제가 전하는 말을 듣고서 모두가 금방 독립이라도 되는 듯이 기뻐했습니다. 그리고 이 말은 곧 시내로 퍼져나갔습니다. 기다린 시간은 길었지만 결국 박사님의 말씀대로 되었습니다. 감사합니다."

미국의 소리(VOA) 단파방송을 통해 이 박사의 존재를 더욱 부각시키려 애쓴 추종자들이 있었다는 것도 승만은 알았다.

"단파방송 사건의 주범으로 지목되어 옥사한 분도 있습니다. 그 중에 한 분이 홍익범 기자입니다. 기자였기 때문에 단파방송을 청취하였는데, 그 내용을 지도층 인사들에게 유포시키다 결국 검거되었고, 옥사를 했습니다. 그를 통해 청취내용과 함께 박사님의 존재와 건재하심을 상세하게 전해 저희들은 희미하지만 불굴의 의지로 독립 투쟁하신다는 사실을 알았습니다."

결국 승만이 의도하지는 않았지만 국민들이 기억을 해 주는 바람에 상당한 정치적 입지를 확보한 것이다. 그 가운데 정부의 조직과 탄생에 참여할 수 있었다.

해방정국을 한 마디로 표현하자면 춘추삼국시대를 방불케 했다. 저마다 정치적 야심과 권력에 대한 희망을 가지고 합종(合從) 연횡(連橫)을 하고 있었다. 가장 먼저 표면에 대두된 대립은 고하 송진우와 몽양 여운형이었다.

"고하는 나를 가리켜 프랑스 폐탱 정부라고 하셨다죠? 어떤 논거로 그러셨는지요."

"그것은 몽양을 두고 한 말은 아니지요. 곧 연합군이 들어오고… 해외의 선배들이 들어오시고, 미국의 이승만 박사, 중경의 임정이 들어오신 다음에."

"우리 두 사람 간에 견해 차이가 있는 듯한데…, 그건 풀어 나가면 될 일이고…."

"몽양. 의리상 임시정부를 지켜야 하지 않겠소. 내가 보기에 몽양은 공산주의자가 아닙니다.”

“허허! 내 개인이 뭐가 되겠다는 것이 아니지 않소.”

그 사이에 또 다른 한 인물이 정치적 야심과 사상을 가지고 심야에 서울의 골목골목에 벽보를 붙이고 있었다. 한 두 사람이 아니었다. 그것을 시킨 사람이 있었다. 그는 조선인민민주의를 설립하려는 박헌영이었다. 벽보에는 희한한 글들이 난무했다.

“나타나시라 박헌영 동지”

“우리의 시기는 드디어 왔다”

“노동자여 일어나라”

남한의 좌익세력의 거두는 박헌영 외에도 김삼룡과 이강국이 있었다.

“자! 이제 오늘 1945년 9월 6일부로 우리는 건국준비위원회 이름으로 ‘조선인민공화국 전국대표자회의’를 조성하기에 이르렀소, 다들 이제 이승만 각하를 모시고 완전한 주권을 회복합시다.”

한편 동아일보사에서는 따로 한민당 계열의 김성수, 송진우, 김준연, 장덕수, 조병옥, 장택상 등도 모임을 가졌다.

“무엇보다 우리는 이 땅에 합법적이고도 굳건한 나라를 세우기 위해 자유세계와 손을 잡아야 합니다. 그리고 우리를 도우러 오는 연합군들을 거국적으로 환영할 준비를 해야 합니다.”

두 계열 모두 승만과 김구를 내세워 세를 규합하고 있었다. 어찌되었건 두 사람을 업어야만 국민들이 호응하는 상황이 자연스럽게 연출된 것이었다.

“자 오늘은 그토록 기다리던 ‘대한독립촉성협의회’ 창립총회를 개최하는 날입니다. 오늘 이 모임에는 한국민주당, 국민당, 건국동맹, 조선공산당 등 각 정당과 20여개 사회 문화단체가 참여하는 말 그대로 거국적

모임의 자리입니다. 저는 이 자리에서 초대 대통령을 역임하신 이승만 박사님을 총재로 추대하기를 원합니다."

그날은 1945년 10월 23일이었다. 이날 총회에서 승만은 연설을 통해 누구보다 강하게 '김구 예찬론'을 펼쳤다.

"임정은 피 흘려 싸워 각국으로부터 승인을 받았습니다. 곧 고국에 귀국할 것입니다. 김구 선생으로 말할 것 같으면, 권력엔 생각이 없는 사람입니다. 그 사람은 조국이 독립되기만 할 양이면 정부청사의 수문장이라도 하겠다고 했습니다."

드디어 11월 23일 백범 김구는 임시정부 요인 20명을 이끌고 환국을 한다. 미 군사 수송기를 타고 환국하는 초라한 귀국이었다. 비행기는 화물 창고를 방불케 했다.

"우리는 개인의 자격으로 환국하는 것이요. 환국한다고 해서 성급히 보따리를 끄르진 마시오. 비록 오늘 우리가 이런 대접을 받는다 해도 우리는 지난 27년간 조국해방의 과업을 완수하기 위해 투쟁해온 임시정부임을 잊지 말기 바라오."

"동해물과 백두산이 마르고 닳도록 하나님이 보우하사 우리나라 만세……"

드디어 비행기는 한반도 상공에 들어섰다. 누군지 알 수 없지만 애국가를 선창하자 비행기 소음에도 아랑곳없이 합창소리는 쩌렁쩌렁해진다. 그리고 모두 다 눈시울을 붉히고 더러는 엉엉 소리내어 울기까지 한다. 드디어 비행기는 여의도 공항에 착륙했다. 트랩이 땅에 닿자 모두 내리는데 비행장엔 아무도 마중 나온 사람들이 없었다.

"임시정부가 귀국하는데, 아니 이럴 수가 백범 선생을 이렇게 대접할 순 없는데…"

잠시 후 엔진 소음도 강렬하게 미군 지프차 한 대가 달려온다. 그러나 김구만 태우고 앞장서 사라진다. 이번엔 미군버스가 와서 임정 일행 모두를 태웠다. 참으로 쓸쓸한 환국이었다.

"임정의 귀국은 개인 자격일 뿐입니다."

하지의 짧은 성명이 발표되고 그것뿐이었다. 그리고 46년 2월 8일 인사동에서 이승만이 이끌던 대한독립촉성중앙협의회와 김구가 이끌던 신탁통치반대 국민총동원중앙위원회가 통합해 대한독립촉성국민회를 발족한다. 이날 총재로는 이승만과 부총재로는 김구, 김규식 등이 각각 맡게 된다.

"결국 미국의 의도대로 우린 다 개인자격으로 환국했습니다. 그려!"

"환영식도 못하게 했다면서요?"

"아직 우리가 나라를 완전히 찾은 게 아니지요."

"형님도 많이 서운하셨겠습니다."

"아마 모르긴 해도 우리를 많이 견제하나 보오."

"저도 그것을 느꼈습니다."

"오늘 이 자리를 빌려 짧게나마 소회를 밝힐까 합니다. 우리는 27년간 꿈에도 잊지 못하는 조국강산을 다시 밟은 것만으로도 흥분되어 느끼는 바를 형용할 길 없습니다. 우리는 다 평민의 자격으로 왔지만 아직도 남은 우리의 독립 완성을 위해 진력을 다할 것입니다."

승만은 김구의 귀국을 기념하여 하지중장을 만나도록 손을 썼다, 하지만 하지는 단 2분만 대면을 허락하며 홀대를 한다.

그런데 1945년 12월 28일 모스크바에서 열린 '삼상회의'에서 신탁통치 발표가 나자 송진우는 백범을 찾아간다.

"아무래도 우리는 모스크바 회의를 따라 찬탁을 해야 하지 않겠습니까?"

"이게 무슨 말이요. 이것은 또 한 번의 독립운동이외다. 다시 말해 이는 제2의 독립운동이외다."

"그렇습니다. 우리 삼천만이 똘똘 뭉쳐 반탁운동을 펼쳐야 합니다."

"그렇소, 찬탁은 또 한 번의 식민지 통치요, 우리는 이 기회에 투쟁을 선언하고 3천만이 하나 되어 제2의 독립운동을 이어가야 할 것이요."

"각하 이 시점에서 미군정을 부인하시면…."

"저들이 찬탁을 획책하는 것은 우리더러 다시 노예가 되라는 것과 같소. 제2의 독립을 위해 다시 한 번 목숨을 버릴 각오를 해야 하오."

더러는 미군정 하지의 의지라며 찬탁을 거듭 주장했지만 결국 해방되던 해 12월 그믐에 네 명의 괴한이 침입해 송진우의 가슴에 네 발의 권총탄이 명중되어 암살을 당한다.

승만은 찬탁반탁이 서서히 대립하기 시작하던 10월 21일 '공산당에 대한 나의 감상'이라는 방송 연설을 2차로 한다. 그리고 1945년 12월 17일 오후 7시 30분에도 서울중앙방송국을 통하여 "공산당(共産黨)에 대한 나의 입장"이라는 제목으로 두 번째 방송연설을 한다.

공산당(共産黨)에 대한 나의 입장

한국은 지금 우리 형편으로 공산당을 원치 않는 것을 우리는 세계 각국에 대하여 선언합니다. 기왕에도 재삼 말한 바와 같이 우리가 공산주의를 배척하는 것이 아니요, 공산당 극열파들의 파괴주의를 원치 않는 것입니다.

우리가 사천년의 역사를 가졌으나 우리의 잘못으로 거의 죽게 되었다가 지금 간신히 살아나서 발을 땅에 다시 디디고 일어서려는 중이니 까딱 잘못하면 밖에서 들어오는 병과 안에서 생기는 병세로 생명이 다시 위태할 터이니 먹는 음식과 행하는 동작을 다 극히 초심해서 어린 애기처럼 간호해야 할 것이고 건강한 사람과 같은 대우를 하여서는 안 됩니다. 공산당 극열분자들의 행동을 보시오. 동서 각국에서 수용되는 것만 볼지라도 파란국(폴란드) 극열분자는 파란국 독립을 위하여 나라를 건설하자는 사람이 아니오, 파란독립을 파괴하는 자들입니다.

이번 전쟁에 덕국(독일)이 그 나라를 점령한 후에 애국자들이 임시정부를 세워서 영국의 수도인 윤돈(런던)에 의탁하고 있어 백방으로 지하공작을 하며 영·미의 승인까지 받고 있다가 급기야 노국(러시아)이 덕국군을 몰아내고 그 땅을 점령한 후에 파란국 공산분자가 외국의 세력을 차탁(藉托)하고 공산정부를 세워서 각국의 승인을 얻고, 또 타국의 군기를 빌려다가 국민을 위협해서 민주주의자가 머리를 들지 못하게 만들어 놓아 지금도 정돈이 못되고 충돌이 쉬지 않는 중이며 이외에도 구라파의 해방된 모든 나라들을 보면 각각 그 나라 공산분자들이 들어가서 제 나라를 파괴시키고 타국의 권리범위 내에 두어서 독립권을 영영 말살시키기로 위주하는 고로 전국 백성이 처음으로 그자들의 선동에 끌려서 뭔지 모르고 따라가다가 차차 각오가 생겨서 죽기로서 저항하는 고로 구라파의 각 해방국은 하나도 공산분자의 파괴운동으로 인연하여 분열분쟁이 아니 된 나라가 없는 터입니다.

동양의 중국으로 보아도 장개석 총통의 애국심과 용감한 군략으로 전국 민중을 합동해서 왜적에 항전하여 실낱같이 위태한 중국운명을 보호하여 놓았더니 연맹 각국은 다 그 공적을 찬양하며 극력 후원하는 바이거늘 중국의 공산분자는 백방으로 파괴운동을 쉬지 아니하고 공산정부를 따로 세워 중국을 두 조각으로 나누어 놓고 무장한 군병을 양성하여 중앙

정부와 장 총통을 악선전하여 그 세력을 뺏기로 극력하다가 필경은 내란을 일으켜 관병과 접전하여 동족상쟁으로 피를 흘리게 쉬지 아니하는 고로 타국들은 이것을 이용하여 이권을 도모하기에 기탄치 않기에 이르나니 만일 중국의 공산분자가 만분지일이라도 중국을 위하여 독립을 보존하려는 생각이 있으면 어찌 차마 이 같은 파괴적 행동을 취하리오. 우리 대한으로 말하면 원래에 공산주의를 아는 동포가 내지에는 불과 몇 명이 못 되었다니 공산문제는 도무지 없는 것입니다. 그 중에 공산당으로 지목받는 동포들은 실로 독립을 위하는 애국자들이요, 공산주의를 위하여 나라를 파괴하자는 사람들은 아닙니다.

따라서 서백리아(시베리아)에 있는 우리 동포들도 대다수가 우리와 같은 목적으로 생명까지 희생하려는 애국자들인 줄 우리는 의심 없이 믿는 바입니다.

불행히 양의 무리에 이리가 섞여서 공산명목을 빙자하고 국경을 없이하여 나라와 동족을 팔아다가 사익과 영광을 위하여 부언위설로 인민을 속이며 도당을 지어 동족을 위협하여 군기를 사용하여 재산을 약탈하며 소위 공화국이라는 명사를 조작하여 국민전체에 분열 상태를 세인에게 선전하기에 이르다가 지금은 민중이 차차 깨어나서 공산에 대한 반동이 일어나매 간계를 써서 각처에 선전하기를 저이들이 공산주의자가 아니요 민주주의자라 하여 민심을 현혹시키니 이 극열분자들의 목적은 우리 독립국을 없이해서 남의 노예로 만들고 저의 사욕을 채우려는 것을 누구나 볼 수 있을 것입니다. 이 분자들이 노국(러시아)을 저희 조국이라 부른다니 과연, 이것이 사실이라면 우리의 요구하는 바는 이 사람들이 한국에서 떠나서 저의 조국에 들어가서 저의 나라를 충성스럽게 섬기라고 하고 싶습니다.

우리는 우리나라를 찾아서 완전히 우리의 것을 빼앗아다가 저의 조국에 붙이려는 것은 우리가 결코 허락지 않을 것이니 우리 삼천만 남녀가 다 목숨을 내 놓고 싸울 결심입니다. 우리의 친애하는 남녀들은 어디서든지 각기 소재지에서 합동해서 무슨 명사로든지 애국주의를 조직하고 분열을 일삼는 자들과 싸워야 됩니다.

우리가 우리나라와 우리 민족과 우리 가족을 팔아먹으려는 자들을 방임하여 두고 우리나라와 우리 국족과 우리 가족을 보전할 수 없을 것입니다. 이 분자들과 싸우는 방법은 먼저는 그 사람들을 회유해서 사실을 알려 주시오. 내용을 모르고 풍성학루(風聲鶴淚)로 따라 다니는 무리를 권유하여 돌아서게만 되면 우리는 과거를 탕척(蕩滌)하고 함께 나아갈 것이오, 종시 고치지 않고 파괴를 주장하는 자는 비록 부형이나 친자식이라도 거절시켜서 즉 원수로 대우해야 할 것입니다. 대의를 위해서는 애증과 친소(親疎)를 돌아볼 수 있는 것입니다. 옛날에 미국인들이 독립을 위해 싸울 적에 그 부형은 미국에 충성하여 독립을 반대하는 고로 자식들은 독립을 위하여 부자형제간에 싸워가지고 오늘날 누리는 자유 복락의 기초를 세운 것입니다. 언제든지 어디서든지 건설자와 파괴자와는 합동이 못되는 법입니다.

건설자가 변경되든지 파괴자가 회심하든지 해서 같은 목적을 갖기 전에는 완전한 합동은 못됩니다. 우리가 이 사람들을 회유시켜서 이 위급한 시기에 합동공작을 형성시키자는 주의로 많은 시일을 허비하고 많은 노력을 써서 시험하여 보았으나 종시 각성이 못되는 모양이니 지금은 중앙협의회의 조직을 더 지체할 수 없이 협동하는 단체와 합하여 착착 진행 중이니 지금이라도 그 중 극열분자도 각성만 생긴다면 구태여 거절하지 않을 것입니다. 다만 파괴운동을 정지하는 자로만 협동이 될 것입니다.

우리가 지금에 이 문제를 우리 손으로 해결치 못하면 종시는 우리나라도 다른 해방국들과 같이 나라가 두 절분으로 나누어져서 동족상쟁의 화를 면치 못하고 따라서 결국은 다시 남의 노예노릇을 면치 어려울 것입니다. 그러니 우리는 경향 각처에서 모든 애국 애족하는 동포의 합심합력으로 단순한 민주정체 하에서 국가를 건설하여 만년 무궁한 자유 복락의 기초를 세우기로 결심합시다.

승만의 방송 담화문은 그 전문이 서울신문에 1945년 12월 21일자로 실렸다. 귀국 초기 방송담화에서는 다분히 공산당을 의식한 일종의 제스처였다. 그랬더니 좌파들이 환호했다. 승만은 박헌영이 세운 인민공화국의 주석직을 결코 수락하지 않았다. 하지만 방송 직후인 10월 23일 각 정당·단체 대표 200여 명이 모여 이승만을 정점으로 한 독립촉성중앙협의회를 구성하면서 정치적 입지가 공고해졌다. 덕분에 조선공산당 등 좌파 단체들도 협의회에 들어왔다.

"각하! 처음 뵙습니다. 하지만 명성은 익히 들어 알고 있는 바입니다. 절 받으십시오."

박헌영은 돈암장에 들어서 승만을 보자마자 넙죽 엎드려 절부터 했다. 그날이 해방되던 해 10월 31일이었다.

"좌우합작의 차원에서 조선인민공화국의 초대 주석이 되어 주십시오."

"제의는 고맙소. 방송에서 말씀드린 바와 같이 연합하여 이 모든 건국의 일정을 같이 할 마음은 있소이다."

"감사합니다. 그리고 가장 중요한 문제가 건국을 위한 준비위원회에는 어떤 모양으로든지 친일파들이 전원 배제되어야만 인민대중들을 설득할 수 있습니다."

"그 점은 좀 더 심사숙고가 필요하오. 아직 이 나라에 국가적 대소사를 이해하고 이끌어갈 만한 위인이 그다지 많지 않고, 또 옥석에 대한 판단의 문제가 있기에 좀 더 신중하게 토의해 보길 원하오."

"각하께서 이 점을 먼저 짚어주지 않으시면 저희들은 협력해 드릴 수 없습니다."

결국 박헌영의 반기로 이날의 회담은 무산되고 말았다. 결국 그날로서 공산당과 완전 결별을 하게 된다. 조직력도 약하고 자원도 부족한 승만이 독촉에서 공산당을 배제함으로써, 조직적 기반을 확실하게 갖출 수 있게 되었다.

정읍발언

승만이 한국에 도착하기 전인 1945년 9월 30일 오후 6시. 평양시내 일본식 요정 '화방'에서 모종의 모임이 행해지고 있었다. 그 자리에는 조만식과 김일성이 마주하고 앉아 있었다. 놀랍게도 이 자리를 마련한 사람이 평양에 진주한 소련군 25군 정치사령부 정치담당관이었던 메크레르 중좌였다.

남쪽에서는 민족진영과 공산진영의 좌우합작을 미군정이 시도하고 있을 무렵 북에서도 민족주의세력의 거두인 조만식 장로와 소련군에 밀착된 빨치산의 지도자 김일성(본명 김성주)과의 합작을 시도하고 있었다. 해방은 이렇게 남북을 다시 좌우로 나누는 획책이 행해지고 있었던 공간이다. 그날 만남의 주요 목적은 10월 14일 '김일성장군 환영' 평양시민대회 개최의 건이었다. 일본의 항복으로 붉은 군대가 평양에 입성한 8월 24일 이전에 조만식 장로는 이미 건국준비위를 구성해 놓고 있었다. 하지만 애석하게 소련은 나름의 전략을 가지고 북한에 프롤레타리아 독재 정권을 세우려고 한 것이다. 평양에 들어온 소련 진주군의 고민은 북한의 지도자를 지목하지 못한 상황에서 박헌영을 비롯한 조선공산당의 핵심이 서울에 있는데다 이북지역의 토착 공산세력들은 일천해 수많은 갈등을 겪고 있었다. 이에 따라 민족주의자 일색인 지역인민위원회 등을 민족· 공산 양(兩) 세력으로 절반씩 배치, 지역행정권을 장악하는 기초작업에 착수했다. 한 마디로 남한은 이승만 판이듯 평양은 조만식 판이었다.

조만식 장로는 하얀 수염이 드문드문 난 얼굴에 검은 테 안경을 끼고 엷은 잿빛의 한복 두루마기 왼쪽 팔목에 내용을 알 수 없는 한문으로 쓴 완장과 머리에 하얀 붕대를 감고 있었다. 반면 김일성은 당시 귀밑까지 바짝 올려 깎은 전형적 군인 머리였다. 조만식 일행이 요정 대문을 들어서자 기생들은 마루에서 버선 바람으로 마당까지 허겁지겁 내려와 일행을 안내했다. 조만식이 상석에 앉아있자 김일성이 들어온다.

"김일성 장군님, 늦으셨군요. 인사하십시오. 조만식 선생입니다."

방문턱을 들어서는 김일성에게 강 중위가 벌떡 일어서면서 조만식에게 인사를 시켰다.

"선생님, 김일성입니다."

김일성은 큰절을 하며 인사를 한다. 조만식도 앉은 자세에서 약간 고개를 숙여 인사를 받았다.

"조 선생님, 앞으로 소련군정에 많은 협조를 부탁드립니다."

"오히려 저희들이 부탁을 드려야지요, 민족통일 국가건설에 협력해 주실 줄 믿습니다."

"자, 김 장군님은 한 잔 드시지요."

그때마다 김일성은 재빠르게 술잔을 비웠다.

"조 선생님도 한 잔 하시지요."

"저는 기독교 장로이기 때문에 술을 마시지 못합니다."

옆에 있던 기생들이 거들었다.

"선생님, 장군님의 소원인데 오늘 밤만 한잔 하시지요."

"고맙소, 하지만 일생동안 신앙을 지키며 술잔을 입에 대본 적이 없었어."

결국 조만식 장로는 삶은 닭고기 등 안주 몇 점만 집어 먹고 젓가락을
놓았다.

그날 밤 술자리는 김일성 장군 개선환영 평양시군중대회를 보름 앞두
고 협력을 유도하는 자리였다. 그 후 조만식 장로는 몇 차례 더 접촉을
하여 결국 김일성 환영대회 위원장을 맡게 된다.

승만은 생각에 잠긴다. 늑대를 피하였더니 이젠 곰이 위협하는 형국이
되었다.

"여러분, 나는 스탈린의 검은 흉계를 누구보다 잘 아는 바이오. 내가
일찍이 소련에 간적이 있으나, 참으로 처참한 지경을 당하여 추방된 적
이 있소. 소위 공산주의자들이란 통일전선 혁명전략이란 것을 통해 처음
엔 좌우합작을 하는 듯하다가 종지에는 숨은 마성을 드러내어 일거에 반
대자들을 숙청하는 매우 교활한 자들이오. 보시오, 스탈린은 이미 극동
군 총사령관 및 제 25군에게 '북조선에 반일적 민주주의 정당·단체들의
광범위한 동맹에 기초하여 부르주아 민주정권을 수립하는 데 협조하라'
는 지령을 보냈소. 우리가 우물쭈물하고 있는 순간 이미 소련은 북조선

5도행정위원회를 시작으로 북조선 5도행정국, 임시인민위원회를 통해 북 전역에 단독정권을 구축해 나가고 있소."

승만은 지지부진한 미군정의 정치일정에 대해 서둘러 줄 것을 부탁하기에 앞서 간부들을 모아 힘을 모을 것을 부탁했다.

"좋소, 그러면 우선 본격적인 정부를 세우기에 앞서 민주의원들을 선출하여 민도를 한 번 측정해 봅시다."

그리하여 하지의 정치고문으로 서울에 온 굿펠로 대령을 도와 1946년 2월 14일 '민주의원'을 투표로 뽑게 된다. 그러나 미 국무부는 어떤 종류의 좌파도 포함되지 않은 우익만의 '민주의원'은 쓸모가 없다고 하면서 이승만과 김구에 대해 불편한 감정을 숨기지 않는 것이었다.

"망명의 배경 때문에 중국 국민당 지원을 받고 있는 것이 분명한 김구나 다년간 국무부가 협상해본 결과 만족스럽지 못했던 이승만 그룹에 대하여 어떤 애정도 표시하지 말라."

이런 메시지가 국무부를 출발해 육군본부에서 맥아더를 경유해 하지에게 전달되었던 것이다. 그 문서는 1946년 2월 28일 소인이 찍혔다.

군인으로서 하지는 반공에 대한 생각이 이승만과 같았지만, 통치자로서의 하지는 국무부의 지령을 수용해야 하는 입장이었다.

"이 박사님, 지금 곧 미소공동위원회가 열립니다. 그러니 소련과 공산주의에 대한 비난을 조금만 자제해 주십시오."

"그것이 말이 되질 않소. 어찌 늑대를 피하자 곰이 기다리고 있는데, 그 길로 피한단 말이요."

"그렇다면 저는 국무부의 지시에 따라 극좌·극우세력을 배제하고 중도파인 김규식·여운형 선생 등을 앞세워 좌우합작운동을 출범시킬 수밖에 없습니다."

"하지 장군, 제가 살아보니 이 세상에 중도란 것은 없습니다. 특히 공산주의자들에게 중도주의란 그들의 아가리에 머리를 집어넣는 것과 같소이다. 체코를 보시오."

"하지만 이 박사님, 미 군정의 1차 목표는 현재의 민주의원을 대신 할 남조선 과도입법의원의 설립입니다. 그러니 제발 좀 협조해 주십시오."

"좋소, 그럼 방법은 하나 뿐이요. 우리는 우리의 세력을 입법의원에 많이 진출시키기 위해 전국적으로 위원회를 조직하겠소. 이것만은 막지 마시오."

"네, 알겠습니다."

그 길로 상황실을 만든 승만은 선거에 온 심혈을 기울였고 결과적으로 11월 선거에서 압승을 할 수 있었다. 그러나 민선의원 45명과 별도로 관선의원 45명을 중도파로 선임한다는 계획을 듣게 되었다. 승만은 발끈했다.

"아니 먼 거리를 와 하지를 방문해 그 계획을 철회하도록 촉구했는데, 이제 와서 일방적으로 이런 법이 어디 있소?"

"죄송합니다. 본국의 방침 상 박사님 혼자만의 집권을 도와선 안 된다고 합니다."

그의 퉁명스러운 말에 승만은 화가 난 목소리로 대답했다.

"좋소이다. 앞으로는 당신을 공개적으로 반대하겠소."

그렇게 응수하자, 하지는 쏘아 붙이듯 말했다.

"당신이야말로 미국의 계획에 협력하지 않으면 매장될 것이요."

'이대로는 안 되지.'

생각에 잠긴 승만은 미소공동위원회가 결렬되자 전국 순회 강연을 다니기 시작했다. 그중 호남지방 순방 도중인 1946년 6월 3일 전라북도 정읍에서 모종의 발언을 하기로 마음을 먹는다. 그것은 남한 과도정부의 가능성이었다.

"이제 우리는 무기휴회 된 공위가 재개될 기색도 보이지 않으며, 통일정부를 고대하나 여의케 되지 않으니 우리는 남방만이라도 임시정부 혹은 위원회 같은 것을 조직하여 38선 이북에서 소련이 철퇴하도록 세계 공론에 호소하여야 될 것이다. 여러분도 결심하여야 될 것이다. 그리고 민족 통일기관 설치에 대하여 지금까지 노력하여왔으나 이번에는 우리 민족의 대표적 통일기관을 귀경한 후 즉시 설치하게 되었으니 각 지방에서도 중앙의 지시에 순응하여 조직적으로 활동하여주기 바란다."

"이 박사 이럴 수가 있소?"
화가 난 하지중장은 사람을 보내어 강력하게 항의를 했다.
"생각해 보시오. 북에는 이미 올 해(1946년) 2월에 김일성을 임시인민위원회 수상으로 하는 사실상의 정부가 들어섰는데 우리도 속히 임시정부 혹은 위원회 같은 것을 조직하여 소련군이 북한에서 이룩한 변혁적 조치에 대응하지 않으면 미래가 어떻게 되겠소?"
승만의 주장은 폭탄적인 발언이었다. 모두가 통일정부를 세워야 한다고 주장하는 마당에 남한만의 과도 정부의 가능성을 언급한 주장은 파격적이었던 것이다. 그 때문에 하지뿐 아니라 모든 정당과 사회단체가 일어나 이승만을 맹렬히 비판했다. 좌파는 물론, 우파 가운데 한독당도 그를 비판했다. 다만 그를 지지한 것은 독립촉성국민회와 한민당 뿐이었다. 주요 언론기관으로서는 '한성일보'만 그를 지지했다.
"박사님, 너무 성급하셨던 것은 아닌지요?"
승만의 정치자문가인 올리버 박사도 걱정을 늘어놓았다.

"내 비록 정치적으로 고립된다 할지라도 만사는 적절한 시간이 있는 만큼 이번에 기회를 놓치면 우리는 또 다시 땅을 치며 통탄할 날이 올 것이요."

승만은 지나온 풍상만큼 가진 연륜이 있었다. 그러기에 모든 위험을 무릅쓸 만큼 강한 소신이 있었다.

"생각해 보시오, 남한에서 정부가 수립되지 않고 '정치적 미해결상태'로 계속 남게 되면, 미국은 세계의 다른 지역에서 이익을 얻기 위한 흥정에서 한국을 소련에게 넘겨 줄 위험이 매우 큽니다. 중국이 그것을 보여 주지 않소. 그들이 좌우합작, 국공합작을 했다가 결국은 어떻게 되었소?"

이러한 일련의 발언은 미 군정청의 정책을 정면으로 거부하는 것이었다. 당시 하지 중장은 이승만의 라디오 방송 원고를 미리 검열할 정도로 그 폭발성을 인정하고 있었다. 하지만 그런 견제에도 불구하고 결국 승만은 1946년 6월 말에 독립촉성국민회 안에 '민족통일총본부'를 설치하여 본격적인 단독정부 세우기 실천 행동에 돌입한다.

"백범, 나는 우리의 자율정부를 수립하기 위해서는 강력한 조직이 필요하다고 생각하오. 하지만 독립촉성국민회는 너무나 조직이 느슨할 뿐 아니라 단결력도 한계가 있어요, 그래서 보다 강력한 조직을 조직해서 이제는 말이 아니라 결단하고 실행해야 한다고 생각하오. 백범의 생각은 어떻소?"

"저도 형님의 생각에 백 번 천 번 동의합니다."

결국 1946년 6월 말에 그 조직 안에 '민족통일총본부(민통)'를 설치하기에 이른다. 그것은 민족의 모든 세력을 통합할 것을 목표로 하고 있었다. 더 큰 의미는 김규식과 여운형이 미군정의 지원을 받아 추진하고 있는 좌우합작운동을 견제하기 위해 대항마로 조직을 개편한 것이었다.

그리고 얼마 지나지 않아 1946년 6월 11일 서울 정동교회에서는 '독촉 국민회 전국대표자대회'가 개최되었다. 초청을 받은 승만은 이날 강한 어조로 연설을 한다.

"소련 사람을 내보내고 공산당을 이 땅에 발 못 붙이게 합시다. 이제 우리도 때가 되었으니 최고사령부라고나 할까, 최고의 명령을 내리는 기구를 조직할 터입니다. 그러니 이 명령에 복종함을 맹세할 것을 약속하여 주시기를 바랍니다."

이윽고 연단에 오른 백범은 청중들의 호응을 이끌어내기 위하여 구호를 제창하였다.

"여러분! 우리는 죽음으로써 이승만 박사께 복종하기를 맹세합시다."

"네!"

우레와 같은 화답이 청중 가운데서 일어났다. 그리고 8월 15일 미 군정청에서 열린 8·15 해방 1주년 기념식에 참석하여 하지 중장에 이어 인사말을 하는 자리에서도 다시 한 번 더 강조 했다.

"탕! 탕!"

1946년 9월 10일 독립정부 수립 문제를 미소공동위원회로부터 유엔에 넘길 것을 요구하기 위해 임영신을 미국에 파견한 직후 9월 12일 돈화문 앞에서는 총성이 울려 퍼졌다. 공산주의자의 권총저격 사건이 발생한 것이다. 다행히 미수에 그쳤으나 모든 이들의 간담을 서늘케 하였다. 이러한 일련의 테러를 방지하고자 급거 우익단체들이 통합하여 서북청년단을 결성하게 된다. 승만은 김구와 한민당과 함께 서북청년단에 자금을 지원해 주어 우익요인의 보호에 앞장서고 공산주의자들의 경거망동을 제지하게 했다.

"각하, 북한에서 인민위원회 위원 선거가 곧 열린다고 합니다."

"드디어 그들의 본심을 드러내는구먼. 두고 보지, 그들이 자기들이 북을 장악했다고 드는 순간 우리를 어떤 모양으로든지 분열시키고 공격해 올 것이란 것을. 그래 우리는 별다른 조치 같은 것을 안했나?"

"38선이 막히고 월남했던 우리 반공단체들이 일부 다시 월북하여 선거방해를 도모하고 있다고 합니다."

"목숨을 걸어야 하는 일일 텐데."

아니나 다를까 며칠 후 북의 선전방송에서는 김일성의 긴급담화가 발표되었다.

"우리 북반부에서 평온히 인민들의 민의를 모으는데 비열하게도 미제의 주구노릇을 하는 이승만과 김구 패당이 배후에서 이를 방해하고 조종하는 데, 이는 역사에 반역을 하는 짓이요, 나아가서는 조선반도의 영구한 분단을 초래하는 행위임을 만천하에 천명하는 바이다."

실제로 이 발표 후, 북으로 간 선전대원 몇 명이 사망한 일이 발표가 되었다.

"그래 북으로 간 우리 쪽 선전대원들이 뭐라고 이야기하며 다녔다고 합디까?"

"우선, 선거를 하는 것은 영구적인 분단으로 가는 길임을 이야기 한 다음 북의 '선거가 비민주적이다', '승려들과 목사들은 선거하지 말라', '공동후보가 아니라 자유경쟁으로 하라'고 했다고 합니다."

"틀린 말은 하나도 없구먼."

"심지어 유권자들에게 굳이 선거에 참여하겠다면 반대의 뜻으로 흑함을 만들어 그 안에 넣으라는 흑함운동을 하였답니다.”

“흑함?”

“네! 만약 선거에 참여해야 한다면 검은 투표함을 만들어 그곳에 반대
표를 던지라고 하며 다녔다고 합니다.”

“누가 주로 그런 운동을 했다는 겁니까?”

“가장 강력한 운동이 황해도 구월산을 중심으로 움직이는 구월산 유
격대라고 합니다.”

얼마 후 북은 이들에 대하여서 혹독한 비판의 소리를 내었다.

“이들은 모두 인민의 원수이며 반동파들에게 매수되어 그들의 간첩배
가 된 세력이 분명하다. 우리의 선거기간에 생산기관의 방화, 운수부분
에서 충돌사건, 주요 인사의 암살미수사건 등은 모두 반동세력의 반대운
동의 일환이다. 이는 모두 다 이승만과 김구가 파견한 방화단이다.”

하지만 당시만 해도 그런 자리까지는 승만의 입김이 작용하지 못했다.
38선의 분단과 그동안 북의 만행에 염증을 느낀 월남민들 중의 일부가
조직력을 가지고 적극적으로 활동을 한 것이었다.

이러한 일련의 상황을 보며 더욱 급박감을 느낀 승만은 대(對)미국 로
비를 위해 그 해 12월 2일 출국한다. 승만은 비행기 안에서 다시 한 번
미력한 나라와 자신의 한계를 뼈저리게 느낀다. 비행기 안에서 수행하는
기자들과 동행자들에게 이렇게 말한다.

“잘 들어봐요, 한국의 독립은 우리의 의지와는 상관없이 미국과 일본
이 충돌하는 ‘그날’에 이뤄진다고 믿었고 그것을 내가 수없이 이야기했
지. 왜 그런 줄 아나? 한국의 멸망 역시 우리의 의지와 상관없이 미국,
영국, 일본 등 열강의 공조 하에 이뤄진 일이기 때문이지. 그런 국제적
공조가 깨지지 않는 한 조선이 독립할 가능성은 없었어. 그 공조체제는

언젠가 깨질 것을 나는 알았지. 일본은 미국과 같은 자유인의 공화국이 아니거든. 자유통상의 나라가 아니란 이야기지. 자신을 신의 나라로 여기는 가운데 아시아를 지배할 권리가 있다고 믿는 나라였기에 미국과 충돌할 수밖에 없었지."

승만이 말한 '그 날'이라고 한 것은 진주만 공격이고, 일본의 공세에 위기를 느낀 미국이 그 공조를 깨버림으로 우리의 독립이 왔는데, 지금 미국은 다시 소련과 공조하여 한반도를 반반으로 지배하려고 하는 것이다. 이를 저지하기 위해 승만은 다시 미국으로 가는 것이다. 가는 비행기 안에서 그는 미국무부에 제출할 서류와 각 곳에서 연설할 원고를 다 듬었다.

"모름지기 진정한 자주 정부란 우리가 우리 뜻대로 만드는 것이외다. 그것이 우리의 정부이지, 미소공위나 만국회의에서 만드는 것은 우리의 정부가 아니외다. 우리의 최대 불행은 미소 양국의 이념차이로 인한 혼돈에 아무 관계도 없이 끌려 들어간 것이니. 미소 양국은 각기 자기들의 문제를 혼돈하지 말고 우리로 하여금 국권을 회복하도록 하여야 할 것이외다. 다시 말해, 우리 문제를 외국손님들이 아무리 좋게 해결하여 주려 하여도 한인들의 의사를 모르고는 우리 문제를 좋도록 해결할 수 없을 것이다. 한국문제는 한민족 자신의 역량에 의하여 자주적으로 해결해야 할 것이외다."라고 작성했다.

미 국무성에 제출한 한국문제 해결에 관한 건의서에서 승만은 다음과 같이 말했다.

"이 대로는 좌우익의 합작 운운하는 소리를 잠재울 수가 없겠습니다. 급거 모인 남한의 우리 우익 세력들은 새로운 발상이 필요함을 알게 되었습니다. 그래서 1946년 5월 12일 서울운동장에서 '독립전취국민대회'를 열기로 하였고 그리고 모였습니다. 저는 그때 결정을 요구했습니다. 미국과 소련의 개입이 없는 한국인 스스로의 자율정부 수립을 촉구하는 것입니다. 그것은 경우에 따라서는 남한지역에서만 수립되는 단독정부이어도 좋을 것입니다. 그러나 말들은 그렇게 하여도 감히 남한단독정부 수립을 주장하는 자는 한 명도 없기에 저는 다시 한 번 좌익들이 잡고 있는 언론계와 지식인 사회로부터 분단 책동자로 공격을 받을 각오를 하면서도 이를 감행하고자 합니다. 이의 감행을 앞두고 미국무부와 대통령에게 건의를 드리는 것이니 받아들여주시기를 바랍니다."

승만은 한 신문사와의 인터뷰에서 다음과 같이 밝혔다.

"좌우합작의 중요목적은 미소공위를 속개시키어 38선을 철폐하고 남북을 통일한 정부를 수립하자는데 있었기 때문에 나는 무조건으로 지지하고 과거 5개월 동안 정치적으로 침묵을 지켜왔다.…좌우합작이 성립되어 38선이 철폐되고 남북통일정부가 수립되면 그 정부가 어떠한 정부든 그 정부에 들어가는 사람이 어떠한 사람이던 나는 한 시민으로 이를 무조건 지지하겠다. 하지만 남한정부 수립이란 말은 '임시정부 혹은 위원회'니 이 역시 선거에 의해야겠지만 이 남한 '과도정부수립'은 모두가 분단을 위한 남한의 단독 정식 정부가 아니라 통일을 추진하기 위한 '임시정부'요 '과도정부'다."[11]

---

11) 미국무성이 이러한 지시를 미군정에 하달했다는 사실은 U.S. Department of State, Foreign Relations of the United States(略: FRUS) 1946, VIII, Washington D.C.: U.S. Government Printing Office, 1971, pp. 645~646 와 pp. 698~699에서 확인된다.

"미 국무성 내 일부 분자는 조선에 독립을 수여한다는 미국 측 언약의 실천을 방해하고 있는 것 같다.…이들은 공산주의에 기울어지고 있는 것 같다.…남조선 주둔 사령관 하지 중장은 좌익에 호의를 가지고 있으며, 남조선 미군정 당국은 조선의 공산당 건설과 이에 대한 원조 노력을 계속하고 있다.…하지 중장은 남조선입법의원 관선의원의 상당수를 공산주의자에게 배정 임명했다."

이런 주장을 펼쳤다. 이러한 비난에 대해 미 국무성은 무시하는 전술을 취했다. 공식적인 반응을 보이면 결과적으로 승만의 정치적 위상을 높여줄 것이라는 판단 때문이었다. 하지도 대체로 무시하는 전술을 취했다. 하지는 승만이 미국에 체류하고 있던 1947년 2월 미국에 가 있으면서 승만을 만나지도 않았다. 승만의 비난에 대해 아무런 공식적 대응을 하지 않았다. 대신에 하지는 승만을 견제해줄 재미 한인사회의 반이승만 성향의 지도자를 귀국시키는 공작을 전개했다. 그러한 공작의 일환으로 하지는 서재필을 미군정의 최고 의정관으로 임명하여 자기와 함께 서울로 오려 했다.

31

제헌국회

이 우주와 만물을 창조하시고 인간의 역사를 섭리하시는 하나님이시여, 이 민족을 돌아보시고 이 땅에 축복하셔서 감사에 넘치는 오늘이 있게 하심을 주님께 저희들은 성심으로 감사하나이다.

오랜 세월 동안 이 민족의 고통과 호소를 들으시고 정의의 칼을 빼서 일제의 폭력을 굽히시사 하나님은 이제 세계만방의 양심을 움직이시고 또한 우리 민족의 염원을 들으심으로 이 기쁜 역사적 환희의 날을 이 시간에 우리에게 오게 하심은 하나님의 섭리가 세계만방에 현시하신 것으로 믿나이다.

하나님이시여, 이로부터 남북이 둘로 갈리어진 이 민족의 어려운 고통과 수치를 신원하여 주시고 우리 민족, 우리 동포가 손을 같이 잡고 웃으며 노래 부르는 날이 우리 앞에 속히 오기를 기도하나이다.

하나님이시여, 원치 아니한 민생의 도탄은 길면 길수록 이 땅에 악마의 권세가 확대되나 하나님의 거룩하신 영광은 이 땅에 오지 않을 수 없을 줄 저희들은 생각하나이다. 원컨대, 우리 조선독립과 함께 남북통일을 주시옵고 또한 민생의 복락과 아울러 세계평화를 허락하여 주시옵소서. 거룩하신 하나님의 뜻에 의지하여 저희들은 성스럽게 택함을 입어 가지고 글자 그대로 민족의 대표가 되었습니다. 그러하오나 우리들의 책임이 중차대한 것을 저희들은 느끼고 우리 자신이 진실로 무력한 것을 생각할 때 지와 인과 용과 모든 덕의 근원되시는 하나님께 이러한 요소를 저희들이 간구하나이다. 이제 이로부터 국회가 성립되어서 우리 민족의 염원이 되는 모든 세계만방이 주시하고 기다리는 우리의 모든 문제가 원만히 해결되며 또한 이로부터 우리의 완전 자주독립이 이 땅에 오며 자손만대에 빛나고 푸르른 역사를 저희들이 정하는 이 사업을 완수하게 하여 주시옵소서.

하나님, 이 회의를 사회하시는 의장으로부터 모든 우리 의원 일동에게 건강을 주시옵고, 또한 여기서 양심의 정의와 위신을 가지고 이 업무를 완수하게 도와주시옵기를 기도하나이다. 역사의 첫걸음을 걷는 오늘의 우리의 환희와 감격에 넘치는 이 민족적 기쁨을 다 하나님에게 영광과 감사를 올리나이다.

이 모든 말씀을 주 예수 그리스도 이름 받들어 기도하나이다. 아멘.

1948년 5월 31일 대한민국의 남쪽에서는 제헌국회 제1차 회의가 열리고 있었다.

승만은 감격이 복받쳐 오르는 것을 꾹 참고 태연한 척 하기도 힘들었다. 임시의장으로 승인된 승만이 의장석에 등단하자 박수 소리가 회의장 밖까지 전해졌다.

"국회의원 여러분, 먼저 하나님께 기도합시다."

이렇게 제의를 하여도 어느 누구하나 제지하는 이가 없었다. 이에 목사로서 국회의원에 당선된 이윤영 의원으로 하여금 이 나라 최초로 열리는 제헌국회에서 기도하게 했다. 승만은 이 역시 초유의 일임을 알고 있었다. 여기에 승만의 계획이 또 있었다. 국회에서 일어난 일이기 때문에 당연히 국회속기록에도 기록이 될 것이고, 이것이 발판이 되어 국회뿐 아니라 대통령 임명, 장관 임명 때도 기도하게 되기를 바란 것이다. 승만은 모든 것을 다 머릿속으로 계산하고, 의도적으로 그렇게 한 것이다. 그날 국회선거위원회사무총장의 보고로 의원 198인 전부가 다 등록이 되었다고 보고 했다. 그러자 우뢰와 같은 박수 소리가 들렸다. 이윽고 순서 절차에 따라 임시의장을 추천하게 되는데 의원 가운데에서 최고 연장이 되시는 이승만이 임시의장이 된 것이다.

이승만 의원이 의장석에 등단하여 박수를 받은 뒤 이렇게 시작했다.

"대한민국 독립민주국 제1차 회의를 여기서 열게 된 것을 우리가 하나님에게 감사해야 할 것입니다. 종교 사상 무엇을 가지고 있든지 누구나 오늘을 당해 가지고 사람의 힘으로만 된 것이라고 우리가 자랑할 수 없을 것입니다. 그러므로 하나님에게 감사를 드리지 않을 수 없습니다. 나는 먼저 우리가 다 성심으로 일어서서 하나님에게 우리가 감사를 드릴 터인데 이윤영 의원 나오셔서 간단한 말씀으로 하나님에게 기도를 올려 주시기를 바랍니다."

그러면 의원들은 반발하지 않았을까? 감사하게도 제헌 국회의원 구성원을 보면 제헌의원들 중 목사가 4명이나 있었다. 기도한 이윤영 목사를 비롯해 오택관 목사, 이남규 목사, 오석주 목사 등이 있었다. 그리고 이 승만과 윤치영 등 50여 명이 기독교 신자였다. 제헌의원은 북한에 배정된 100명을 빼고, 200명이었다. 제주는 4·3항쟁 때문에 선거가 연기되어 198명이었다. 즉 198명 중 54명이 목사와 기독교 신자로 약 27%가 기독인이 의원이 되었다. 당시 기독교 신자는 전체 인구 5% 내외였음에도 불구하고 지도자로 뽑힌 사람은 4분의 1이 넘었던 것이다. 승만은 1945년 11월에 다음과 같은 말로 기독교입국론을 주장했었다.

"여러분 하나님 말씀을 반석 삼아 의로운 나라를 세우기 위해 매진하자."

그리고 국회를 통하여 성탄절을 공휴일로 만들고, 군종제도 도입 등 친기독교 정책을 펴나가면서 청년 때 품었던 꿈을 하나하나 펼쳐나가기 시작한 것이다.

승만은 초대 제헌국회를 마치고 돌아와 지난 3년의 세월을 돌이켜 보았다. 어느 것 하나 쉽게 된 것이 없었다. 순간순간이 투쟁이었고 고비였다. 정말 아찔한 순간도 많았다. 오늘의 이 자리가 없어질 뻔 한 일들도 머리를 스치고 지나갔다. 그렇게 된 데에는 미군정의 어정쩡한 태도가 가장 큰 몫을 했다.

"이 박사님, 우리가 좌우합작을 하라는 이야기를 그냥 드리는 것이 아닙니다. 저희가 전국에 걸쳐 정치이념조사를 했습니다."

"아니, 그건 또 언제 하셨습니까?"

"시국이 얼마나 복잡한데, 자꾸 고집을 피우시니 저희들이 안할 수가 없죠."

"그래서요?"

"사회주의, 공산주의, 자본주의 중 '귀하가 찬성하는 것은 어느 것입니까'라는 질문에 8,453명이 응답했는데, 그중 70%에 해당하는 6,037명이 사회주의를, 7%에 해당하는 574명이 공산주의를 선택했습니다."

"그럼 자본주의는 얼마나 나왔소이까?"

"아쉽게도 1,189명으로 14%에 불과했습니다."

이 조사는 1946년 미군정이 한 것이었다. 승만은 그 자료를 보고 놀라지 않을 수 없었다. 왜냐면, 귀국을 할 45년 당시만 해도 일반 국민들은 공산당이 무엇인지. 좌우익에 대한 개념이 없었다. 그런데 단 1년 동안 얼마나 공산·사회주의자들이 선전 선동을 했는지 그렇게 경도가 된 것이다. 그 결과 남쪽은 수많은 사람들이 희생을 당하고 감옥에 들어가는 피의 혼란이 계속되어 온 것이다.

승만은 그렇게 된 원인 몇 가지를 찾아내었다.

첫째, 모든 산업이 북쪽에 있는 관계로 남쪽엔 실업자가 너무 많다.

둘째, 발전소를 비롯한 대다수의 인프라가 북에 있다 보니 북에 너무 의존적이다. 북은 계속하여 전기 공급을 끊는다고 협박을 한다.

셋째, 남쪽의 주산업은 농업인데, 자기 땅을 가지지 못한 자가 너무 많다.

승만은 이런 일련의 사태들을 예의주시하면서 이론적으로도 공산주의를 물리쳐야 하겠지만 결과적으로는 민생을 살려야만 궁극적인 해결이 된다는 것을 알고 있었다. 이를 위하여 집권을 하게 되면 빠른 속도로 민심을 돌려 자유의 시민으로 만들어가야 한다고 생각을 했다.

항상 그렇지만, 사건은 엉뚱한데서 풀리게 된다.

정판사 위조지폐 사건이 불거지면서 공산주의자들의 입지는 국민의 염원을 무시한 신탁통치 찬성에 이어 다시 한 번 급격히 쇠퇴하게 되는 결정적인 계기가 되는 것이다. 1946년 5월이었다. 박헌영이 조직한 조선공산당의 당원인 은행 직원 이관술의 지휘 하에 10만원의 위조지폐를 만들다가 야간 순찰 중이던 군정청 수도경찰이 적발한 것이다.

1945년 재건된 조선공산당은 소공동의 정판사가 위치한 건물에 입주하여 기관지 '해방일보'를 발행하기 시작했다. 조선정판사는 박낙종이 사장으로 있었는데, 일제 때 조선은행의 지폐를 인쇄하던 인쇄소였다.

1946년 5월 15일 수도경찰청 청장인 장택상은 '조선공산당 인사들이 정판사에서 약 1천 2백만원 어치의 위조지폐를 찍어 유포한 사실이 드러났으며, 관련자들을 체포했다'고 공식 발표한 것이다.

이는 조선공산당의 활동 자금 마련과 남한 경제의 교란을 동시에 추구하기 위하여 저질렀던 일인 것이다. 수사가 진행되고 이 사건의 주범으로 조선공산당 재정부장인 이관술과 '해방일보' 사장 권오직과 이들의 지시로 정판사 사장 박낙종, 서무과장 송언필이 위조지폐를 인쇄해 유통시킨 것으로 밝혀졌다. 조선공산당 당원이며 일제 강점기부터 정판사 직원이었던 김창선이 지폐 인쇄판을 미리 훔쳐 갖고 있었다는 것이 드러났다. 사건 직후 권오직은 38선 이북으로 달아났고, 이관술은 체포되어 무기징역을 선고받게 되는 초유의 사건이 일어났다.

덕분에 이 사건으로 정판사는 좌우이념대립 당시 우파 노선을 걷던 천주교회에 불하되어 이름을 바꾸고 '경향신문'을 인쇄하게 되었다. 결국 조선공산당 총비서 박헌영은 상여 속에 숨어 서둘러 월북하는 일로 마무리 된다.

당시 해방일보의 정치부 수석기자로 있었던 박갑동은 박헌영에 대한 글을 쓰면서 "조선공산당은 사실상의 만성적인 자금난에 시달려 활동비 조달에 애로를 겪었으며 조선공산당이 근택(近澤) 빌딩에 지폐 인쇄시설이 있다는 것을 사전에 알고 그 건물을 접수했다고 밝혔다. 승만은 지금도 조선공산당의 발목을 휘어잡은 결정적인 사건인 정판사의 위조지폐인쇄 사건은 하나님이 밝혀주신 것이라고 생각하고 있다.

1946년 9월 6일 박헌영을 비롯한 조선 공산당 간부 이강국, 이주하에 대한 체포영장을 발부받게 된다. 같은 날 미 군정청은 3개 좌익신문 조선인민보, 중앙신문, 현대일보를 폐간시키고 신문사 간부들을 체포한다.

제헌국회가 열리기까지 위기는 계속적으로 있었다.

그 중의 하나가 2.7 사건이었다. 미군정과 이승만이 중심이 된 건국준비위원회의 일정에 따라 1948년 5월에 대한민국 제헌국회 총선이 착착 진행되고 있었다. 그러나 남한만의 단독 선거에 대하여 반대하는 여론을 조작하는 공산주의자들의 책동이 시작된 것이다. 남조선로동당이 이같은 여론을 선도했고, 이 사건 이틀 후인 1948년 2월 9일에는 백범이 '삼천만 동포에게 읍소한다'라는 제목으로 단선단정 반대 의사를 밝히자 일파만파로 동조하는 세력들이 생기기 시작한 것이다. 단선단정을 반대하는 과격분자들은 2월 7일을 기해 전국적으로 대규모 파업을 일으키고, 총칼을 동원한 무장폭동까지 일으키는 사태가 일어난 것이다. 2월 5일, 군정장관 A.L. 러치는 다음과 같은 성명을 발표한다.

"미군은 한국이 선거후에 안정된 모습을 보일 때까지 철수할 계획이 없다."

성명 발표 이틀 후부터 전국적인 봉기가 시작이 된다. 남로당의 단선반대 구국투쟁위원회가 지휘한 노동자 파업을 중심으로, 전기 노동자들이 송전을 중단하고 철도 노동자들은 철도 운행을 중지하며 통신 노동자들은 통신 설비를 파괴하는 방식을 통해 미군정을 압박하며 이루어졌다. 이에 호응한 농민들의 가두시위와 학생들의 동맹휴학이 더해졌으며 일부지역에서는 경찰관서를 습격, 다수의 희생자가 발생하게 되었다.

"박사님! 2.7 구국투쟁이라고 하면서 공산주의자들이 드디어 무력 준동하기 시작했습니다."

"그런가요? 그들의 주장이 도대체 뭐요?"

비서는 그들의 주장이 담긴 삐라를 내밀었다.

- 조선의 분할 침략 계획을 실시하는 유엔 한국 위원단을 반대한다.
- 남조선의 단독 정부 수립을 반대한다.
- 양군 동시 철퇴로 조선 통일 민주주의 정부 수립을 우리 조선 인민에게
  맡기라.
- 국제 제국주의 앞잡이 이승만, 김성수 등 친일 반동파를 타도하라.
- 노동자, 사무원을 보호하는 노동법과 사회보험제를 즉각 실시하라.
- 노동임금을 배로 올리라.
- 정권을 인민위원회로 넘기라.
- 지주의 토지를 몰수하여 농민들에게 나누어 주라.

"허허, 하나같이 공산주의자들이 아니면 주장할 수 없는 내용들이구려. 심지어 백범도 동조한다면서요?"

"김구 선생 계열은 무장투쟁에는 참여하지 않지만 심정적으로 그들 편이 되어 도화선 역할을 하고 있습니다."

"현재 경과는 어떻소?"

"서울에는 철도 노동자들이 파업을 벌이고 있고 시내 주요 공장의 노동자들도 파업에 돌입했습니다. 남대문과 영등포 지역에서도 수십 차례에 걸쳐서 가두시위가 벌어졌는데, 그것은 일상적인 시위라 할 것이지만 경상남도 부산은 부두 노동자들과 선원들의 파업으로 부산 일대의 해상 교통이 일제히 마비되는가하면 전차 운행도 중지되고 4,500여명의 학생들까지 시위에 나섰습니다. 합천과 거창 그리고 임실군의 경우에는 경찰

지서가 공격당해 사상자가 상당히 많이 발생했다고 합니다."

다음날 승만은 신문을 통해 뉴스를 접하고 눈물을 아니 흘릴 수 없었다.

"주여! 우리가 그토록 우려하던 일이 백주 대낮에 일어나는 군요."

그 신문에는 경상남도 밀양군에서 2월 7일 이른 아침에 농민들이 지서 두 곳을 습격하여 경찰이 발포로 맞서면서 10여 명이 사살되고 100여 명이 검거되었다는 것이었다. 합천군에서도 오전과 오후 두 차례에 걸쳐 농민들이 지서를 공격하여 역시 100여 명이 검거되었다고 보도되어 있었다. 이와 유사한 충돌이 전국에 걸쳐서 일어나면서 2월 20일까지 2주 동안 진행되었다. 전체 참가 인원은 약 200만 명이었으며, 이 과정에서 사망한 사람은 100여 명, 투옥된 사람은 8,500명 정도라고 승만은 이야기를 들었다.

"그래, 이제 다 진압이 되었다고 하오?"

소식이 너무나 궁금했던 승만은 물어보지 않을 수 없었다.

"네 거의 진압은 되었다고 합니다."

"그래요, 인명피해는 많지는 않소?"

"2.7 사건 종합한 결과가 나왔는데 우발적인 게 아니라 사전에 충분히 계획되고 준비된 무장투쟁이었다고 합니다. 그래서 거의 모든 지역에서 동시다발적으로 일시에 사건에 돌입할 수 있었답니다."

"그래요, 내 미 군정청에 들어가 봐야겠으니 채비를 좀 해주시오."

승만은 급히 차를 몰아 하지 중장을 만나러 갔다.

"보시오, 장군, 공산주의자와는 타협이나 합작, 연정이 되지 않는다고 내가 누차 말하지 않았소. 나는 장담하오, 앞으로 몇 차례나 더 이런 유혈사태가 일어날 것이요. 볼셰비키 혁명사를 읽어보지 않았소. 그들은 목적을 위해서는 수단을 정당시하는 사람들이오."

"이 박사님, 충분히 이해합니다. 우리 미군정을 반대하는 세력들이 많다는 것은 알고 있습니다. 지금 조치를 취하고 있습니다. 기다려 주십시오."

하지만 그런 바람도 무심하게 공산주의자들은 지구전 태세에 돌입하게 되었고, 이는 각 지역 산악 지대를 중심으로 조선인민유격대의 초보적 형태를 구성하면서 결국 제주 4.3 사건이라는 무장 봉기로 이어졌다. 승만은 가까운 교회로 가서 무릎을 꿇고 기도하는 수밖에 없음을 느꼈다. 이것은 위기의 시작이며 또 다른 재앙의 서곡이라는 것을 본능적으로 느낄 수 있었기 때문이다. 《재팬 인사이드 아웃》을 집필했을 때처럼 공산주의의 가면을 벗겨 미군정과 일반 국민들에게 낱낱이 보여주고 싶었다. 하지만 자신의 한계와 처지로는 생각대로 할 수 없음이 안타까울 뿐이었다.

승만이 미국을 다녀오고 얼마 후였다. 제주도에서 큰 사건이 터졌다는 급전이 날아왔다. 2.7 사태가 소강상태에 접어드는가 했던 1948년 4월이었다.

"각하! 남조선노동당이 제주도를 점령하고 해방구를 선포했다고 합니다."

"그게 무슨 말입네까?"

"제주도에서 4월 3일 대규모 공산폭동이 일어났다고 보고되었습니다."

"아니 2.7 사태가 난 후 좀 공산폭동이 좀 잠잠해진 듯하더니."

"이번에도 대단히 의도적이고 주도면밀하게 사태가 진행되고 있다고 합니다."

"도대체 누가 주도했다는 겁네까?"

"박헌영과 남로당 제주도당 군사부 총책이자 제주인민유격대사령관 김달삼이라는 자가 350여 명의 무장폭도들을 조직해서 3.1절 기념식을 기화로 무장혁명을 시도했다고 합니다."

"그래요!"

"무슨 목적으로 그랬대요?"

"2.7사태 때와 마찬가지로 5·10 제헌국회의원선거를 저지하기 위함이랍니다."

"대한민국 건국과 정부수립을 방해하면 그것이 반역 아닙니까?"

"저들은 김일성에 의해 1947년 2월 17일자로 수립된 북한 최초의 인민정부인 '북조선인민위원회'를 지지·지원하기 위해 일으켰다고 합니다."

"그렇다고 무장 폭동을 일으켜?"

이미 박헌영은 1946년 5월 남로당의 '조선정판사위폐사건'으로 미군정의 지명수배를 받게 되자, 그해 9월 북으로 도주했다. 그리고 비밀지령문들을 통해 지시를 내리고 명령을 한 것임이 관계자 취조 과정 중에 드러났다.

"그러면 상황이 어떻게 전개되고 있소?"

"제주인민해방군이라 칭하는 자들이 북한의 혁명가요인 '적기가'와 '인민 항쟁가'를 부르면서 제주도내 경찰지서 24개중 12개소를 비롯한 수많은 관공서 건물을 약탈·방화하고, 우익인사와 군경가족을 습격·살해하는 등 폭력적 수법으로 반인륜적인 살인 만행을 저질렀다고 신문에 났습니다."

"허참, 어쩌다 나라가 이 지경이 되었나? 큰일입니다. 큰 일!"

얼마 후 승만은 미군정 당국으로부터 4.3 사건에 대한 브리핑을 받았다.

"남로당 상부 지시로 발생했다는 것이 사실이요, 하지 장군."

"네 현재로선 사실입니다."

"그것을 어떻게 아오?"

"그들이 패퇴하면서 미처 소각하지 못한 문서가 발견되었습니다."

"오! 그래요. 그게 무엇입니까?"

"남로당의 '제주도인민유격대 투쟁보고서'가 발견되었습니다."

"그래요! 뭐라고 되어 있습디까?"

"보고서에 보면 1948년 3월 중순경 상부로부터 무장 반격 지령을 받은 것으로 돼있습니다."

"그러면 진압작전은 불가피한 것이었소?"

"네, 그렇습니다. 이 같은 불법적인 '무장폭동'에 대해 당국이 질서회복 차원에서 '진압작전'으로 대응한 것은 너무나도 당연한 선택이었다고 생각합니다."

얼마 후 주동자인 김달삼은 박헌영의 지령에 따라 폭동이 진행 중이던 1948년 8월 2일 제주에서 선박 편으로 목포를 거쳐 월북하였다고 한다. 그리하여 8월 21부터 25일까지 해주에서 열린 이른바 '남조선인민대표자대회'에 참석해 '제주 4·3 투쟁보고'를 하고, 대한민국의 타도를 이렇게 외쳤다고 첩보가 왔다.

"조국의 해방군인 위대한 소련군과 그의 천재적 영도자 스탈린 대원수 만세!, 김일성 장군 만세!"

월남한 인사들에 의해 김달삼은 그 공로를 인정받아 김일성, 박헌영, 홍명희, 허헌 등과 함께 49명으로 된 조선민주주의인민공화국 헌법위원회 위원으로 선임돼 9월 9일 선포된 조선민주주의인민공화국 창설에 기여하고 있다고 한다.

"각하! 저희들이 조사한 바에 따르면 김달삼은 제주 4.3폭동에 대한 공로로 김일성 수상 명의로 국기훈장 2급을 받았다고 합니다."

"정말 후안무치로다."

"각하, 오늘자 동아일보에 보다 확실한 사실이 보도되었습니다. 보십시오."

그날은 4.3 폭동사건이 일어난 지 한 달쯤 되는 날이었다.

"제주도폭동현지답사. '동족살상이 인민항쟁인가?', '최고 100만원의 살인 현상 지령, 극악무자비한 폭상' '인민 해방군은 순경 1만원, 형사 2만원, 경위이상 3만원, 경찰 유력자는 100만원의 살인 현상금을 걸고 살해를 촉구하고, 각 읍면 촌락에는 후원대를 조직하여 물자를 공급케 하면서, '목포까지 김일성 군이 내도하였으니 안심하라'는 적 전술을 연출하고 있다"

쌀 33가마니 값에 해당하는 금액이 순경 1명 사살에 대한 상금이었다. 이런 막대한 자금은 북한 공산당이 모든 국민이 함께 사용하는 화폐를 극비에 개혁, 구 화폐를 수거하여 남쪽으로 보내 사회를 교란하고 공작비, 파업지원비, 조직비 등으로 사용하였기에 가능한 것이었다.

"각하 또 반란입니다."

"아니! 이번에 또 뭐요?"

"여수 14연대가 쿠데타를 일으켰다고 합니다."

"뭐요. 쿠데타?"

일본으로 급전이 날아왔다. 이제 대통령이 된지 두 달이 된 승만은 여순사건이 일어난 10월 19일 아침, 맥아더 극동사령관을 만나기 위해 일본에 있었다. 그래서 반란이 발생한 날 서울에 없었다. 승만은 남한 내에서 자신에 반대하는 군 반란이 일어나리라고는 전혀 상상하지도 못했다.

여수시내에서 벗어난 신월동 바닷가에 주둔한 국방경비대 14연대의 부대원 상당수는 좌익 활동을 하다가 체포를 면하기 위해 입대한 젊은이들이었다.

10월 15일 육군 총사령부로부터 명령이 떨어졌다,

"14연대는 긴급히 제주도로 출동하여, 4.3 사태를 진압하고 빨치산들을 발본색원하라."

당연한 명령이었지만 14연대 3천여 명의 병사들은 동요하고 있었다. 그들이 제주도로 급파되어 전투에 돌입하면 동지들을 죽이는 것이 되기 때문이다. 그렇다고 해서 제주도의 반란군과 합세하면 제주도라는 섬에서 결국 죽음을 면하기 어렵다는 것을 알았기 때문이다. 14연대 안에는 남로당원인 하사관들이 있었다. 스스로 병사위원회라 칭하는 그들은 결국 파병 대신 반란의 총을 든 것이다.

10월 19일 밤 10시 10분경, 14연대 병영에 돌연 비상나팔이 울려 퍼졌다. 이미 40여 명의 반란 사병들이 무기고와 상황실 등 연대본부를 장악한 상태였다. 사병들 대부분이 영문도 모른 채 연병장으로 집합했다. 연대장은 부두에 있었고, 환송식에 참가했다가 만취한 장교들은 뿔뿔이 흩어져 영내에 없었다. 반란군 수괴 중 한 명인 지창수 상사가 단상에 올라 파병거부의 이유와 반란을 선동한다. 그러자 여기저기서 고함소리가 터져 나왔다.

"미제의 앞장이 이승만을 타도하자!"

"악질 친일반동들을 몰살하자!"

"우리가 통일의 역군이 되자!"

결국 제주 출동을 앞두고 새로 지급한 M1소총으로 무장한 반란군은 자정 무렵 여수 시가지로 들이닥쳤다. 그때 민주학생동맹 소속 수산학교 학생 23명이 길 안내를 맡았다. 반란군은 여수시 입구에 있는 봉산파출

소를 습격한 뒤 여수경찰서로 몰려갔다. 격렬한 총격전 끝에 새벽 3시 30분경 여수경찰서를 점령했다. 새벽 5시가 되자 여수 시가지는 완전히 반란군 수중에 떨어졌다.[12]

"이제 정부수립이 된지 며칠이 되었다고 무슨 이유로 쿠데타랍니까?"

"14연대 중위 김지회, 상사 지창수를 비롯한 일련의 남로당 계열 군인들이 제주 4.3 진압작전 출동 거부하면서 지금 무장폭동을 일으켜 여수와 순천이 인공치하가 되었다고 합니다."

"아니 남로당이 군대까지 장악했었단 말이요? 국방장관 들어오라 하시오."

"저희들도 이런 일이 일어날 줄은 꿈에도 몰랐습니다."

"국방장관 오셨습니다."

"잘 왔소, 도대체 얼마나 많은 병력이 가담했단 말이요?"

"약 2,500여 명의 군인이 가세하고 여기에 전라남도 남로당 좌익세력과 동조자들이 가담, 약 6천에서 만여 명이 되는 것으로 파악되고 있습니다."

"그렇게 많은 좌익들이 암약해 있었단 말이요? 그것도 군대 내에?"

"죄송합니다. 나름 성분 파악을 철저히 한다고 했지만 워낙 지독한 놈들이라."

"허허! 이거 정말 큰일 났군."

"그건 그렇고, 어떻게 대응하고 있소? 진압은 가능한 거요?"

건국 2개월의 신생국 대한민국에 국군이 반란을 일으키는 이 초유의 사태는 두고두고 아픔으로 발전한다.

---

12) [임기상의 역사산책 81] 순천의 집단학살, 죽고 죽이는 악순환의 길을 열다.

"각하 이제 거의 진상이 밝혀졌습니다. 14연대장 오동기와 최능진, 김진섭 등이 결탁하여 계획한 것이라고 파악되었습니다."

"민중들이 다수 참여하고 있다고 하던데 사실이요?"

"그렇지 않습니다. 전남현지에 있는 좌익분자들이 계획적으로 조직적으로 참여할 뿐 대대적인 민중의 참여는 없습니다."

"한시바삐 담화를 준비해 주시오."

"네! 공보실에 준비토록 하겠습니다."

11월 4일, 대통령의 담화는 정부의 강경한 입장을 가장 중점에 두고 발표되었다.

"모든 지도자 이하로 남녀아동까지라도 일일이 조사해서 불순분자는 다 제거하고 조직을 엄밀히 해서 반역적 사상이 만연되지 못하게 하며 앞으로 어떠한 법령이 혹 발포되더라도 전 민중이 절대 복종해서 이런 비행이 다시는 없도록 방위해야 될 것입니다."

두 달 여가 지나갈 무렵 반란사태가 어느 정도 진정된 뒤인 12월 8일 국회의 124차 회의에서 '호남사건'의 경과보고가 있었다. 그것을 정리하면 다음과 같다.

「원인. 1. 남로당의 세포가 부대 내에 침투한 것. 2. 제주도에 출동 시 제14연대내 좌익세포에게 당 지령이 있는 것. 3. 지방인 좌익청년단체及 학교 내에서 좌익 세포망이 군세포망에 연락된 것. 4. 오동기 소령체포로 말미암아 極右極左의 合作음모가 폭로한 것」.

또 개요에서는 군내부의 남로당원과 지방좌익의 합세로 폭동을 일으켰다고 파악하였다.

「10월 19일 제주도사건 진압 차 출동하려던 여수 제14연대는 남로당계열 분자 지도하에 3명의 장교급 일부 40명 내외 하사관은 각 부대장의 결사적 제지에도 불구하고 반란폭동화하여 동월 20일 8시 여수를 완전 점령하는 한편 지방 좌익 단체급학생 등으로 인민군을 편성하여 동일 8시 순천도착 계속 점령 후 기 세력은 학구, 보성, 벌교, 고흥 등등 각지에 리火하여 살인, 방화, 경찰서 파괴, 약탈, 강간 등등 포악무도 천인공로의 참사를 감행하였음.」

5.10 총선을 반대하고 무산화 시키려는 조직적인 행동이 2.7 사태를 비롯 대구폭동사건 그리고 제주 4·3 폭동사건에 이어 지창수 상사와 김지회 소위 등 14연대가 주동한 여수, 순천, 전남일대의 잔인한 학살을 함으로 시작된 반란 사건은 대한민국의 체제를 정면으로 부정하고 도전하여 결국 북한의 인민공화국체제로 통일하겠다는 전략과 전술 상의 도발이라는 것을 승만은 진작부터 깨닫고 있었다. 그들은 8일 동안 전남 동남부 지역에 '붉은 해방구'를 설정하면서 인공기를 내걸고 자기들의 지휘와 행정 체계화에 두고 나머지 지역도 해방시키려는 반란 행위임에 분명했다.

"아직 신생 공화국인 우리의 존립근거를 크게 위협하는 한편, 정치투쟁을 가미한 내란으로 가는 무장 투쟁으로 비화하길 획책한 이 사건을 두고 강경진압이다, 무고한 희생이다 말하는 사람들이 있습니다. 그렇다면, 우리가 이들의 준동과 반란 행위들을 보고 다수가 다칠 것을 염려하여 진압하지 않고 전국적으로 비화하도록 내버려두는 것이 합당한 일입니까?"

승만은 각료회의 모인 장관들을 향하여 질타했다.

"각하 그것이 아니라, 강경 진압하면서 너무 많은 양민들이 죽거나 다치고 심지어 어린아이들까지 희생당했다는 이야기 때문에 민심이...."

"지금 저 쪽은 전쟁을 하자고 무기를 들고 우리의 허를 찌르는데, 무기력하게 대처하면 허약한 정부라는 것이 드러나는 것 아니겠습니까? 또 국제사회는 우리 정부를 뭐라고 하겠습니까? 자칫 내전으로까지 발전할 수 있는 이 사건을 초기 진압하는 것을 아주 온당한 일이니 이에 대해 각별한 대응과 자료 조사를 하시오."

"각하, 피해현장 시찰 준비가 다 되었습니다."

평양에 망명한 박헌영은 다음과 같은 특별지령을 9월말에 내렸다.

"유격대의 아성공격과 국방군내에서 폭동과 병변을 대대적으로 조직하여 이승만 정부 타도투쟁과 민중정권수립지지 및 경축과 그의 영향권 확대를 위한 투쟁을 더욱 적극적으로 조직, 전개하라."

"각하! 상황 파악이 끝났습니다. 이현상, 김지회 그리고 김달삼은 빨치산 북한의 강동학원 출신입니다."

"강동학원?"

"강동학원은 월북자들을 모아 남파교육을 시키는 간첩양성 전문학교입니다."

"남조선 빨치산 양성학교 출신들이니 당연히 국내에서 준군사조직을 통한 혁명을 꿈꾸는 자들이 도발한 것입니다."

"그렇군, 발본색원하시오, 아 참 그리고 희생자 통계가 나왔소. 국방부

장관?"

"네 각하, 여수에서의 민간인 희생은 반란군에게 학살당한 양민 1,200여 명, 반란군에 부상한 양민 1,150여 명, 소실 및 파괴된 가옥 1,538동, 행방불명자 3,500여 명, 이재민 9,800여 명입니다."

"학살이 잔혹했다고 하던데?"

"각하 저들은 사람이 아닙니다. 우리는 어찌되었건 적법하게 처벌 혹은 처형하는 데, 저들은 거의 학살 수준입니다. 비무장한 민간인들을 아무런 이유도 없이 법적 절차에 의하지 않고 살해하고 있습니다. 그들의 천인공노할 만행은 마치 '鬼畜(귀축)의 소행'이라고 해도 부족할 것입니다."

"도대체 어느 정도이기에 그러는가?"

"먼저 반란자와 민간좌익동조자들은 귀중품 약탈, 부녀자 강간, 기물 파손, 방화 등을 하였고 군경과 그 가족들 및 우익 반공인사들을 총살, 교살, 돌과 몽둥이로 때려 타살, 소살, 총검의 타살, 두개골 관통입니다. 여수 경찰서장 고인수의 경우는 차량으로 압사, 여순경 국막래는 음부저격총살, 여순경 정현자는 나체로 옷 벗기고 길거리 일주 돈 후 타살, 심지어는 모래구덩이에 파고 죽창으로 타살, 껍질을 벗기고 꼬챙이로 찌르고 살가죽을 벗겼습니다. 순천경찰서장 양발원 총경에 대한 학살은 시내에 끌고 다녔고, 죽을 때까지 구타했으며, 서장의 눈알을 뽑고, 돌로 머리와 다리를 내쳤습니다. 그 후 전신주에 매달려 총살되고 그 시체에 휘발유를 뿌려 불을 질렀다고 합니다. 순천 감찰서장 한운경 감찰관도 총살 후 콜타르에 불태워졌다고 합니다."

"이것은 천인공노할 만행임이 분명하외다. 반드시 기록으로 남겨두시고, 증거들을 완벽하게 수집해 놓으시오. 반드시 후시대에 또 다른 음모들이 있을 것이니."

붉게 물든 지리산

승만이 꿈꾸던 나라는 순간순간 위기 속에서도 마치 고목나무에 솟아 오르는 새순처럼 분초도 쉬지 않고 자랑스러운 모습을 드러내고 있었다. 마치 어둠이 아무리 깊어도 새벽에게 자리를 내어주듯 구시대는 새 시대에, 과거는 현재에 모든 것을 하나씩 둘씩 내어주고 있었다. 모두 다 바뀔 것은 시간의 문제였다. 일본의 황군이 나간 그 자리에 이제 국방경비대가 자리를 잡았다. 46년 1월 자랑스러운 우리의 대한민국 국군의 싹이 돋은 것이다.

국방경비대의 병력은 정부수립 직전에는 약 5만2천명 수준에 불과했다. 그리고 역할도 경찰과 양대 축을 형성하여 국가안보보다는 경찰을 보조하여 질서유지를 하는 기능이었다. 하지만 서서히 몸집을 키우고 있었다.

당시만 해도 국방경비대는 모병제였고, 다양한 방법으로 입대가 가능했다. 국민을 믿었기에 신원조회도 하지 않았다. 그 결기만 보고 뽑았다. 때문에 경찰의 탄압을 받았던 좌익 계열과 친일 지주에 반감을 품은 소작농, 빈곤층 노동자들의 자식들이 신분상의 보호를 받기 위해 입대하는 경우가 적지 않게 있었다. 하지만 그것은 중요하지 않다고 승만은 생각했다. 나라 사랑하는 마음과 결기만 있다면 용서할 수 있으리라 싶었다. 하지만 승만이 보고를 받다보니 남로당에서 군을 장악하기 위해 일부러 위장 입대시킨 요원들도 많았다는 것을 알게 되었다.

인구 5만 명의 작은 소도시 순천은 사방에 널린 시체들과 피비린내가 진동하는 처참한 몰골로 바뀌었다. 학살이 벌어지는 동안 반란군 400명은 순천에 남고, 나머지는 사방으로 쳐들어갔다. 1,000여 명이 북쪽의 구례, 곡성, 남원으로 올라갔다. 일부는 서쪽의 광주로 뻗어나가면서 중간에 있는 벌교, 보성, 화순을 공격했다. 수백 명이 동쪽의 경상도 방면으로 진출하기 위해 광양과 하동 방면으로 진출했다. 반란군은 점령지마다 인민위원회를 세우고 경찰과 우익 인사들을 처형했다.

승만은 완전 토벌을 명령하고 7개 연대를 동원해 진압작전에 나섰다. 반란군 주축은 남로당 중앙의 지시에 따라 지리산과 마주하고 있는 백운산으로 스며들었다. 반란군이 철수한 여수와 순천에 쳐들어간 국군의 보복은 방화와 함포사격부터 시작됐다. 여수 시가지를 온통 불바다로 만들고 들어간 진압군은 저항이 거의 없자 당황했다. 반란군 주역이 빠져 나간 여수에는 소수 반군과 청년, 학생 일부만 남아 간간이 저항하는 정도였다. 반란군들은 지리산을 중심으로 빨치산 활동을 전개하기 시작한다. 1948년 5월, 광주 4연대에서 창출된 1개 대대를 골간으로 하여 여수에서 창설되었던 부대인 14연대를 결국 지리산 빨치산의 시발이 되었다.

"14연대 반란 사건은 어떻게 처리되고 있나?"

"10월 21일부로 광주에 반란군 토벌사령부를 설치하고 여수·순천 일대에 계엄령을 선포했습니다. 각하!"

며칠이 지났다. 전투사령관 송호성의 지휘하에 대대적인 진압 작전을 벌였다.

"각하 반란군에 대한 토벌 작전이 거의 마무리 단계라고 합니다."

"그래! 완전히 소탕된 건가?"

"14연대 반란군 패잔병들 중 일부가 김지회의 지휘 아래 광양의 백운산과 지리산의 문수골, 화엄사계곡, 산청 근처의 웅석봉 등지로 숨어들어가 유격 투쟁을 전개할 태세로 돌입했다고 합니다."

"유격대?"

"네 각하, 이들은 쉽게 투항하지 않을 듯합니다."

한국의 지리산 빨치산들은 여순반란사건 직후 도망을 간 약 3천 명의 반란군들은 지방 남로당 당원들의 지원을 받고서 일시에 여수와 순천을 점령하고 인근 학구, 광양, 벌교 등 세 방면으로 진격하여 22일 아침에는 지리산 자락의 구례와 곡성까지 점령하였다. 반란군과 남로당 당원들은 지서, 관공서 등을 습격하고 인민재판을 열어 경찰 간부, 우익 인사, 지주 등을 닥치는 대로 살육하여 당시 전라남도 남동부 지역을 피바다로 만들었다.

1949년 9월부터 박종하는 또 150여 명의 병력을 이끌고 광양읍 서국민학교에 주둔중인 15연대 1개 대대 병력을 공격하여 포로 6백여 명과 소총 7백여 정 등 대대 병력 보급품 전부를 노획하는 유격투쟁사상 초유의 대전과를 올렸다. 당시 14연대 반란군의 정치위원이었던 이현상은 박종하 부대를 지리산으로 불러 14연대 출신의 패잔병들과 세력을 합쳐 지리산 인민유격대로 재편성하여 박종하를 총참모장으로 기용하여 그에게 빨치산 투쟁의 지휘권을 맡겼다.

그들은 지리산에서 지서를 습격하고 보급 투쟁을 전개하면서 무기 수리와 폭탄 제조 공장을 운영하였으며, 또 지리산 일대의 해방지구에서는 등사판을 이용하여 신문과 각종 인쇄물을 발행하여 빨치산과 지리산 자락에 거주하는 양민들에게 배포하는 등 선전 활동도 병행했다.

이른바 "낮에는 대한민국이요, 밤에는 인민공화국이다"라는 웃지 못할 비극은 군경뿐만 아니라 지주와 우익 인사들, 심지어는 양민마저도 닥치는 대로 살해하는 만행의 한 단면에 불과했다. 전라북도 남원시 노암동에 거주하고 있는 빨치산 출신 이모 노인의 증언에 의하면 전라북도 도당위원장이었던 방준표가 이끈 빨치산 부대는 마을 이장을 총검으로 살인하고 난 뒤 소주를 마시며 간을 꺼내 씹어 먹었다고 한다. 이런 저런 보고가 올라올 때마다 승만은 괴로움을 숨길 수가 없었다.

'아무리 공산도배들이 악독하다 하여도, 이런 천인공노할 자들과 같은 하늘아래 있다니.....'

승만은 이범석 국방부 장관과 채병덕 국방부 참모총장, 이응준 육군 총참모장을 경무대로 불렀다.

"각하! 치안상황을 보고하러 왔습니다."

승만은 머리끝까지 오른 화를 참을 수 없어 호통을 쳤다. 74세의 노대통령을 사람들이 다 두려워했다. 승만은 경무대 집무실에 들어선 일행들을 거들떠보지도 않았다. 아예 얼굴을 마주하려 하지도 않았다. 승만은 다만 두 손을 한데 모은 채 그 위로 훅훅 거리면서 입김을 불고 있었다. 승만이 불안하거나 혼자만의 고통을 느낄 때 취하는 동작으로 한성감옥에서 받았던 고문의 후유증이었다.

"경향(京鄕) 각지가 시끄러워서 살 수가 없는데 귀관들은 도대체 뭘 하고 있는 것이냐?"

"지금 본격적으로 토벌대를 구성하여 얼마 남지 않은 잔당들을 섬멸하고 있습니다."

"보고는 안해도 좋으니 일이나 제대로 좀 하란 말이요!"

승만은 다시 한 번 호통을 쳤다.

그들은 대통령의 얼굴 한 번 제대로 보지 못하고, 보고도 하지도 못한 채 각자의 집무실로 돌아가는 수밖에 없었다. 승만이 스스로의 노여움을 감추지 못할 만큼 전국 각 지역은 소란스러웠다. 여러 가지 요소가 있었지만, 핵심은 좌익이 전국에서 펼치는 소요가 끊이지 않았고 빨치산의 준동마저 줄곧 이어졌기 때문이었다.

좌익과의 싸움은 아직 끝나지 않았다. 무장한 빨치산이 지리산의 깊고 커다란 그림자에 몸을 숨긴 채 대한민국의 안정을 위협하고 있었던 것이다. 돌아간 그들은 빨치산과의 전쟁에서 승리하는 방법을 강구하기 시작했다.

1949년 8월 백선엽 장군은 광주 5사단장으로 부임한다. 지리산을 토벌하기에 여러 가지 문제가 놓여 있던 상황이었다. 한여름 짙게 우거진 지리산의 산림(山林) 속으로 숨어든 빨치산들의 발호는 여전했지만, 이를 막을 5사단 병력의 전투력은 상대적으로 크게 떨어져 있었다.

지리산 주변으로 빨치산들이 출몰하면서 민간의 피해가 적지 않았으나 이를 보고받은 뒤 출동한 군대는 제대로 싸움을 벌이지 못했다. 치고 들어왔다가 잽싸게 빠지는 빨치산 부대의 뒷그림자를 보면서 의미 없는 사격만 해댄 뒤 부대에 다시 복귀하는 식이어서 성과는 전혀 없었다.

당시의 국군은 빨치산 정보에 비교적 정통한 현지 경찰과의 관계가 원만하지 못했다. 광복 뒤의 혼란한 정국에서 미 군정 당국은 치안의 핵심적인 역할을 경찰에 맡겼는데 이 부분이 상당히 미흡했던 것이다.

뒤늦게 출범한 군대는 경찰의 보조 역할에 머물렀기 때문에 정예화가 되기엔 역부족이었다. 거기에다 사상적인 갈등도 있었다. 경찰은 일제 치하에서 그 업에 종사했던 인원이 상대적으로 많았다. 따라서 좌익의 성향이 거의 없었을 뿐만 아니라, 대부분은 그들에게 매우 적대적이었다. 군대는 미군정 당국이 병력을 구성하면서 별다른 사상 검증 없이 선서라는 형식만을 통해 인원을 선발했다. 거기서 문제가 발생한 것이다.

따라서 군 병력 가운데에는 나중에 숙군 작업으로 대거 옷을 벗는 좌익 성향의 인원이 많았다. 이 점이 군과 경찰 병력 간의 갈등을 부추겼다. 전라도 지역을 중심으로 군과 경찰이 늘 작고 큰 싸움을 벌였고, 심지어는 무기를 지닌 채 서로 대치하면서 살상극을 벌이는 상황까지 치닫기도 했다.

백선엽은 아군 내부의 문제부터 해결하는 것이 지리산에 숨은 적들과 싸워 승리하는 첫걸음이라 판단했다. 그래서 5사단의 전투력을 제고하는 아주 원칙적인 방법을 생각했다. 사격을 해도 제대로 적을 맞히지 못하는 병력이라면 아무 쓸모도 없는 군대이기 때문이다. 당시 5사단은 변변한 사격장도 없었다. 백선엽 장군은 이남규 전남도지사의 협조를 받기로 했다. 그에게서 불도저를 빌려 공터를 평탄하게 닦았다. 다시 그곳에 사선(射線)을 만든 뒤 50개의 표적을 가진, 당시로서는 매우 큰 규모의 사격장을 만들었다.[13]

---

13) 백선엽 장군 [6·25 전쟁 60년] 지리산의 숨은 적들 (153) 적에 맞서는 준비

승만은 이때 보다 근원적으로 좌익들의 억제가 필요하다는 것을 느꼈다. 그래서 국가보안법을 제정하여 12월 통과시킨다. 이어 오제도 검사의 제안에 따라 국민보도연맹을 만든다. 그 목적은 '좌익사상에 물든 사람들을 사상 전향시켜 이들을 보호하고 인도한다'는 것이었다. 항간에 알려진 대로 보도연맹은 좌익 전향자들을 학살하려 만든 것이 아니었다. 그 이름처럼 남로당이 분열하면서 당시 좌익 인사들은 남로당으로부터도 보호를 받지 못했다. 그래서 전향자들이 속출하자 전향자들을 테러하는 일들이 비일비재하게 일어났다. 그래서 이들을 관리하고 보호할 조직이 필요했던 것이다.

초대 간사장은 민족주의 민족전선의 조직부장 출신인 박우천이, 초대 회장은 일제 강점기의 유명한 공산주의 운동가이며 조선민주주의인민공화국에서 내려왔다가 전향한 정백이 맡았다. 1950년 초에 집계된 회원 수는 30만 명이 넘었다. 주로 남로당원 등 좌익 인사들이 가입되었으나, 지나친 가입 독려탓에 좌익이 아닌 일반 농민들도 가입되는 결과를 낳았다. 연맹원들은 지하의 좌익분자 색출과 자수 권유, 반공대회와 문화예술행사 개최를 통한 사상운동 등 실천적인 활동을 전개했다. 1949년 10월부터 국민보도연맹 자수 기간을 설정하여 물리적 공격과 감시 체제에 나섰다. 자수와 밀고가 장려되자 많은 좌파들이 전향하면서 좌파조직은 치명타를 받는다. 결국 보도연맹은 반정부 좌익 세력을 억제하는데 효과를 발휘하여 점차 안정되어 갔다.

33

아! 6.25

"각하! 38선이 무너졌습니다."

"그게 또 무슨 소리요?"

"북한군이 38선 전역에 걸쳐 전면적으로 침공해 왔습니다. 지금 동부전선은 말할 것도 없고 서부전선마저 무너졌다고 합니다."

"오! 주님, 이것은 또 무슨 일입니까. 이 일이 일어나질 않기를 기도했지만, 이제 일어났다면 저는 어떻게 해야하겠습니까?"

승만은 위기 때마다 무릎을 꿇었다. 이는 한성감옥 이후 아주 오래된 습관이다. 한 국가가 적에게 침공당했을 때 대통령이 군통수권자로서 어떤 결의와 목표를 가지고 전쟁을 이끌어 가느냐를 먼저 기도하며 묻는 것은 장로 대통령으로선 당연한 일이었다.

대통령이 된 승만이 북한의 남침에 대해 처음 들은 것은 25일 아침 10시경이었다. 10시 30분경에는 신성모 국방장관이 들어와 구체적인 보고를 한다.

"각하! 오전 9시에 개성이 함락되었습니다. 그리고 탱크를 앞세운 북한군이 벌써 춘천 근교에 도달했습니다."

"전쟁은 피할 수 없는 현실이 되었군."

승만은 혼자 속으로 말했다. 다른 사람 같으면 기절을 열 번 해도 이상하지 않을 이 상황에서 승만은 더욱 침착해졌다.

"좋소! 이제부터 전시상황이외다. 나는 국가의 수반이요, 군통수권자로서 이제부터는 비상상황 하에서 지휘를 하겠소. 각료들을 비상소집하시오."

이윽고 모인 각료들은 중앙청에서 비상 국가 대책회의를 연다. 승만은 그 자리에서 '국가 수호를 위한 전쟁 목표 4원칙'을 이야기한다.

"여러분! 잘 들으시오. 이제 38선은 필요 없소이다. 이제부터 우리는 북진통일을 시작하외다. 그러니 대국민 담화를 준비하고 방송으로로 이것을 알릴 준비를 하시오."

"네! 각하."

"무엇보다 이 전쟁은 세계 대전의 빌미를 제공하는 장(場)이 되어서는 안 됩니다. 한국민은 모든 국민이 참여하는 총력전을 펼쳐야 합니다. 북한의 불법 남침은 남북통일의 절호의 기회입니다. 해방 후 미·소에 의해 인위적으로 그어진 38선은 북한이 먼저 침범했기 때문에 이제 필요 없어졌습니다. 위기를 타개하고 북진 통일을 위해서는 미국과 유엔의 지원이 필요합니다. 이를 위해 외교부는 급히 미국에 연락을 취할 준비를 하시오."

긴박한 상황에서도 승만은 해방 후 미국과 소련에 의해 그어진 38선은 북한이 먼저 침략을 했기 때문에 무효가 되었으니 침략자를 퇴치하고 국토를 통일하여 자유·민주 국가를 수립한다는 원대한 구상을 할 정도로 전략적 안목을 제시했다.

"아! 참 그리고 우리 구축함 3척이 하와이에 있다지?"

"네, 이미 귀국 지시를 내렸습니다."

"잘했군, 그리고 무초대사한테 전화를 넣어, 만나자고."

"네."

승만은 이 전쟁의 승패를 쥐고 있는 미국을 움직여야 승리한다는 것을 알기에 11시 반경에 무초 대사부터 만났다. 그리고 1시에는 미국에 지원 요청을 지시했으며, 2시에는 다시 긴급 국무 회의를 열어 미국에 무기와 탄약을 지원해달라고 요청했다.

"아! 참 공군기 요청했나?"

"네! 미 극동군 사령부에 전투기 지원 요청을 하였습니다. 그리고 무초 대사와 밤 10시에 다시 만나기로 일정을 잡았습니다."

"그럼, 무엇보다 실전에 경험이 있는 장군들과 고위 장교들을 모으시오."

"네 알겠습니다."

승만을 만난 무초 미국 대사는 대통령을 만나고 돌아 가자마자 미 국무부에 전화를 넣었다.

"지금 한국은 전면전이 일어났습니다. 38선 전역에서 대대적인 적의 침공이 일어났습니다."

"이승만 대통령은 어떤가?"

"이 대통령은 상당히 긴장한 듯 보입니다. 하지만 매우 태연한 태도를 잃지 않고 있습니다."

"역시! 대단한 노인이야."

6월 26일 새벽 3시에는 맥아더 사령관에게 전화를 걸었다.

"이 전쟁이 난 것은 당신들 미국의 책임이 막중하니 어서 한국을 구하시오."

마치 곡사포처럼 쏘아대었다.

"당장 달려와 이 나라를 구하시오!"

옆에 있던 비서관이 놀랄 정도로 큰 소리로 전화를 했다. 그 시각 적기가 서울 상공을 선회하고 있었다.

"각하, 아무리 달려가고 싶어도 저는 명령에 살고 명령에 죽는 군인입니다. 일단 상부의 명령을 기다려야 합니다."

"장군, 내가 전화를 한 이유가 뭐겠소. 지금 당장 자고 있는 트루먼 대통령을 깨우시오, 당신들이 한미상호방위조약을 체결해주지 않아 이런 사태가 난 것이 아니요?"

승만은 건국과 동시에 한미방위조약을 맺어 미군을 주둔시키고 한국군을 무장시켜달라고 수없이 요청했다. 그때 미국대통령 트루먼은 승만을 안심시키며 말했다.

"무기타령 그만하고 경제걱정이나 하시오. 우리는 결코 한국을 버리지 않을 것이요."

그러면서 주한미군을 몽땅 철수해버렸다. 이러한 결정이 스탈린과 김일성으로 하여금 빌미를 주어 미군철수 1년도 안 돼 즉각 전면남침을 감행한 것이다. 잠시 후 맥아더로부터 전화가 왔다.

"각하! 우선 일본주둔 미군의 무스탕 전투기 10대, 105mm 곡사포 36문, 155mm 곡사포 36문과 바주카포를 긴급 지원하겠습니다."

이어 워싱턴의 장면 대사에게 전화를 걸었다.

"적이 우리 문전에 와 있는데, 트루먼하고는 연락이 되었나?"

"지금 트루먼 대통령은 휴가 중이라 워싱턴에 없습니다."

"그러면, 얼른 모든 채널을 동원해서라도 위급한 상황을 알리시오. 그리고 미 의회가 승인하고 트루먼 대통령이 결재한 1천만 달러 무기 지원은 어떻게 되어가고 있소?"

"지금 회신을 기다리는 중입니다."

"자네들 편하게 미국 생활하라고 보낸 거 아니야. 빨리 트루먼 대통령에게 전하시오."

1950년 6월 24일 미국 중서부 미주리 주의 작은 마을 인디펜던스. 미국의 제33대 해리 트루먼 대통령은 주말 휴가를 보내기 위해 고향집에 내려와 있었다. 오후 늦게 고향집에 도착한 트루먼 대통령은 아내 베스, 외동딸 마가렛과 느지막히 저녁식사를 마치고, 조용한 주말 휴식을 고대하며 잠자리에 들 준비를 마쳤다.

창밖의 새 소리도, 뒤뜰의 반딧불도 서서히 잦아들면서 녹음 짙은 미주리의 초여름 밤은 깊어지기 시작했다. 이 때, 적막을 깨는 한 통의 전화가 걸려왔다. 마침 그날 밤, 그가 한 책을 읽고 있었는데 독서에 열중하느라 잠을 자지 않고 있었던 것이다. 밤 10시가 다 돼 걸려온 전화는 딘 애치슨 국무장관으로부터 온 것이었다.

"각하! 한국에서 전면전이 발발했다고 합니다."

트루먼은 한 밤중에 한국에서의 전황을 듣는다.

"지금 시간이 몇 시인데, 내일 아침 전화를 하지."

"아! 죄송합니다. 극동군 사령관 맥아더 장군께서 긴급하다고 하셔서."

"허참 그 늙은이, 어느 정도의 전쟁이요?"

"대대적인 공격을 받아 유엔이 그어 놓은 38선 전역이 무너지고 있다고 합니다. 곧 서울도 무너질 것 같다고 합니다."

"알았어, 일단 전화 끊어 봐요."

트루먼은 몹시 당황스러웠다. 자신의 고집으로 미군을 철수시키고 될 수 있으면 공산주의자들을 적당한 선에 묶어놓고 분쟁을 만들지 않으려고 했는데, 그 틈을 타 전면전을 벌였다고 하니 자신의 노선이 틀린 게 아닌가 하는 의구심이 들었다. 그 시각 다시 전화벨이 울렸다.

"따르르릉."

"헬로우! 누구시오?"

"각하, 빌리 그래함 목사님의 전보입니다. 읽어 드릴까요?"

"빌리 그래함! 이 밤에 무슨 일로? 읽어봐요."

"각하! 이 전쟁은 반드시 막아야 합니다. 미국이 절대로 무릎을 꿇어서는 안 됩니다. 남한에는 인구 밀도상 세계에서 가장 많은 기독교 신자가 있습니다."

트루먼은 정신이 번쩍 들었다. 두 달 전 빌리 그래함이 보스턴 집회에서 다음과 같이 했던 설교가 기억났다.

"트루먼 대통령에게 전합니다. 평화 무드에서 깨어나 군사력을 강화하십시오. 이것은 하나님의 말씀입니다."

'그의 말이 현실이 되었다. 그 나라가 점령되고 공산화되면 그들은 제1순위의 처형대상이 될 텐데.'

트루먼은 빌리 그래함의 전보를 받고 이것은 하나님의 신호라는 생각이 들었다. 그 밤에 읽고 있었던 책도 그렇고.

그날 밤 승만은 트루먼이 휴가를 갔다는 이야기를 듣고 이번에는 긴급히 해리스 목사에게 전보를 쳤다.

"해리스 목사님. 지금 북한이 침공해 와서 38선 일대가 무너졌습니다."

승만은 해리스와 각별한 사이였다. 유학시절 이미 우의를 다진 사이였기에 한국의 독립을 호소하기 위해 46년 12월 임시정부 대표단을 이끌고 샌프란시스코로 향했을 때, 임시정부를 인정하지 않던 미국을 상대로 창구 역할을 해준 귀한 인물이었다. 당시에도 상황이 여의치 않은 이승만은 도움을 청하는 내용의 비밀서한을 워싱턴 측에 보냈고 서한은 결국 해리스에게 닿았다. 당시 해리스는 미국 상원의회 원목이었다. 부통령 시절 상원의장직을 겸했던 당시 트루먼 미 대통령과는 친밀한 관계를 유지하고 있었다. 덕분에 이승만은 자신이 하고 싶었던 말을 해리스의 입을 통해 트루먼에게 전할 수 있었던 것이다.

"알았습니다. 휴가를 취소하고 곧 워싱턴으로 가겠습니다."

다시 날이 밝았다. 승만은 국방장관을 불러 대동하고 육군본부와 치안국 상황실로 나가 상황을 보고받았다.

"26일 오후 2시 현재. 서울의 관문인 의정부가 북한군에게 점령당했습니다."

"각하! 시간이 촉박합니다. 일단 피난하시는 것이 어떠실지?"

"아직은 아니요."

저녁이 되자 김태선 서울시경 국장이 달려온다.

"각하 결정해 주셔야 합니다. 만약 서대문이 뚫리면 서대문 형무소에 갇혀 있는 수천 명의 공산분자들이 탈옥하여 제일 먼저 경무대로 올 것입니다. 일시 피난을 해서 전쟁을 진두지휘하셔야 합니다."

"그래도 대통령이 제일 먼저 서울을 버릴 수는 없지. 좀 더 추이를 지켜보세."

미국 현지 시각 6월 25일. 트루먼 대통령은 서둘러 워싱턴으로 돌아갔다. 그는 당일 오후 9시 국무장관과 국방장관, 합참의장 등이 참석하는 비상 각료회의를 소집했다.

"무엇보다 대한민국 군에 장비와 탄약 등을 지원해야 합니다."

당시 신설된 합동참모본부의 초대 의장이었던 오마르 넬슨 브래들리 원수는 긴급회의에서 먼저 긴급 지원부터 해야 한다고 역설했다. 식사 후 곧바로 이어 열린 추가 회의에서는 보다 구체적인 지원 안이 나왔다.

"각하! 우선 동경과 오끼나와에 있는 미군 보병 연대를 남한으로 보내는 것이 좋겠습니다."

미국의 참전에 대한 트루먼 대통령의 결정은 단호했다. 그는 한국전쟁을 민주주의에 대한 공산주의의 도전으로 받아들이고, 이를 단호히 저지해야 한다고 믿었다. 트루먼 대통령은 그 같은 결정을 즉시에 내렸고, 한 번도 그 결정에 대해 의구심을 갖지 않았다고 참모들에게 말했다.

다시 한국은 27일 새벽 2시에 신성모 국방장관, 이기붕 서울시장, 조병옥 등이 경무대로 달려왔다.

"각하! 사태가 심각합니다. 지금 떠나서야 합니다."

"서울 시민은 어떻게 하란 말인가? 안 돼! 서울을 사수해야 돼! 나는 떠날 수 없어!"

승만은 화가 나 집무실 문을 쾅 닫으며 나가고 말았다.

"각하! 청량리까지 적 탱크가 들어왔습니다."

"청량리까지 정말인가? 하지만 서울을 버릴 순 없네."

"각하의 고집을 꺾어야 합니다."

조병옥은 프란체스카 여사를 설득했다. 그러나 이승만 대통령은 누가 그런 소리를 하느냐며 더 크게 고함을 지를 뿐이었다. 그때 경찰 간부한 사람이 들어와서 적의 탱크가 청량리까지 들어왔다는 메모를 전하였다. 북한군의 탱크가 청량리까지 들어왔다면 더 지체할 수 없는 상황, 할 수 없이 승만은 남하를 결정하게 된다. 실은 북한군의 탱크가 청량리까지 들어왔다는 정보는 사실이 아니었고 대통령의 피난을 재촉하려는 참모들의 꾀였다. 그들은 국가 원수가 적에게 생포되거나, 살해되는 사태는 곧 국가 파멸을 의미하였기에 고육지책으로 방책을 낸 것이다.

승만은 그렇게 완강히 버티다가 적의 탱크가 수도 서울을 향해 진격 중이고 적의 포탄이 당장이라도 경무대에 떨어질 순간이 되자 주위의 권고를 받아들일 수밖에 없었던 것이다.

27일 새벽 3시 30분, 승만은 기관차와 3등 객차 2량으로 만들어진 특별 열차로 남하하기 시작한다. 열차의 차창은 깨지고 좌석의 스프링은 튀어나온, 고물도 그런 고물이 없었다. 차에 오르며 승만은 혼잣말을 했다.

"내가 서울 시민들과 같이 죽더라도 남아서 싸워야 할 텐데..."

"각하! 대통령이 적에게 잡히면 그것은 끝입니다."

그 말에 하는 수 없이 서울을 떠난 승만은 대구까지 갔다.

"대구까지 올 필요가 있는가?"

"각하의 안전을 위해서입니다."

"아니야! 대전까지 가서 다시 버티어보세."

그렇게 다시 방향을 돌려 대전으로 올라왔다. 임시 관저가 충남지사 관저에 꾸며진다. 그날 밤 대전까지 대통령을 찾아온 무초 대사가 미국의 상황을 보고한다.

"각하! 기뻐하십시오. 트루먼 대통령이 밤잠을 설치고 워싱턴으로 돌아와 비상국무회의 끝에 유엔 안보리에 긴급안건으로 북한의 침략을 불법으로 규정하고 이를 유엔군이 격퇴하도록 했답니다."

"오! 그래요. 감사합니다."

"더 감사한 것은 유엔안보리에 소련이 불참해 거부권을 행사하지 못해 미국이 적극 개입하여 성사시키게 되었다고 합니다."

"오, 저런, 저런!"

"각하! 유엔 안보리에 소련이 불참한 것은 정말 럭키 찬스(lucky chance)입니다. 하나님이 한국을 버리지 않은 증거입니다. 전쟁은 이제부터 각하의 전쟁이 아니라 우리의 전쟁이 되었습니다."

이 말에 힘을 얻은 이승만은 국민을 안심시키고 국군의 사기를 북돋우는 방송을 해야겠다는 생각에 공보처장과 상의한 후 서울 중앙 방송국으로 전화를 해 6월 27일 밤 10시에 방송을 한다.

"존경하는 국민 여러분! 오늘의 이 위중한 사태에 대해 본인은 대통령으로 매우 송구스럽게 생각합니다. 이미 적은 남침을 시작하였고, 우리 군은 목숨으로 싸우고 있습니다. 이제 전세는 역전될 것입니다. 유엔과 미국이 우리를 도와 싸우기로 했고 지금 공중과 해상으로 무기, 군수품을 날라 와 우리를 돕기 시작했으니 국민들은 고생이 되더라도 굳게 참고 있으면 적을 물리칠 수 있으니 안심하시기 바랍니다."

중앙 방송에서는 이 연설을 디스크에 녹음해 그대로 방송했다. 서울에서 방송 목소리가 작아 이상하게 여긴 사람들이 많다는 뉴스가 떴다. 장거리 전화를 통한 방송이니 그럴 수밖에 없었다. 방송이 나가는 도중 방송국은 철수를 시작했고 방송이 끝났을 때는 밤 11시를 지난 시간이었다. 그날 방송국 직원들은 대통령 녹음연설을 걸어놓고 철수를 했다. 11시쯤 대통령의 담화 디스크를 걸어 놓고 방송국을 나왔던 것이다. 이 대목에서 대통령이 시민을 버리고 도망했다는 오해가 생겼다. 방송 디스크를 내려놓고 갔어야 했지만 적군이 들이닥치는 다급한 상황에서 정상적인 판단을 하기는 어려웠다. 북한의 무장 공작대가 방송국을 점령한 시간은 28일 새벽 2시였다. 방송국 직원들은 간발의 차이로 빠져나간 것이다.

북한의 남침 이후 승만은 사흘간 할 수 있는 모든 조치들을 하나도 빠뜨리지 않고 다 해내었다. 칠십의 노인이 어디서 그런 초인적인 힘이 나왔는지 상상할 수가 없을 지경이었다. 피난하는 특별열차 안에서 승만은 몇 가지를 더 확인하며 챙겼다.

"어떤 일이 있어도 국무위원 여러분들과 국회의원들이 서울에 남아 포로가 되어서는 안 됩니다. 이는 곧 적에게 빌미를 줄 수 있는 끄나풀이 됩니다. 두 번째 저에게 망명을 요구하거나 망명정부를 해외에 꾸려야 된다는 말도 하면 안 됩니다. 마지막으로 아무리 우리가 위경을 당하였다 하더라도 원수인 일본에 손을 내밀어 군사적 도움을 받으면 안 됩니다."

승만의 목소리는 단호했다. 이윽고 한 숨을 돌린 승만은 반드시 해야 할 일에 대해서도 언급을 했다.

"다시 한 번 말해 두거니와, 이제 우리의 명제는 분명해졌습니다. 그것은 외세가 그어 놓은 38선을 뚫고 올라가 통일하는 것입니다. 어쩌면 이 남침의 위기가 한반도 문제를 항구적으로 해결할 수 있는 절호의 기회(best opportunity)가 될 수 있습니다."

전쟁이 어찌 될지 모르는 상황에서 승만은 벌써 한반도의 통일을 염두에 두고 이야기를 꺼내었다.

"본인은 전쟁을 가볍게 보지 않습니다. 김일성이 38선을 먼저 파기했으니 이참에 통일해야 합니다."

그날은 전쟁이 일어나고 수일이 지나지 않은 날이었다. 대전에 꾸려진 임시 수도에서는 대대적인 전황 브리핑이 열렸다.

"지금 우리는 단 한 대의 전차도 없습니다. 그런데 북한군은 소련제 탱크 242대와 전투기 226대를 가지고 기습공격을 감행해 왔습니다."

"아니, 그 동안 우리 정보부는 북한군이 그 많은 군비를 준비할 때, 전혀 파악조차 못하고 있었단 말이요?"

"소련의 은밀한 지원하에 이루어진 일이라 예측은 했지만 정확한 실태는 파악을 못하고 있었습니다."

"작년에 미군이 철수하자마자 이런 사태가 일어났다는 것을 우리는 정확히 파악해야 됩니다. 결국 미군 철수 주장도 숨어 있는 좌익들이 조종해서 일어난 일이라는 것을."

승만의 이러한 일침에 국무위원 이하 모든 의원들이 할 말이 없었다.

"더더구나 병력도 국군의 두 배인 20만 명이라면서요?"

"네! 그렇습니다. 그리고 주력 부대는 중국 대륙에서 항일전, 국공내전 등으로 다년간 단련된 중공군 내 한인병사 5만에서 6만 명이라고 합니다. 뿐만 아니라 저희들의 첩보에 따르면 소련 군사고문단이 작성해 준 전쟁계획서도 가지고 있다고 합니다."

"흐흐, 제갈량이 국무총리였어도, 공산군의 장총대포와 전차를 막을 수 없었을 것이요, 정부가 이에 대한 대책을 미리 세우지 못한 것은 미국의 군사물자가 오지 않아 그렇게 된 것이니 누구를 탓하겠소."

승만은 큰 소리로 탄식의 말을 뱉어 내었다. 승만의 말대로, 미국의 대(對) 한국정책은 소극적이었다. 소총하나 만들 수 없었던 신생국 대한민국은 북한의 남침 전부터 미국에 군사동맹과 군사원조 등을 수차례 요청했지만, 모두 거절당했다. 이 같은 상황에서 결국 6.25전쟁이 발발했고, 미국과 유엔의 도움도 불확실한 상태였는데 다행히 전격적으로 유엔이 참전하기로 했고 16개국이 참전에 동의했다는 소식에 고무되었다.

"국무위원 여러분! 우선 희망을 잃지 맙시다. 이미 미국과 유엔이 도움을 요청하여 가결되었다고 하니, 이 참에 여러분들이 유엔군사령관에 국군 작전지휘권 이양하는 것을 먼저 가결해 주시오."

비슷한 시각, 미국 워싱턴에서는 빠르게 한국의 상황을 예의주시하고 있었다.

워싱턴에선 또 다른 일이 벌어지고 있었다. 30대에 일약 스타 부흥사가 된 빌리 그래함이 트루먼 대통령을 찾아온 것이다.

"제 아내가 지금 눈물로 기도하고 있습니다. 아시겠지만 제 장인은 중국에서 선교사로 일생을 바쳤습니다. 그리고 공부는 한국의 평양에서 했습니다."

중국에서 의료 선교사로 활동했던 넬슨 벨 박사의 딸 루스 벨은 한국과도 인연이 깊었다. 중국에서 선교사의 딸로 자란 루스는 다른 자매들과 같이 평양 외국인학교에서 고등교육을 받았다. 당시 평양 외국인학교는 아시아 최고의 명문 기숙학교였고 많은 졸업생들이 미국의 명문 의과대학에 합격했기 때문에 아시아에서 활동하던 선교사들은 자녀를 평양 외국인학교에 입학시키려 했던 곳이다. 그러니 빌리 그래함은 한국과 뗄레야 뗄 수 없는 관계를 가진 아내의 등쌀에 밀려 트루먼을 찾아 긴급하고도 완벽한 지원을 부탁한 것이다.

"각하! 이 전쟁은 반드시 승리할 것입니다. 저와 미국의 전 크리스챤들이 기도할 것입니다."

그 기도가 응답되었는지, 한국에선 무초 대사가 다시 굿뉴스를 가지고 찾아왔다.

"각하, 기뻐하십시오. 미국이 작성하고 영국과 프랑스가 공동으로 제안한 '통합군사령부 설치결의안'이 7일 유엔안보리에서 채택되었다고 합니다."

"오! 유엔군사령부가 창설됐다는 것이지요?"

"네, 그렇습니다. 한국에서 침략자를 격퇴하기 위한 전쟁 수행 권한을 미국 트루먼 대통령에게 위임하고 유엔 회원국이 파견한 군대는 미국의 통일된 지휘체계 하에 둔다고 확정되었다고 합니다."

"오! 주님. 이제 우리는 살았어, 살았어."

"국방장관, 지난번 국무회의 통과된 거, 우리 대한민국 국군이 유엔군의 일원으로 싸울 수 있도록 한 거 말이요. 준비 다 되었지요?"

"네 각하. 국군의 작전 통제권은 유엔군사령관이 가지도록 이양하는 모든 조치를 준비 다했습니다."

"그래요, 그럼 내가 맥아더 장군에게 작전지휘권 이양에 관한 편지를 한 통 써야겠어요."

"대한민국을 위한 유엔의 공동 군사노력에 있어, 한국 내 또는 한국 근해에서 작전 중인 유엔의 육·해·공군 모든 부대는 귀하의 통솔 하에 있으며, 또한 귀하는 그 최고 사령관으로 임명돼 있음에 비추어, 본인은 현 적대행위의 상태가 계속되는 동안 대한민국 육·해·공군의 모든 지휘권을 이양하게 된 것을 기쁘게 여기는 바이다."

승만의 편지를 받은 맥아더 장군은 무초 대사를 통해 다시 답장을 보냈다.

"대한민국 국군 작전통제권 이양에 관한 이승만 대통령 각하의 결정을 영광으로 생각하는 바이며, 유엔군의 종국적인 승리를 확신합니다."

물러설 곳은 없다

1950년 7월 19일, 트루먼은 전국에 방송되는 연설을 통해 미국인들에게 한국전쟁 참전 결정의 배경을 설명했다. 그것은 단호한 참전의 결의였다.

"친애하는 미합중국 국민 여러분! 지금 대한민국에서는 공산주의자들의 도발로 전쟁이 발발하였습니다. 남한은 미국에서 수 천 마일 떨어진 곳에 있는 작은 나라지만, 그 곳에서 일어나는 일은 모든 미국인들에게 중요합니다. 6월 25일 공산주의자들이 자유세계를 향한 첫 공격을 개시했습니다. 이는 공산주의자들이 독립 국가들을 정복하기 위해 군사력을 사용하려 한다는 것을 명확히 보여줍니다. 북한의 남침은 유엔헌장 위반이고 평화를 침해한 것입니다. 우리는 이 도전에 정면으로 대응해야 합니다."

이미 유엔군에 이양한 국군작전통제권은 이후, 미국과의 관계에서 중요한 카드로 작용했다. 미국과 유엔이 발 빠르게 대응하고 있었지만 전황은 끝없이 불리하게만 전개되고 있었다. 결국 대전을 빼앗기고 추풍령을 넘어 대구 부산까지 밀리는 상황이 되고 말았다.

"각하! 이제 낙동강을 최후 방어선으로 결사항전을 준비하고 있습니다."

"조금만 더 버티도록 격려해 주시오, 유엔군이 오고 있다는 소식이요. 미군도 지금 속속 부산항으로 들어오고 있소이다."

"하지만 전세가 너무 약합니다."

그날 무초 대사가 긴급하게 들어와 승만을 설득하기 시작했다. 미국의 참전에도 불구하고, 대한민국은 낙동강 전선에서 최대 위기를 맞고 있었기 때문이다. 미국에서조차 '해외 망명정부' 이야기가 나돌고 있었다. 하지만, 이승만 대통령의 반대 입장은 강경했다. 전황이 불리하게 돌아가던 1950년 7월 29일, 승만은 프란체스카 여사를 불러 조용히 말했다.

"여보! 북한군이 대구 방어선을 뚫고 가까이 오게 되면, 제일 먼저 나는 당신을 쏘고 싸움터로 나가야 하오. 그쪽 유엔군에 부탁을 해 놓았으니, 당신만은 여기를 떠나 주시오."

눈물이 그렁그렁해진 프란체스카 여사가 승만의 눈을 응시하며 말한다.

"여보! 절대로 당신, 대한민국 대통령의 짐이 되지 않을게요, 저는 최후까지 당신 대한민국 대통령과 함께 있겠어요."

승만은 다시 한 번 비장한 각오로 말했다.

"나는 다시는 망명정부를 만들지 않겠소. 우리 아이(병사)들과 여기서 최후를 마칩시다."

그런데 무초 대사가 눈치를 보더니 다시 한 번 정중하고도 간곡하게 부탁을 한다.

"각하! 전장에서 통수권자는 최후의 보루입니다. 각하가 위태로워지면 전쟁을 치를 수 없습니다. 그러니 우선 제주도로 정부를 옮기시고 여차하면 망명정부를 생각하셔야 합니다."

그때 갑자기 승만은 허리에 차고 있던 권총을 빼들었다.

"적이 내 앞까지 왔을 때, 내 처를 쏘고, 적을 죽이고, 나머지 한 발로 나를 쏠 것이오."

"오! 노우! 알겠습니다. 다시는 망명이야기를 꺼내지 않겠습니다."

그런데 이번엔 미 8군사령관 워커 중장이 찾아왔다.

"각하! 이제는 더 이상 시간이 없습니다. 우선 수도를 제주도로 정하시고 빠른 시간에 귀국하도록 해주십시오, 그래야 저희들이 작전을 마음껏 수행할 수 있습니다."

"워커 장군, 당신도 똑같구려. 나에게 망명정부 이야기는 입 밖에도 내지 마시오, 저기 부산 앞바다에 수장되는 한이 있어도 우리는 피로서 적을 막아낼 것이요."

워커를 만나고 돌아온 승만은 장관들에게 단호하게 다시 한 번 이야기했다.

"워커 그 사람, 보기보다 여간 겁쟁이가 아니구면. 망명의 설움을 안고 하와이에서 외롭게 일본 제국주의와 싸웠던 나 이승만에게, 이제는 겨레를 이끌고 다시 그곳으로 망명하라는 것인가!"

그리고 배석해 있던 미국대사에게 말했다.

"워커 장군을 만나거든 다시 한 번 전하시오. 나 이승만은 영천이 무너져 공산군이 부산에 오면, 내가 먼저 앞에 나서서 싸울 것이오. 그래서 내 침실 머리맡에는 언제나 권총이 준비돼 있다고 말하시오!"

"각하 일본이 병참기지로 그리고 의료지원단을 보내겠다고 연락이 왔습니다."

"그것은 매우 감사한 일이요. 하지만 일본군대는 한 발짝도 한반도에 들이지 못한다는 것을 알려주시오."

승만은 이 험악한 위기 속에서도 손을 내미는 일본에 대해 거부의 의사를 분명히 했다. 그도 그럴 것이 조국 대한제국이 20세기 초 일본의 무력 앞에 힘없이 붕괴되는 것을 봤고, 이를 되찾기 위해 40년간 해외에서 풍찬노숙하며 항일독립운동을 한 뼈아픈 경험이 있었기 때문이다.

이미 승만은 맥아더의 초청으로 1948년 10월 19일 일본을 방문했을 때, 분명한 대일 입장을 밝힌바 있다.

"일본이 우리와 다시 국교를 맺고 또 미국의 바람대로 아시아의 반공보루 역할을 갖추자면, 스스로 우방임을 실증해야 하외다. 뿐만 아니라 우리 영토인 대마도와 36년간 착취한 우리 재산을 반납해야 할 것이외다."

승만은 미국에서 반평생을 보낸 철저한 미국식 사고의 소유자이다. 그렇기에 미국을 어떻게 요리해야하는 지를 알고 있었다. 그 때문에 그는 용미주의자가 된 것이다.

"나는 청년 시절 친미주의자였소, 하지만 독립운동과 건국과 그리고 이번 6·25를 맞으면서 미국을 우리 편으로 만들려면 '벼랑 끝에 서는 외교'가 필요하다는 것을 절실하게 깨닫소이다. 그러므로 미국의 국익에 반대되지 않는 한 우리는 미국을 항상 우리 편으로 끌어들이기 위해 한미동맹의 전략가운데 전술을 구사해야 할 것이요."

승만은 6.25 전쟁 내내 한미 상호방위조약이라는 외교적 결과물을 얻어내기 위해 온갖 지혜를 다 짜 모았다.

결국 승만의 이런 노력은 미국을 한반도의 전쟁 깊숙이 데려오는 중요한 역할을 하게 된다. 미국 역사는 과거에 다른 나라와 전쟁을 할 때 특별

예산이나 추가 예산을 책정하지 않고 예비비를 사용하면서도 충분히 전쟁을 치를 만큼 여유로웠다. 그러나 6.25전쟁 때에는 특별예산을 책정할 수밖에 없었다. 그 돈으로 전후복구 사업과 10년간 구호물자를 풀어 한국경제를 지원하였던 것이다. 이는 분명히 이승만의 대미외교의 결실이었다.

승만의 파워는 외교적 라인 뿐 아니라 인맥도 작용을 했다. 6.25 당시 트루먼에게 한국 파병을 강력하게 건의한 두 사람 중 한 사람이 있었다. 그 사람은 아이젠하워 대통령 때 국무장관을 역임하게 되는 존 포스터 덜레스였다.

"미국이 어떠한 희생을 치르더라도 대한민국을 공산주의 침략에서 구출해야 한다."

덜레스는 이승만과 조지워싱턴 대학교에서 기숙사의 같은 방을 사용한 동창생이며 프린스턴 대학교에서 박사 논문을 같이 쓴 끈끈한 친구였다. 물론 나머지 한 사람은 맥아더 원수이며 둘 다 한국으로의 파병은 '하나님의 뜻'이라고 강조하였다.

아이젠하워 미국 대통령이 덜레스 국무장관에게 "이승만은 우리의 친구가 아니라 적(敵)"이라고 투덜대었다는 이야기를 승만은 들은 적이 있다.

전세는 점점 악화되어 낙동강 방어선이 위태위태했다. 낙동강 방어선에서만 전투가 8월 1일부터 9월 24일까지 55일 동안 지속되었다. 승만은 부산 보수동에 마련된 임시정부 수도에서 기도를 하고 있었다.

"하나님, 어찌하여 착하고 순한 우리 백성이 이런 고통을 받아야 합니까? 우리 한 명이 적 10명을 대적할 수 있는 힘과 용기를 주소서."

왜관 방어선이 붕괴될 위기 가운데 있을 때였다. 8월 16일 무더위가 극성을 부리던 임시정부청사가 된 경남도청에서 구국기도회가 열렸다. 비밀리에 맥아더가 인천상륙작전 기함에 올라 인천 앞바다로 향해 가고 있는 동안 가장 치열한 전투는 칠곡 왜관 부근의 다부동이었다. 이미 유엔군 전 병력은 마산과 왜관 영덕을 잇는 방어선을 치고 있었는데 공산군은 임시수도인 부산으로 향하는 교두보 마련을 위해 대구를 집중 공격하려고 5개나 되는 사단을 투입했다.

김일성은 전투 명령문을 보내어 "광복절 기념식을 부산에서 거행한다"고 거창하게 외치며 7월 말까지 포항, 다부동, 진주까지 함락을 했다. 이제 겨우 국토의 10%만 남았다.

이때 미 제8군 사령관 워커 중장은 최후의 방어선 워커라인을 구축하고 총반격에 들어간다. 드디어 8월 3일 대구 북방 다부동 전투에서 국군 제 1사단이 북한 인민군 3개 사단을 저지하고 승리를 한다. 이를 시발로 8월 한 달 동안 마산방면의 인민군 6사단을 막는데 미군 제 25사단이 결정적인 역할을 한다. 포항, 기계, 안강을 잇는 동부전선에서는 국군 제 1군단 예하의 3사단과 수도사단이 인민군의 진출을 원천봉쇄하기에 이른다. 그런데 장마가 온 것이다. 며칠간 일기가 나빠 미군 폭격기가 일주일 동안 뜨지 못하여 공산화 위기에 몰려있을 때였다. 그때 기적이 일어났다. 기도회가 진행되는 중, 갑자기 날이 갑자기 개어서 폭격기가 출격할 수 있게 되었던 것이다. 8월 16일 오후 12시에 B-29기가 출격하여 960톤의 폭탄을 왜관 방어선에 퍼부었다.

1950년 8월 16일 왜관 일대에 6.25전쟁에서 전무후무한 융단 폭격이 실시됐다. 1950년 8월 14일 북한군은 다부동 일대의 국군 1사단 정면에서 3·13·15사단 등 3개 사단으로 각각 중앙 돌파를 기도하고 있었다.

북괴의 공격이 주춤해졌다는 소식이 들리자 계속해서 8월 말부터는 자리를 옮겨 초량교회에서 구국기도회가 시작되었다. 그때 강력한 회개의 역사가 일어났다. 신사참배와 교권 다툼의 죄 등을 회개하였다. 2주간 계속된 구국기도회가 끝나자 다시 기적이 일어나게 된다.

8월 16일 대규모 폭격으로 방어선을 뚫고 넘어오려던 인민군 제 15사단이 섬멸된다. 공습이 끝난 후 진격한 국군 제 8사단은 개전 이래 최고의 전과를 올리며 승리하게 된다.

북한군은 낙동강 전선에서 시간이 흐를수록 자신들에게 불리할 것임을 잘 알고 있었다.

"각하! 이번 다부동 전투가 아군의 대승리로 끝났다고 합니다."

승만은 그날 이 소식을 듣고 국무위원들에게 용기를 주었다."하나님이 우리 편에 계시는데 무엇이 두려운 게요?"

"하지만 각하 다부동의 혈전 기간에 국군의 병력 소모율이 너무 커서 단기간 훈련을 마친 신병이나 학도병으로 병력을 충원해했는데, 사상자가 너무 많습니다."

사단에서는 매일 평균 600명에서 700명의 손실이 발생해 병력이 날로 감소하게 되어 신병과 학도병으로 보충한 결과였다. 또 이 무렵 1개 대대에 평균 50~60명의 노무자들이 배치돼 전투원의 식사를 비롯한 탄막과 기타 보급품을 일명 '지게부대'라고 부르는 민간인들이 지게로 최전방까지 운반하고 부상자를 후송하는 기이한 일이 일어났다.

날이 밝자 적진에서는 적 전차 9대와 자주포 4문과 수대의 트럭 그리고 1,300여 구의 시체가 확인됐다. 더구나 다음날 오전 적 13사단 포병연대장인 정복욱 중좌가 11연대 지역으로 작전 지도를 갖고 귀순함으로써 적의 전투 의지는 극도로 저하됐다. 12연대는 이날 밤 최초로 야간기습을 시도해 마침내 유학산을 탈환하는 데 성공했다.

8월 21일 아침, 반격을 시작하기로 돼 있었는데 적이 먼저 공격을 해왔다. 그때 11연대 1대대 병력이 벌써 적군에게 쫓겨 후퇴 중이라는 보고가 백선엽 장군에게 들어왔다. 11연대와 인접해 있던 미 27연대도 당황한 모양이었다. 그들은 미 8군사령부에 보고했다.

"한국군이 후퇴해 퇴로가 차단당하게 됐다. 늦기 전에 우리도 철수하겠다."

잠시 후 미 8군사령부에서 항의 전화가 걸려 왔다.

"도대체 한국군은 싸울 의지가 있는 군대냐?"

이런 질책을 받은 백선엽 장군은 크게 당황했다. 그는 즉시 지프를 몰고 11연대 전방으로 나갔다. 보고는 사실이었다. 11연대 병사들은 축 처진 모습으로 후퇴하고 있었던 것이다.

백 장군은 김재명 1대대장을 불러 "도대체 어찌 된 일이냐"고 자초지종을 물었다. 대대장인 그도 기진맥진한 모습이었다. "병사들이 밤낮없이 계속되는 전투에 지쳤습니다. 거기다 보급이 끊겨 이틀 동안 물 한 모금 못 먹었습니다."

아니나 다를까, 지치고 허기진 병사들 심정을 이해할 수는 있었다. 그러나 그래서는 안 되는 상황이었다.

"모두들 앉아라."

아무리 다급해도 병사들의 마음을 가라앉혀야 했다.

"내 말 잘 들어라. 우리는 여기서 한 발짝도 후퇴할 곳이 없다. 물러서면 바다뿐이다. 후퇴하면 나라가 망한다. 우리와 같이 싸우는 미군들은 우리를 믿고 싸우는데 우리가 먼저 후퇴하다니, 이 무슨 꼴인가? 대한남아로서 다시 싸우자. 내가 앞장서겠으니 나를 따르라. 내가 후퇴하거든 나를 쏘아라!"

백선엽은 권총을 세워 들며 돌격명령을 내리고 장병들 선두에 서서 앞으로 나아갔다. 용기를 얻은 병사들은 우렁차게 함성을 지르며 그의 뒤를 따랐다. 기세가 오른 병사들은 거짓말처럼 용감하게 고지를 탈환했다. 이 광경을 보고 있던 마이켈리스 대령은 나중에 백선엽 장군에게 사과를 했다.

"미안하게 됐다. 사단장이 직접 앞장서는 한국군은 신의 군병(神兵)이다."14)

당시 사단의 각 연대에서는 신병이 도착하면 명단을 작성할 겨를도 없이 중대에 보충했다. 누가 전사하고 후송됐는지 파악할 새가 없을 정도로 전황이 급박했던 것이다. 심지어 중대장과 소대장도 자기 부대의 현재 병력이 몇 명인지 파악하기 어려운 상황이었다.

하룻밤 격전을 치르고 나면 총원의 30%에서 40%가 손실되고, 다음날 또 신병으로 교체됐다. 나중에는 분대장이 분대원 얼굴과 이름도 기억하지 못하는 지경에 이르렀다. 그런 극한 상황이었기 때문에 전몰 병사들을 무명용사로 일괄 처리할 수밖에 없었다.15)

드디어 북진을 위해 국군 1사단이 총반격 작전을 앞둔 1950년 9월 12일, 국군 사단으로는 최초로 미 1군단에 배속돼 북진작전을 할 수 있게 되었다. 다부동 전투에서 보여 준 1사단의 전투수행 능력과 사단 전투력에 대한 미군 지휘관의 믿음과 신뢰가 있었기에 가능한 것이었다. 백선엽 장군은 이 전투를 통해 작전 및 전투지휘관으로서 자신의 숨겨진 재능과 실력을 유감없이 발휘해 인정받는 계기가 됐다.

---

14) 〈블루투데이〉 6·25 결정적 전투들 ② 다부동 전투 "대구를 사수하라!" 사상 첫 한미연합작전 눈부신 전과.~
15) 양영조 국방부 군사편찬연구소 책임연구원의 증언.

인천상륙작전

낙동강 전선(戰線)까지 몰렸던, 국군과 미군을 주력으로 하는 유엔군은 배후가 차단당한 북한군이 무너지자 북진을 개시, 10월 1일 38선을 넘고, 19일 평양을 수복, 통일을 눈앞에 두었다. 북한의 기습 공격을 받은 지 나흘 만인 1950년 6월 29일 맥아더는 전용기 바탄호를 타고 일본 도쿄에서 수원으로 날아온 맥아더의 작전은 주효했다.

임시수도 대전에서 이륙한 이승만의 비행기와 맥아더의 비행기가 수원에서 만났다. 태평양전쟁의 영웅이자 일본 점령군 최고사령관이었던 백전노장 맥아더는 70세였다. 75세인 승만보다는 작았지만 둘 다 패배를 모르는 백전노장이었다. 아직 포탄 세례를 받지 않은 논의 벼들은 무심하게 푸르렀다. 야전 사령관 맥아더가 서 있는 곳은 하필 논바닥이었다. 이승만은 의례적 인사말을 건네기도 전에 다급하게 말했다.

"장군, 조심하세요. 장군의 신발이 못자리를 밟고 있군요."

북한 비행기들이 계속 기총소사를 퍼붓는 가운데 두 사람은 수원에 있는 서울대 농과대학으로 들어가 강의실 한 귀퉁이에 앉아 한 시간 동안 사태를 논의했다. 이 자리에서 맥아더는 이승만에게 '준비가 갖추어지는 대로' 미국이 전폭적인 지원을 해 줄 것을 약속했다.[16)]

승만은 아직 초(超)저개발의 신생 국가인 대한민국에서 자신의 역할이 얼마나 중요한지 다시 한 번 깨닫는다. 영어에 능통하고 서양 학문과 관습에 대한 고도의 이해를 가진 대통령이 아니라면 이처럼 미국의 신속한 지원을 받아내기가 쉽지 않았으리라는 것을.

이승만과의 면담을 끝낸 맥아더는 수행원 10여 명을 대동한 채, 징발한 지프에 몸을 싣고 한강으로 향했다. 한강 연변에서 벌어지는 전투는 대한민국의 방위 능력이 이미 소멸됐음을 보여주었다. 그는 한국군이 포진한 고지에 올라 한강 너머 멀리 바라보이는 남산과 그 주변을 망원경으로 한참 살펴봤다.

그러다가 한 참호를 지키고 있는 병사에게 말을 걸었다.

"자네는 언제까지 이 참호 속에 있을 건가?"

맥아더를 수행한 김종갑 대령(시흥지구 전투사령부 참모장)이 통역을 했고, 부동자세의 병사가 또박또박 대답했다.

"저희 직속상관으로부터 철수하라는 명령이 내려질 때까지입니다!"

"명령이 없을 때는 어떻게 할 것인가?"

"죽는 순간까지 여기를 지킬 것입니다!"

---

16) '6·25와 이승만'·프란체스카 지음.

"오, 장하다. 다른 병사들도 같은 생각인가?"

"예, 그렇습니다. 각하, 우리는 지금 맨주먹으로 싸우고 있습니다. 우리에게 무기와 탄약을 주십시오."

"알았네. 여기서 자네 같은 군인을 만날 줄 몰랐네!"

맥아더가 병사의 손을 꼭 잡으면서 몸을 돌려 김 대령에게 말했다.

"이 씩씩하고 훌륭한 병사에게 전해주시오. 내가 도쿄로 돌아가는 즉시 지원군을 보내줄 것이라고. 그때까지 용기를 잃지 말고 훌륭히 싸우라고!"17)

도쿄로 돌아간 맥아더는 이튿날 새벽 4시 워싱턴의 트루먼 대통령에게 다음과 같은 지급 전문을 보냈다.

'한국이 당면한 최악의 위기는 미 지상군의 지원 없이는 기사회생이 불가능함을 현지 시찰로 확인했음. 재일(在日) 미8군의 보병 3개 사단이 긴급 출동할 수 있도록 재가해 주실 것을 앙망함.'18)

도쿄에서 맥아더는 계속적으로 전황을 파악한다. 그리고 두 달여 전투가 진행되면서 한반도 동남부 낙동강 전선에 아군·적군 군대가 대부분 몰려 있다는 것에 착안을 한다. 그 순간 맥아더에게 섬광처럼 작전이 스쳐갔다.

2개월 반 동안 참모들과 수십 차례 토론 끝에 마침내 실행 작전으로 결론 났다. 최종 작전 안은 8월 23일 도쿄 맥아더 사령부에서 로튼 콜린스 합참의장 ·해군작전처장 포레스트 셔먼 제독 등 고위 참모들과 장시간 격론 끝에 매듭지었다.

"제군들 들으시오! 아군이 중부로 상륙한다면 북한군 주력을 포위할

---

17) 사진과 함께 읽는 대통령 이승만'·안병훈 엮음.
18) 박정자 객원논설위원 상명대 명예교수.

수 있을 것이요. 아울러 북한군의 보급로도 단숨에 자를 수 있을 것이오. 남한의 교통망이 모두 서울을 거치게 되어 있었으므로 서울을 장악하면 북한군은 물자 보급이 실질적으로 단절될 것이니, '서울 탈환'만 되면 적은 궤멸될 것이라는 나의 생각이요."

미군의 상륙작전 수행 능력은 이미 태평양 전쟁에서 증명이 된 바 있었다. 또 제2차 세계대전이 끝난 지 얼마되지 않았기 때문에 미 해군과 해병대에는 상륙작전 경험을 지닌 부사관, 장교, 지휘관이 많았다.

당시 해리 트루먼 정권은 육군을 중시하고 공군을 강화하는 대신 해군을 경시하고 해병대를 아예 해체하려는 계획까지 세웠다. 이런 상황에서 미 해병대는 실험대에 오르는 것과 마찬가지였다.

맥아더는 상륙작전 후보지로 군산과 동해안의 주문진 등도 포함시켰지만, 각종 지리적 제약에도 불구하고 서울과 가까운 인천의 이점이 워낙 컸다. 맥아더 원수의 선택은 인천이었다.

1950년 8월 12일. 맥아더 원수는 디데이(D-day)를 9월 15일로 정해 작전계획을 시달했다. 그날 예상되는 만조 때 수심은 9.6m였다. 그날을 놓치면 한 달 후인 10월 10일에나 충분한 수심을 얻을 수 있었기 때문이다. 총 병력은 미군 해병대, 해군, 육군 및 한국 해병대 등 7만1339명이었다. 병력을 수송하기 위한 배만 230척이었다. 월미도를 먼저 장악하기 위해 작전 개시 5일 전부터 공습과 이틀 전부터는 함포사격을 했다. 마침내 9월 15일 오전 5시 20분 크로마이트 작전이 시작됐다. 1시간가량 뒤인 6시 33분 작전 계획보다 3분 늦게 상륙정들이 월미도 그린비치에 닿았고, 5해병연대 3대대 병력이 해변으로 달려갔다. 7시 30분에 3대대장 로버트 태플레트 중령이 월미도를 반 넘게 점령했다고 보고했다. 적의 저항은 약했고 45명을 포로로 잡았으며 주봉(主峰)인 래디오힐도 대부분 점령했다.

그날 1만3000명의 병력을 상륙시켰다. 인천을 석권한 상륙군은 바로 서울 공략에 나섰다. 북한군은 동원할 수 있는 병력을 최대한 모아 서울 방어에 투입했다. 25여단, 9사단 87연대, 18사단 일부 병력이 서울지구 방위사령부의 주요 부대였다. 북한군의 주 저항선은 안산과 그 줄기였다.

그러나 파죽지세로 밀고 올라간 아군에 의해 9월 28일 마침내 중앙청에 태극기를 꽂았다.

이튿날 낮 12시 국회의사당에서 맥아더 원수는 이승만 대통령에게 서울을 이양했다. 이날 연설을 하게된 승만은 북받치는 감정을 이기지 못해 참석한 미군 지휘관들과 병사들에게 일일이 손을 내밀면서 이렇게 말했다.

"이 고마움을 어떻게 설명할 수 있겠습니까?"

맥아더는 최소의 사상자로 승리했고 그날 감사의 기도를 드렸다.

"우리 주 하나님의 자비로운 섭리로… 유엔군은 대한민국 고도 서울을 공산 전제정치로부터 해방함으로써 서울 시민들은 불가침의 개인 자유와 존엄성을 으뜸으로 하는 생활방식을 변함없이 누릴 기회를 회복하게 되었습니다. 감사합니다."

2주간에 걸친 인천상륙작전의 성공은 6·25전쟁의 구도를 단숨에 바꿔놓았다. 낙동강전선에 투입된 북한군 전선이 붕괴되었고 모든 전선에서 북한군의 패주가 시작된 것이다. 낙동강전선에 있던 북한군 7만 명 가운데 38선을 넘어간 병력은 겨우 2만5000명에 불과했다.

문제는 38선 돌파였다. 6.25 전쟁이 발발하고 미국이 참전을 선언하며 전쟁의 목표가 제시되었다.

"우리는 38선의 회복이 전쟁목표임을 천명한다."

승만은 이러한 결정에 절대 동의할 수 없었다. 그는 1950년 7월 19일 트루먼 대통령에게 서한을 보낸다.

"파병을 감사하며, …… 소련의 후원으로 수립된 북한 정권이 무력으로 38선을 파괴하고 남침한 이상 38선이 더 이상 존속할 이유가 없어졌으며, 이에 전쟁 전의 상태로 돌아간다는 것은 도저히 있을 수 없다."

결국 유엔군의 38선 돌파의 당위성을 강조하자 트루먼도 하는 수 없이 9월 1일 기자회견으로 유보적인 입장을 제시한다.

"38선 돌파는 유엔에 달려 있다."

승만은 서울 수복이 있기 전 부산에서 9월 20일 인천상륙작전 경축대회를 갖는다. 그 자리에서 38선 돌파를 아예 기정사실화해버린다.

"지금 세계 각국 사람들이 38선에 대해 여러 가지로 말하고 있으나 이것은 다 수포로 돌아갈 것이다. 본래 우리 정부의 정책은 남북통일을 하는 데 한정될 것이요. 소련이 북한을 도와 민주정부를 침략한 것은 민주 세계를 토벌하려는 것이므로 유엔군이 들어와서 공산군을 물리치며 우리와 협의해 싸우고 있다. 이에 우리가 38선에서 정지할 리도 또 정지할 수도 없다. 지금부터 이북 공산도배를 소탕하고 38선을 압록강·두만강까지 밀고 가서 철의 장막을 쳐부술 것이다."

9월 29일 서울 환도식이 끝난 후 맥아더 장군에게 부탁한다.

"지체없이 북진을 해야 하외다"

"유엔에서 38선 돌파 권한을 부여하지 않았습니다, 각하."

"유엔이 이 문제를 결정할 때까지 장군은 기다릴 수가 있겠지만 국군의 북진을 막을 사람은 아무도 없을 것이오. 내가 명령을 내리지 않아도 국군은 북진할 것이요."

승만은 그날부로 정일권 육군총장에게 북진명령을 내린다.

"장군, 드디어 북진통일 할 날이 왔소. 국군으로 하여금 38선을 돌파하게 하시요!"[19]

10월 1일 미군과 유엔군은 승만의 무모함에 경종을 울리기 위해 모두 38선 돌파 작전에 참여하지 않는다. 하지만 승만은 이에 아랑곳하지 않고 전면적으로 38선을 넘어 북진할 것을 명령한다. 후일 10월 1일은 국군의 단독 작전에 의한 38선 돌파를 기념하여 이날을 국군의 날로 지정한다. 이에 국군은 북진에 북진을 거듭한 끝에 서울 수복 한 달 뒤인 1950년 10월 29일 오전 9시 30분, 정일권 국군총사령관을 비롯한 군부 요인들의 환영 속에 이승만 대통령이 탄 비행기가 평양의 능라도 비행장에 착륙했다.

이어 평양시청에 마련된 환영식장에 도착한 이 대통령은 감격한 어조로, 5만여 명의 군중에게 39년 만에 평양을 방문하게 된 소감을 말했다.

"사랑하는 동포 여러분, 모두 함께 조국을 위해 싸웁시다."

평양시민들은 우레와 같은 소리로 환호하며 박수를 보내었다. 당시 국군과 유엔군의 인천상륙작전은 이미 적의 주력을 다 붕괴시켜버린 상태였다. 그래서 평양을 지켜낼 수단이 인민군에겐 거의 없었다.

"장군! 아무래도 중공군의 움직임이 수상합니다."

맥아더는 유엔군을 동서(東西)로 분리시켜 북으로 진격하고 있었다. 그리고 지휘권도 양분하는 전략적 실수를 범했다. 국군이 평양을 탈환한 날 수십만의 중공군이 압록강을 넘어 북한의 산악지대에 숨어들었다가 10월 하순 북진하는 유엔군 중 한국군을 골라서 기습해서 큰 타격을 주곤 다시 산악지대로 물러나기를 반복했다. 거의 압록강까지 갔다가 다시

---

19) 남정옥 군사편찬연구소 책임연구관.

금 패주해야 되는 상황이 연출된 것이다. 더더구나 개마고원쪽으로 내려오는 중공군은 추위에 단련이 된 반면, 미군과 유엔군은 거의 무방비였다. 결국 장진호에서는 엄청난 희생이 발생하게 되었다.

1950년 12월 25일, 전세가 다시 역전되고 난관에 처해 있을 때 승만은 아내를 데리고 교회를 찾아 나섰다. 당시 상황을 프란체스카 여사는 다음과 같이 비망록에 썼다.

"성탄일을 맞아 우리는 예배드리러 상오 11시 정동교회로 갔다. 성탄절을 맞는 예배당 안이 아무런 장식도 없이 너무나 쓸쓸하고 황량하며 난로도 하나 없이 썰렁했다. 손발이 꽁꽁 얼어 감각이 없어질 정도로 추운 이 넓은 예배당 안에는 손으로 꼽아 약 20명의 교인이 모여 있었는데 목회를 인도할 사람이 없어 평신도 중 한 사람이 예배순서를 진행하고 있었다. 그 신도의 설교는 매우 감동적이었고 교인들이나 대통령은 함께 예배를 보게 되어 모두 기뻐하였다. 그 신도는 성경 마태복음 10장 29절을 봉독했는데 사람들은 모두 울었다. 대통령은 그 사람들에게 하나님이 우리를 지켜 주시니 아무리 강한 적이 쳐들어와도 우리는 기어이 물리칠 수 있다는 믿음을 가지도록 격려했다. 이 예배는 지금껏 우리가 참석해 온 예배 중 가장 감명 깊게 우리 기억에 새겨질 감동적인 예배의 하나였다."

그리고 승만은 아내와 함께 1.4 후퇴를 하던 날까지 아무도 없는 텅 빈 교회에 나와 기도하였다. 다행히 아군은 전력을 보충하여 다시금 공격을 감행해 서울을 재탈환하고 지루한 휴전협정을 이어가게 된다.

승만은 재수복한 서울에서 가슴을 쓸어내렸다. 그리고 감사했다. 이야기 듣기로는 김일성이 남침할 때, 박헌영의 말을 듣고 서울에서 3일을 지체했다는 것이다. 그는 김일성에게 장담했었다.

"우리가 밀고만 내려가면 남조선 곳곳에서 인민봉기가 일어날 것입니다."

그런데 그간 2.7 폭동이나 4.3 사건, 여순반란과 같은 사건이 있긴 했지만. 실제로 인민군이 남침해서 내려왔을 때 우려했던 남쪽에서의 폭동은 전혀 일어나지 않았던 것이다.

승만은 폭동이 일어나지 않은 가장 큰 이유가 6.25 발발하기 3개월 전 단행했던 토지개혁이었다는 것을 알고 있었다. 전격적으로 단행되었기 때문에 북쪽은 남쪽이 토지개혁을 했다는 사실조차 모르고 있었다. 북한은 토지개혁을 자기네만 한 일처럼 선전했다. 이를 계기로 김일성이 인민들의 절대적인 지지를 받았다고 가르쳤다. 그래서 1946년 9월에 북한으로 올라간 박헌영은 토지개혁으로 달라진 남쪽 민심을 전혀 알 수 없었다. 그들이 세포조직을 퍼트려나갈 때 가장 잘 써먹었던 수법이 무상몰수 무상분배였다. 반면 남쪽의 토지개혁은 유상수용 유상분배의 원칙에서 이뤄졌다.

"북한식 농지개혁은 농민들이 대지주의 노예에서 정부의 노예로 바뀔 뿐이다."

기실 북한의 토지개혁은 무상몰수라기보단 지주들을 타도해서 빼앗아낸 강탈에 가까웠다. 그래서 박해를 견디다 못해 많은 유산계층이 월남했다. 어쩔 수 없이 북에 남은 지주들도 결국 얼마 안 돼 모두 숙청되고 자식들은 지주의 자손이란 굴레속에 신음하게 되었다. 하지만 무상분배된 땅의 새 주인이 된 사람들은 국가에 대한 세금, 애국미 등 성미 납부로 40%이상을 납부하게 되어 실제로는 일제 강점기 3:7제 소작료보다 더 높은 부담을 지게 되었다. 승만이 '당부당'에서 언급한 것처럼 근로의 욕이 사라진 북한 농업은 나날이 퇴화했고, 1970년대이후 식량증산의 명목으로 산을 마구 파헤친 결과 홍수만 나면 농경지가 침수되는 바람에 결국은 아사자가 속출하기에 안성맞춤인 구조가 되어버린 것이다.

승만은 토지개혁에 대해서도 많은 연구를 하게 하였다. 그리하여 개인이 소유할 수 있는 농지 상한선을 북한의 다섯 정보보다 더 낮은 세 정보로 정하고, 그보다 더 많이 소유한 지주의 땅은 국가에서 지가증권이란 것을 주어 샀던 것이다. 농민들은 자기가 받은 토지에서 나는 생산량의 150%를 바치면 땅을 가질 수 있었는데, 이는 기존 소작료 30%를 5년간만 납부하면 자기 땅이 된다는 것을 의미했다. 원래는 300%로 하려 했지만 승만이 대통령이 되고 고집을 부려 150%로 관철시켰던 것이다.

한때 사회주의자였던 조봉암을 농림부 장관으로 기용해 농지개혁법을 밀어붙이는데, 그 결과 1950년 3월엔 모든 농민들이 '분배농지 예정통지서'를 받게 된다. 이것은 이 땅이 이제 당신의 땅이 된다는 증명서였던 것이다. 해방전 한국 전체 농가의 75%가 소작농이었지만 1950년대엔 전 경지의 92.4%가 자작농으로 바뀌게 됨으로 땅을 지켜야 할 이유가 생긴 군인들이 목숨을 바쳐 전쟁을 승리로 이끈 것이다. 인민군이 내려왔는데 토지개혁을 하려 하니 할 땅이 없는 것이다. 강제로 토지개혁을 하려보니 빼앗을 땅도 없거니와 방식도 농민들에게 소유권은 없이 경작권만 주는 북한식이었다. 내 땅을 가지는가 싶었는데 인민군이 와서 농사만 지으라니 땅을 빼앗기지 않으려면 인민군과 맞서 싸우는 길밖에 없었던 것이다.

하지만 38선 전후에서의 전투가 지루하게 진행되는 가운데 지리산으로 들어간 빨치산들은 9.28서울 수복 때 퇴각하지 못한 패잔병들과 어울려 남한 내에 제2전선을 형성하게 된다. 승만은 특단의 조치가 필요하다고 여기고 1952년 3월 광주에 있는 빨치산 포로 수용소를 방문하며 담화를 발표한다.

"빨치산 사령관 이현상을 생포하는 자에겐 거액의 포상금을 지급할 것이다."

이현상은 주로 지리산에 근거를 두고 남부군단을 지휘하고 있었다. 여순 반란 사건의 패잔병으로 시작한 지리산 빨치산들은 한국 전쟁이 소강 상태에 접어든 1951년 8월 조선로동당 중앙정치위원회명의로 각 지역의 유격대는 군사 조직 대신 지구당 체제로 전환하여 당 사업을 조직하라는 94호 결정서를 채택했다. 이 결정서에 따르면 낙동강 서쪽의 경남, 전남북 지역은 제5지구당에 속하도록 되어 있었는데, 실질적으로 조선인민유격대는 이 지역에서만 살아남은 상태였다. 그러나 결정서가 지리산까지 내려오는 데는 시간이 걸렸고, 그 사이 지리산의 빨치산들은 토벌대의 집중 공격으로 큰 손실을 입고 있었다. 남부군은 1951년 11월부터 독립4지대로 격하되었다. 사단 체제를 유지할 수 있는 인원을 확보하지 못해 사망한 지휘관의 이름을 딴 김지회 부대(옛 81사단)와 박종하 부대(옛 92사단)의 양대 부대 체제로 축소 운영되었다.

94호 결정서는 뒤늦게 전달되어 1952년 5월에 결정서의 지시대로 지리산에서 제5지구당이 결성되었다. 위원장 이현상, 부위원장 박영발을 선출하고 전북도당 위원장 박영발, 전남도당 부위원장 김선우, 경남도당 부위원장 김삼홍, 전북도당 부위원장 조병하가 조직위원회를 구성했다.[20] 이들 7인은 빨치산의 최후의 지도부였다. 제5지구당 체제는 1953년 9월 박헌영 리승엽 간첩 사건에 따라 반역자들의 영향과 잔재를 철저히 말살하기 위해 지구당을 해체한다는 결정이 내려질 때까지 계속되었다.

드디어 1953년 7월 27일에 6.25 동란 휴전 협정이 체결되었다. 그때

---

20) 이선아 (2003년 12월). "한국전쟁 전후 빨찌산의 형성과 활동". 《역사연구》 (13): 185~186.

당시 빨치산들은 토벌대의 공세에 맞설 만한 물리력을 확보하지 못하였고 양민학살 작전으로 민심이 돌아서버린 상황으로 인하여 토벌을 피하고 따돌리는 수준에서 생존을 유지하며 지원을 기다리는 중이었다.

이런 상황에서 빨치산의 지위에 대한 언급 없이 휴전 협정이 체결된 것은 김일성이 이들을 버린 상황이 되어 악화일로의 전세를 되돌릴 수 있는 추진력을 상실하게 되었다. 특히 협정 체결 1주일 만인 8월 3일에 평양에서 김일성의 반대파 숙청 작업의 하나로 그 동안 구금하였던 박헌영을 정식 구속하고 곧이어 리승엽과 배철을 비롯하여 빨치산 지도부를 구성했던 남로당계 간부들에 대한 재판 결과를 발표하였다. 이들은 미국의 지시를 받고 간첩으로 침투하여 정부 전복 음모를 꾸몄다는 혐의로 유죄 판결을 받고 처형되었다.

제5지구당 조직의 해체에 이은 조선인민유격대의 실질적인 총지휘자 이현상의 사망으로 거의 궤멸하게 되었다.

6부
혈맹(血盟)

우리의 후손들이 앞으로 여러 세대에
걸쳐 이 조약으로 인해 많은 혜택을
받게 될 것이며, 이 동맹 조약은
앞으로 우리를 번영케 할 것입니다.

- 이승만-

반공포로를 석방하라

전쟁은 어느새 장기전으로 내닫고 있었다. 북의 김일성은 김일성대로 일주일이면 전쟁을 끝낸다고 믿고 있었고, 승만은 승만대로 38선을 돌파하면 한 달 안에 전쟁이 끝난다고 믿었다. 하지만 전쟁은 중공군의 개입으로 상호간 점점 지쳐가고 있었다. 공산진영에서 먼저 제안한 휴전협상은 1951년에 시작이 되었지만, '휴전 절대반대 북진통일'을 주장한 이승만의 고집으로 협상이 장장 2년간이나 지속되었다.

휴전이 체결되기 전부터 승만은 미국 측에 '한미상호방위조약'의 체결을 주장했다. 하지만 미국 측의 미온적인 태도로 일관했다. 이때 승만은 미국의 기를 꺾기 위하여 기상천외한 발상을 하게 된다. 휴전체결에 불리한 영향을 미칠 '반공포로석방'이 바로 그것이었다.

제2차 세계대전 이후 소련군 포로들을 본국으로 돌려보냈을 때 소련 정부는 이들 중 많은 사람들을 사상이 오염되었을지 모른다는 이유를 들어 처형시킨 사실을 승만은 누구보다 더 잘 알고 있었다. 이승만은 헌병 사령관 원용덕을 부른다.

"원 사령관 내 말을 잘 들으시오. 포로수용소의 경비를 담당하고 있던 미군과 UN군을 기습하여 반공포로들을 탈출시키시오."

"네?"

"귀가 먹었소? 반공포로들을 전원 탈출시키란 말이요."

"네! 알겠습니다. 각하."

1953년 6월 18일 전격적으로 이 작전은 시행되었고, 부산, 마산, 대구, 영천, 논산, 광주, 부평에 있는 포로수용소에서 2만6900명의 반공포로가 탈출하는데 성공한다. 포로 중 경비병들의 반격으로 61명이 사살되었고 116명이 부상을 입기도 하였다. 반공포로가 아닌 8,200명은 계속 수용소에 잔류하였다.

이 엄청난 사건으로 미국과 UN 참전국들이 충격을 받았고, 미국 측에서는 한반도에 전쟁이 진행 중인 와중에 이승만 제거운동이 시작되게 된다.

이때 승만은 기회를 타 미국과 전 세계에 호소하였다.

"공산침략을 막기 위해 전쟁을 하는 우리가 공산주의가 싫다고 애걸하는 포로를 다시 사지의 공산국가로 돌려보내는 것은 인간이 할 수 있는 짓이 아니라고 생각합니다. 나는 우리민족을 사랑하는 대통령으로서 반공포로 석방을 지극히 당연한 처사라고 생각합니다."

이 소식을 들은 미국 정부는 당황하였고, 미국 국내의 기독교 교계에서 이승만 지지성명을 발표하고 학계에서는 이승만을 위대한 인간이라고 치하하였다. 이때 아이젠하워 대통령은 마음을 바꾸고 휴전 이후 미국이 대한민국을 등한히 할 것이라는 적들의 오판을 막기 위하여 '한미 상호방위조약'을 조속히 마무리 할 것을 지시하게 된다.

그 결과, 1953년 7월 27일에 휴전이 성립된 직후, 8월 4일밤 10시 5분 '서울공항'이라 불리던 여의도 비행장엔 시커먼 미군용 4발기가 어둠을 뚫고 내려앉았다. 예정보다 12시간 늦게 덜레스 미국무장관이 서울에 온 것이다. 지난 6월 아이젠하워가 이승만에게 약속한 한미방위조약을 체결하기 위해 휴전 조인 일주일 만에 국무장관이 직접 이승만과 협상하러 날아온 것이었다. 지난번 18일 동안이나 이승만과 매일 협상을 해야했던 로버트슨 차관보도 동행하였다. 육해공 3군 군악대가 미국 국가를 연주하고 예포(禮砲) 19발을 쏘아 국빈환영을 베풀었다. 백두진 총리 등 각료들과 3군 수뇌가 출영하였고 한복차림의 소녀들이 증정하는 꽃다발을 받은 덜레스는 짤막한 도착성명을 낭독하였다.

"제가 오늘 워싱턴에 산적한 긴급용무들을 제쳐놓고 이승만 대통령과 회담하러 오게 된 이유는 전 세계에 대하여 미국은 대한민국의 견해를 더욱 존중하고 있다는 증거를 보여주기 위해서입니다. 우리는 전쟁에서 협력했던 것과 마찬가지로 평화에서도 협력하여 한국통일이라는 공동목표에 협력할 것입니다."

덜레스는 백선엽 육군총장의 안내로 의장대를 사열하였다. 그는 워싱턴을 떠날 때 회견에서 이승만을 언급하였다.

"저는 한국전쟁이 종결된 지금 또다시 구우(舊友:old friend) 이승만 대통령을 방문할 수 있음은 평생의 기쁨입니다."

덜레스는 1950년 6월 한국전쟁 발발 일주일 전에 서울을 방문했었고,

그 후 전쟁 중에도 재차 한국전선을 시찰한 바 있었다.

첫날 2시간 가까이 진행된 1차 회담은 꼬박 사흘 밤낮으로 계속되었다. 변 외무장관과 올리버 고문은 이승만의 입장과 원칙을 조목조목 설명하였다.

"미국과 유엔은 6.25 직후부터 공산침략을 격퇴하고 한국을 통일시키겠다는 거듭된 결의안들을 스스로 모두 파기하였음은 세계가 다 안다. 전쟁에 지쳤다고 세계와 함께 다짐한 공약을 이렇게 하루아침에 깨고도 화를 내는 것은 약소국을 묵살하는 적반하장이 아닌가. 통일 목적을 협상에 의해 달성하겠다는데 이것도 실패한다면 전 세계는 공산주의 앞에 비굴하게 무릎을 꿇는 것이다. 이것이 오늘의 현실이며 따라서 공산제국주의는 더욱 고무되어 미국이 그토록 염려하는 세계 3차 대전 가능성을 미국이 더 높여주는 결과가 된다. 이승만의 눈에도 보이는 엄연한 사실을 미국이 못 본다거나 외면한다는 속셈을 이승만은 물론 한국 국민들이 도무지 이해하지 못하는 것이다."

올리버는 브릭스 대사에게 이렇게 말하였다고 그의 저서 '이승만의 대미투쟁'에 남겼다.

"이승만의 시각을 정확히 인식하는 일이 양국관계와 양국조약을 위해서 선행돼야 한다. 이승만은 '오늘날 세계의 모든 문제는 군사적'이라고 본다. 자유세계가 공산주의를 격퇴할 것이냐 말 것이냐, 싸울 것이냐 싸우지 않을 것이냐, 이것이 지금 인류의 갈림길이다. 만약 싸우지 않을 것이라고 아시아인들이 판단하게 된다면 그들은 공산주의에 굴복 이외의 선택이 없다고 결론지은지 오래이다. 그러므로 이승만이 단독으로 한국 국민을 이끌고 '자살적 공격'으로 통일하겠다는 주장이야말로 그의 진실로 진심이란 사실을 덜레스와 아이젠하워가 똑바로 인식해야만 사태가 해결된다. 이승만의 '단독 북진' 소신의 밑바닥엔 이런 전략이 숨어있다. 남한 혼자서 끝까지 싸운다면 소련 스탈린과의 직접 협상이 불가피하게 이어지게 될 것이고 그 협상에서 이승만은 압록강-두만강을 회복하여 통일을 이루고야 말겠다는 것이다. 이승만은 20대 시절 고종을 품에 안은 러시아와 싸워서 국익강탈을 막음으로써 크게 이겨 본 경험을 갖고 있다. 만약 한반도가 다시금 분단 상태로 강대국들에 '매수'되어 버린 휴전 상태가 지속된다면 한국은 대만 신세가 되어 독립정신을 상실한 채 공산주의에 굴종하는 노예 사대주의로 되돌아 갈 것이며 차라리 일본 지배를 원하게 될지도 모른다고 이승만은 절망하고 있다."

체코슬로바키아의 미대사관에서 3년 근무했던 브릭스는 올리버의 말에 고개를 연신 주억거렸다.

"맞는 말이오. 공산국가에 자유선거가 주어진다면 중국에서도 공산당은 쫓겨날 것이오."

이승만과 덜레스의 '담판'은 신문보도처럼 '화기애애'는 커녕 피를 말리는 탁상 혈투였다. 벼랑끝 외교전술은 덜레스의 간담을 서늘케 할 정도였다. 논란의 핵심은 '한미상호방위조약'에 반드시 '즉각적이고 자동적인 전쟁 개입 약속'이 명문화되어야 한다는 승만의 주장이었다. 그러나 미국대표단은 '의회만이 전쟁을 선포할 수 있다'는 헌법 규정의 위반이므로 절대 불가하다'며 반대하였다.

올리버 고문은 변영태, 임병직, 김용식 주일 대사와 함께 이 문제에 대하여 미국대표단과 2시간이나 논쟁을 벌이다가 결국 그들의 주장을 받아들여야만 했다고 전했다. 결국 미국의 약속을 강조하는 단어 2개를 추가하는 정도에서 만족해야 했다.

그리고는 의회 인준 전이라도 즉각적인 효과를 발휘할 수 있도록 이승만과 덜레스가 서명하도록 하자고 합의하여 경무대로 올라갔다 우리 대표단 대변인으로 뽑힌 올리버가 '성공적으로 마무리되었다'고 보고하였다. 냉랭하게 듣고만 있던 승만이 질문을 던졌다.

"조약에 미국이 북한에서 공산당을 몰아내는 군사행동을 할 수 있는 보장이 되어 있소?"

올리버는 그렇지 않다고 대답하고 그것은 불가능하다고 덧붙였다. 대통령의 노기가 폭발하였다.

"그만두시오. 우리는 모두 실패하였소. 그런 조항도 없는 조약은 아무 쓸모가 없소."

"지금까지 잘해왔는데, 지금 그러시면?"

"회의를 다시 소집해서 그 조항을 반드시 넣으시오. 덜레스가 반대하더라도 그건 별개 문제니까 합의문에 반드시 그 조항을 포함시키지 못하면 안 되는 줄 아시오."

그날 저녁 파티에서 로버트슨이 말했다.

"미국은 이대통령에 대해 참을 만큼 참았습니다. 꼭 '홀로 싸우기'를 원한다면 그건 그의 일이오. 세계의 친구 하나 없이 군사적 경제적 지원도 없이 정말로 외톨이가 될 것입니다. 제발 이승만 대통령에게 이성으로 돌아가도록 설득해주시오."

"올리버 박사, 우리가 통일을 달성해야 한다고 아무리 참을성을 가지고 반복, 또 반복해도 박사는 이해하지 못하시오. 다른 모든 것들은 조금도 중요하지 않습니다."

이렇게 말한 승만이 공동성명서 초안을 읽어보더니 두 눈을 반짝였다.

"이건 괜찮군. 그런데 덜레스가 동의할까?"

올리버는 덜레스가 반대할지 모르지만 서명하기만 하면 공개여부는 상관없다고 답하였다. 8월 7일 이승만과 덜레스의 세번째이자 마지막 회담이 열렸다. 덜레스는 미국 측 공동성명 초안을 가져왔고 올리버는 최종안 마련을 위해 배석하였다.

"그때까지 겪었던 어느 때보다 신경쇠약 직전 상태까지 갔다. 합의서는 불가능해보였다. 나는 사표를 쓰고 고향에 돌아갈 궁리를 했다."

올리버는 그날 일기에 그렇게 적었다. 회담은 전쟁의 기본적 성격에 관하여 한미간의 이견을 모두 드러낸 드라마의 하이라이트 같았다. 상황의 밑바닥에는 슬픔과 아이러니가 깔려 있었다. 세계의 모든 정치 인물 가운데 이 두 사람은 공산주의 위협의 성격과 그 대처방법에 대해 가장 강력한 기본 인식을 공유하고 있기 때문이다.

두 사람 모두 도박사의 본능을 가진 용기있는 사나이들이다.

덜레스의 표현에 의하면 '실제로 선전포고 없이 소련으로부터 얻어낼 수 있는 것은 모두 얻어내기 위해' 벼랑 끝 작전(brinkmanship)에 기꺼이 뛰어들 남자들이었다.

기질 면에서 두 사람은 아주 비슷하였다. 자신들이 맡도록 운명 지어진 역할에 대해 최고조의 긴장감에 빠져서도 끈기 있게 자기 몫에 손해를 안보는 자세를 지켰다. 덜레스는 왼쪽 눈이 자주 경련을 일으켰고 얼굴은 피로에 지쳐있었는데 자신이 수용할 수 없는 정책을 수용해야 한다는 의무감으로 더욱 심화된 피로였다.

멀리 워싱턴에서는 한국에 참전한 17개국 회의가 열리고 있었다. 덜레스는 그들이 채택하고 아이젠하워가 지원할 정책을 밀어붙이기 위한 도구가 아닌가.

이런 류의 타협은 덜레스도 이승만도 취향에 맞지 않았다. 하지만 누구도 이 상황을 피해 갈 수는 없는 절체절명의 레일을 달리고 있었다.

침묵을 깨고 덜레스가 입을 열었다.

"각하, 이 결론에 각하가 이젠 동의해주시기 바랍니다."

"장관은 내 뜻을 알고 있지요. 그 점을 논의합시다."

덜레스가 답하였다.

"논의할 것이 없습니다. 유엔 각국은 우리 행동을 결정하였고 이것을 이제 바꿀 수는 없지 않습니까?"

이대통령은 자리에서 벌떡 일어나 노기 띤 어조로 말했다.

"그렇다면 장관께서는 왜 오셨소? 나와 조건을 논의할 의도가 아니라면 한국에 올 필요가 없잖소. 그런 조건들은 전문으로 보내도 되는 것 아니오?"

덜레스는 회유에 나섰다.

"각하를 무시하려는 것이 아닙니다. 우리가 원하는 바는 휴전에 대한 각하의 승인입니다. 그래서 제가 온 것입니다. 각하의 승인을 받으려고 말입니다."

잠시 침묵이 흐른 뒤 덜레스는

"미국의 목표는 정확히 각하의 목표와 같습니다. 유일한 차이는 각하께서는 그것을 전쟁으로 달성하기를 바라고 우리는 평화적 수단으로 달성하자는 것뿐입니다. 어째서 우리가 계속 싸워야 한다고 고집하십니까?"

이승만 대통령은 침착하게 받았다.

"장관의 견해에 동의합니다. 이 전쟁으로 한국만큼 큰 고통을 당한 나라도 없고, 평화적으로 우리목표가 이뤄진다면 우리국민보다 더 기뻐할 국민도 없을 것이오. 장관께 묻고 싶은 질문은 이것이오. 만약 평화적 협상에 의해 공동목표를 달성할 수 없을 경우, 그 다음은 어떻게 되는 것이지요?"

'그 다음은 어떻게?'라는 이 질문이 최종적 이견의 핵심이었고, 어느 쪽도 피할 수도 없고 가능한 해법도 없는 위기의 국면이었다. 유엔과 미국은 한반도에서 공산당을 몰아내기 위해 단순히 전쟁을 재개할 수 있는 입장이 못 되었다. 그들이 합의한 해결책은 '평화적 수단에 의해' 즉 공산주의자들과 평화회담을 개최해야 한다는 것 정도일 뿐이었다.

이런 미국에 대하여 대통령 이승만은 조소를 감추지 않았다.

"장관께서 전쟁으로 얻을 수 없었던 것을 어떻게 공산주의자들이 협상 테이블에서 장관께 드릴 수 있다고 기대할 수 있단 말이요?"

이 질문에 덜레스는 대답하지 못하였다. 그러자 대통령은 마지막 카드를 던졌다.

"만약 90일 이내에 정치적 방법에 의해 우리 공동목적을 달성하는데 실패한다면, 장관께서는 미국이 전투를 재개하는데 동의하시겠지요?"

덜레스는 자기에겐 동의할 권한이 없다고 말했다. 그러자 대통령이 물었다.

"그럼 정치회담이 실패하게 된다면 어쩌자는 것이오?"

덜레스 역시 굽히지 않았다.

"실패시키지 않을 작정입니다. 실패는 미국 방식이 아닙니다."

담판은 계속되었다. 때로는 긴 침묵 속에서 창가로 걸어가 창밖을 내다보곤 하였다. 마치 더 이상 할 말이 없다는 듯이. 두 사람에게는 피할 수 없는 역할이 강요되고 있었다.

탈출구가 없는 딜레마, 모두 삶의 일부로 껴안고 살아야하는 것이 '실패'라는 것을 알고 있는 노련한 정치 대가들이었다. 이승만은 성명서에 서명은 할 수 없었지만 '휴전을 방해하지 않기로' 재차 동의하였다. 두

사람은 우호적으로 상호존경의 마음을 품고 헤어졌다.[21]

마침내 '한미상호방위조약'이 체결되었다. 승만의 요구사항중 하나는 명문화하는데 성공하였고 하나는 제외되었다.

'미군의 무기한 한국 주둔'은 포함되고, '즉시 자동 개입'은 조약본문에 못 들어갔지만 '공동성명'에는 반영되었다. 다만 어느 경우에도 양국의 국회 절차를 따르기로 하고 말이다.

---

21) [이승만의 대미투쟁] P645~657 요약, 비봉출판사 발행, 2013.11

37

백년대계를 완성하다

　한미상호방위조약이 체결되고 난 뒤 당시 조선일보에는 다음과 같이
보도가 나갔다.

　"이승만 대통령과 덜레스 미국무장관과의 회담에서 합의를 본 한미상호
방위조약 조인은 8일 상오10시 6분 경무대에서 이대통령을 비롯한 국무
위위원 일동 및 국회 조·윤 부의장등 대표 일행, 그리고 미국측 브릭스
주한대사와 스티븐스 육군장관, 로지 유엔대표, 로버트슨 국무차관보 등
일행과 내외기자 다수 참석리에 양국정부를 대표하여 변영태 외무장관과
덜레스 장관이 각각 2매로 된 조약문에 각기 서명을 하여 조인을 완료하
였다. 조인은 불과 3분간에 이루어져 10시 9분에 마치었다.
　이리하여 덜레스 장관일행은 낮 12시10분 이대통령을 비롯한 정부각료

및 기타 다수 인사들의 환송을 받으며 여의도 공항을 출발 이항하였다. 한편 조인이 끝난후 이대통령과 덜레스 장관은 다음과 같은 장문의 공동 성명서를 발표하였다."

- 공동성명 전문

승만은 끝까지 나토형 조약을 주장하였지만 결국 동의하고 말았다. 1948년 건국직후부터 유럽의 나토(NATO:북대서양 조약기구)와 같은 '태평양 동맹'이나 한미안보협정을 맺자고 요청하면서 미군 철수를 저지 하려 하였으나 트루먼은 거부하였다. 이승만이 즐기 차게 고집한 요구사 항이 바로 나토 헌장의 "즉각적 자동적인 개입" 조항이다. NATO 동맹 의 핵심조항은 제5조로 내용은 다음과 같다.

"조약국은 ... 한 국가 또는 여러 국가에 대한 무력공격을 모든 회원국에 대한 공격행위로 간주하며, 조약국 중 한 국가가 그러한 무력공격을 받았 을 때에는 ... 집단의 자위권(自衛權) 발동에 따라 나머지 조약국들은 ... 무장한 군대사용을 포함한 모든 행동을 ... 즉각 활용함으로써 공격받은 국가를 지원한다."

즉 어떤 국가가 나토의 한 회원국을 공격할 경우 모든 회원국은 이를 나토 전체 회원국에 대한 공격으로 간주하는 동시에 자위권을 발동할 수 있는 나토헌장 제5조를 적용해 공동 군사작전을 감행할 수 있다는 말이 다. 모든 회원국의 전시 군사작전 지휘권은 사령관에 부여되어 있으며 나토 사령관은 미군 대장이고 나토에 대한 부담금도 미국이 가장 많다.

1949년 처음 12개국으로 출범한 나토 회원국은 현재 28개국이다. 소 련도 붕괴 후 준회원으로 가입되어 있을 정도이며, 한마디로 유럽전체가 똘똘 뭉쳐있는 무시무시한 거대 군사동맹체가 되었다.

이 나토 헌장 제5조처럼 한미상호방위조약도 '즉시 자동개입' 조항을 반드시 넣자고 덜레스와 사흘 밤낮을 싸웠던 것인데 철판 같은 이승만도 결국 꺾이고 만 것이었다.

또 하나 승만의 불만은 제6조 '통고 1년 후 자동소멸' 조항이었다. 승만의 '무기한 유효' 요구를 들어준 미국이 그 대신 '자동소멸' 단서를 덧붙인 것으로 미국이 '원하지 않는 조약'인지라 제1조부터 '이승만의 단독북진 예방'에 초점을 맞춘 조약은 "행정지배하의 영토까지만"이라든지 '단독행동 금지, 협의하라, 합의하라, 국회 승인을 받아라' 등등 줄줄이 승만 발목에 족쇄를 채우는 문구들이 지나치게 반복되고 있었다.

부족하지만 승만은 만족할 수밖에 없었다. 아이크와 덜레스가 거부했던 미군 상시주둔과 경제·군사 원조를 일단 확보했기 때문이다. 대한민국은 이제 북방의 공산침략 재발을 막을 수 있고 남방의 일본 재침 야욕에도 굳건한 제방을 쌓음으로써 이승만이 평생 꿈꾸던 2중 봉쇄(dual containment) 방벽 구축에 성공한 것이다.

덜레스가 '벼랑 끝 전술'이라며 혀를 내두른 대로 이승만의 불타는 통일열망 앞에 굴복한 미국도 2중봉쇄 효과를 얻게 되었다. 공산군 침략방지와 더불어 승만의 단독북진도 막아야하는 아이젠하워는 이승만이 강요하는 방위조약이 더 없이 효과적임을 뒤늦게 깨달았던 것이다.

미국의 일방적인 휴전 강요에 분노했던 한국 국민은 나라를 구해준 고마운 나라 미국과의 군사조약이 어렵사리 체결되자 "이제는 살았다."고 만세를 불렀다. 언론도 조약체결 현장 스케치 기사까지 실었고 거리에서는 축하 행진이 이어졌다.

회담 후 승만은 덜레스와 로버트슨을 데리고 몸소 경복궁을 안내하면서 역사 강의도 했다. 일본 정부가 사무라이들을 동원하여 명성황후를 살해한 현장을 돌며 청년시절 자신이 가담했던 국모살해 보복사건을 회고하고 지금 '미국이 또 키워주는 일본의 재침 위협'을 경고하면서 한미조약에 미군의 상시주둔을 명백히 규정할 것을 거듭거듭 역설하였다.

고궁의 망국 역사현장에서 또 다른 망국을 막아줘야 할 안보장치 협상을 벌인 셈이다. 다음날 한미조약에 서명을 끝낸 덜레스가 낚시대 한 벌을 선물하며 이것은 스미드 국무차관이 특별히 구입한 것이라는 설명을 듣자 승만은 이리저리 낚싯대를 돌려보면서 혼잣말처럼 중얼거렸다고 한다.

"이 친구들이 고기는 우리더러 이 낚싯대로 잡으라는 게야."

매사에 '예지력이 천보 만보 앞선다'는 전략가 이승만다운 말, 원하던 조약을 맺어주었으니 앞으로 한국문제는 한국 책임이란 메시지로 읽어내는 투시력이랄까.

다음날 대통령 이승만은 전 국민을 향하여 감개에 젖은 담화를 발표한다. 1882년 이래의 역사 반전이요, 자손만대 복락(福樂)의 토대가 생겼다며 승만은 기꺼이 담화문을 발표하였다.

담화 전문

1882년 한미통상조약 이래로 오늘날 미국정부와 공동방위조약이 성립된 것은 처음 되는 일이요, 또 우리나라 독립역사상에 가장 귀중한 진전이다. 강대한 이웃나라 중간에서 약소국이란 명칭을 가졌을 뿐 아니라 우리 금수강산에서 소산되는 물품이 풍부함으로 자고로 우리나라를 탐내는 나라들이 많아서 어떤 큰 이웃나라를 의지하지 않고는 독립을 보장하기 어렵다는 의도 하에서 우리 반도강산을 주인 없는 물건으로 보았던 것이다.

우리는 자초로 국제상 도의를 믿고 무력을 무시한 결과로, 무력을 숭상한 일본이 서양각국의 지지를 받아서 우리나라 전고에 없는 치욕과 통분의 40년간의 노예명의를 받게 되었던 것이다.

일본이 무력을 믿고 세계를 정복하려다가 패전하게 되고 그 후에 각국이 한국을 어떻게 조치할까 하여 저희들끼리 모여서 정책을 정하고 우리로 하여금 그 결정에 복종시키려고 노력한 결과로 필경은 남북분단의 참담한 상태를 이루었던 것이다.

다행히 천의인심에 응하여 우리 전민족의 한마음 한 뜻과 우리 청년의 애국 충심으로 우방의 도움을 얻어 국군을 조속한 시일 내에 동양에 큰 강병이란 칭송을 듣게 된 것이니 실로 커다란 공로를 성취해 놓은 것이다.

지금에 와서 이 결과로 한미방위조약이 성립된 것은 그 영향이 자손만대에 영구히 미칠 것이니 우리가 잘만해서 합심합력으로 부지런히 진전시키면 이웃나라들이 우리를 무시할 수도 없을 것이고 무시하는 자가 있어도 침략하는 자가 없을 것이니 이번 아이젠하워 대통령의 지도로 미국무장관 일행이 와서 이만치 해 놓은 것은 감사히 여기지 않을 수 없는 것이다.

이번에 덜레스씨 일행이 여기 와서 성공한 것은 방위조약으로써 영원한 복리를 우리에게 줄만한 토대를 세워 놓은 것이니,

첫째로 미국이 10억불의 예산으로 우리 건설을 돕기로 라스카씨의 제의로 거의 성안이 되어서 내년 국회에서 통과될 것인데 미국대통령의 특별 주선으로 2억불을 불일내로 지출해서 우리 건설과 공업 등 발전을 시작하기로. 된 것이니 지금부터 오는 정월까지를 한하고 계획을 만들어서 다 쓰게 될 것인데 지나간 5~6년 동안에 미국에서 우리에게 원조를 준 것은 다 외국인이 주장해가지고 사용한 결과로 명의상으로는 우리에게 준 돈이지만 사실상으로는 일본 경제를 부흥하는데 태반 사용되고 우리는 소비품만을 받게 되었던 것이므로 실상 효과는 심히 박약했던 것이다.

이제는 한미 양국대표가 합동경제위원회에서 작정하여 미국원조 목적대

로만 쓰게 된 것이니 우리 경제력을 발전케 하는데 막대한 성공을 우리가 치하하지 않을 수 없는 것이다.

둘째로는 우리 국군확장인데 지금까지는 미국 육해군의 중요한 권위자들이 우리를 양해하고 동정해서 각각 자기들의 힘에 따라 이만치 발전시켜 온 것이므로 우리 육군은 이만치 발전되었으나 해군 공군에 대해서 태반 부족의 약점을 가졌던 것인데, 지금부터는 우리 국군세력의 방위력이 상당해서 미국방 원조예산중에서 한국에 육군증강과 해공군력을 증진시키기로 이번 토의결과로 협정된 것이니 우리 전 민족이 경하하지 않을 수 없는 것이다...(중략)...우리 군인들은 이 기간에 몸과 마음을 굳건이 준비해서 기회가 오거든 일시에 밀고 올라가야 될 것이다.

이런 관계 이유에서 휴전조약에 서명도 아니 하고 오직 휴전을 막지 않기로 협약된 것이니 정치회담에서 성공만 될 수 있으면 다행인 것이오, 못되더라도 많은 손실은 없을 것이오.

우방들의 협의로 성공케 할 것이다. 이 동안에 우리가 할 일이 하고많은 중에 한편으로 국가재건에 전력해서 2억불과 기타 다른 원조경비 등으로 우리 공업을 대확장해서 자급자족의 기초를 이때 세워놓아야 하니 일반 경제가나 국민이 사소한 이를 도모하지 말고 국가경제 대발전의 토대를 이때 건설함으로써 많은 피를 흘리고 또 많은 희생을 한 큰 의의를 장래에 미치도록 전국민의 단결로 만들어 놓아야 할 것이다.

두달 후 10월 1일 워싱턴에서 한미상호방위조약에 양국이 정식으로 조인한다. 하지만 휴전후 3개월 내 열기로 한 정치회담은 판문점의 예비 회담조차 열릴 기미도 없었다. 국가재건이 급한 승만은 10억 달러 원조자금을 바탕으로 전쟁폐허를 복구하고 경제를 일궈야하는 부흥사업에 본격적으로 팔을 걷어붙이게 된다.

다시 밟은 워싱턴

　휴전후 다음해인 1954년 대통령 이승만은 아이젠하워 대통령의 초청
으로 미국을 국빈 방문한다. 그의 인기는 미국에서 스타에 버금갔다. 방
미를 전후해 미국 매스컴에 거의 매일 오르내렸다. 특히 휴전협상과정과
한미상호방위조약의 체결을 통해 드러난 배짱과 예지력은 아시아의 얕
잡아볼 수 없는 지도자로 부각되기에 충분했다. 사람들은 그를 '고집장
이 영감'이자 '위대한 정치지도자'로 부르는데 상반된 평가가 엇갈리는
점이 독특하다.

　7월 26일 미국시간 기준 오후 4시, 워싱턴의 내셔널 에어포트에는 전
날 서울을 떠난 은백색의 미 군용 특별기가 쾌청한 하늘을 가르고 활주
로에 바퀴를 내리고 있었다.

"빵빠랑 빵빠빰……"

미군 군악대의 멋진 환영 연주와 함께 공항 램프에는 사열대와 환영식장이 마련되었다. 그리고 미정부 요인과 1백여 명의 교포들이 도열해 기다리고 있었다. 아이젠하워 대통령을 대신해 나온 닉슨 부통령 부처를 필두로 협상의 막후 실력자인 델레스 국무장관부처, 레드퍼드 합참의장 부처, 리지웨이 육군 참모총장부처가 대통령 승만을 환영하기 위해 도열한 앞줄에서 반갑게 맞이하였다. 드디어 비행기문이 열리고, 동양의 작은 거인 79세의 노대통령이 트랩을 내려온다. 80가까운 노구임에도 불구하고 곧은 걸음걸이로 오는 모습을 사람들은 넋을 잃고 쳐다보았다. 곧 이어 21발의 예포가 울려 퍼졌다. 일일이 손을 잡고 악수를 하는 가운데 간간이 눈시울을 붉히는 교포들이 눈에 띈다.

곧 이어 사열을 마친 대통령 이승만은 준비한 인사말을 한다.

"오늘 이 역사적인 순간 존경하는 아이젠하워 미 합중국 대통령의 초청을 받아 미국에 오게 된 것을 한국국민의 이름으로 감사드립니다. 한국은 큰 전쟁을 치렀으나 아직도 국토가 분단된 상태로 있습니다. 이것을 대단히 섭섭하게 생각합니다. 하지만 이제 우리는 한미간에 새로운 동맹으로 맺어지게 되어 불원간 아세아에서 가장 강력한 미국의 우방으로 그 역할을 다하게 될 것입니다."

항상 그렇지만 승만은 할 말을 다하는 스타일이었다. 그것이 미국을 다루는 방법이라는 것을 잘 알고 있기 때문이다. 이어서 워싱턴 시장은 대통령 이승만 부부에게 '행운의 열쇠'를 선물했다. 대통령 이승만은 열쇠를 흔들어 보이며 말했다.

"제가 이 열쇠를 쥐고 있는 한 워싱턴에서 돌아다닐 때 나를 막는 사람은 없을 것입네다."

익살스러운 그의 말에 모든 참석자들은 파안대소하며 박수를 보냈다. 대부분의 교포들은 결국 눈물을 글썽거렸다.

대통령 이승만은 서울을 출발하기 앞서 일정을 조율하는 중, 앞서 비행기의 경유지 문제로 신경전을 벌여야 했다. 미국 측은 중간에 일본에 들러 급유를 해야 한다고 했으나, 일본 땅을 밟지 않겠다는 고집 때문에 결국 비행기는 시애틀에 들러 워싱턴에 도착한 것이다.

많은 워싱턴 시민들의 환호 속에 이 대통령을 태운 리무진 승용차가 미끄러지듯 포토맥 강과 펜실베이니아 애비뉴를 거쳐 백악관에 도착했다. 이미 아이젠하워 대통령 부처는 백악관의 현관에서 이승만 대통령 부처를 기다리고 있었다. 서로를 알고 있는 두 대통령은 정겨운 악수를 하고 집무실로 올라갔다.

28일에는 미 의회에서 연설을 하게 되었다. 미국 상하원 합동회의 자리였다. 그 자리에는 의원들뿐만 아니라 대통령 이승만을 존경하는 정치인들, 학자들, 교수들, 외교관들, 군인들, 시민들이 입추의 여지가 없도록 국회의사당 안에 모여들었다. 40분간 연설하면서 그는 무려 33번의 기립박수를 받았다. 그것은 누가 봐도 감동 그 자체였다.

"나는 우리나라를 지켜준 미국에게 감사한다. 그리고 사랑하는 아들과 딸들을 아낌없이 죽음의 한국 전선에 보내준 미국의 모든 어머니들에게 특별히 감사 한다.(My special thanks to all American mothers.)"

이때 모든 청중들은 흐느껴 울었으며 방송을 듣는 대부분의 참전용사가족들은 오열했다.

뉴욕 타임스가 독도 관련 보도를 했던 7월 31일, 이승만 대통령은 일주일간의 워싱턴 방문을 마치고, 오전 10시 3분 비행기 편으로 뉴욕으로 향했다. 워싱턴 공항에서 비행기에 오르기 전 대통령 이승만은 국내외 기자들에게 다음과 같은 요지의 고별인사를 했다.

"워싱턴을 떠나자니 다소 서글픕니다. 아마 더 이상 이곳을 방문하지 못할 것 같아 그렇습니다. 내가 이곳에 머무는 동안 미국 정부와 국민에게 진심에서 우러나는 태도와 후의를 보여준 데 대해서 매우 고맙다는 말을 전합니다."

대통령 일행은 같은 날 오전 11시, 뉴욕 라과디아 공항에 도착했다. 데이비드 남궁 뉴욕 주재 한국총영사, 리처드 패터슨 뉴욕시 영접위원회 회장 그리고 한복을 입고 웃음을 띤 100여 명의 한인동포들이 열렬히 환영했다. 세계에서 가장 비싸고 화려한 뉴욕 맨하탄의 월도프 아스토리아 호텔에 도착했을 때, 호텔 건물 정면에는 태극기가 펄럭이고 있었다.

간단한 오찬을 마친 대통령 이승만은 오후 3시, 호텔에서 독도에 관한 보도에 대해 뉴욕 타임스와 단독 기자회견을 가졌다. 그날은 독도에 관한 질의나 응답은 없었다. 이어 저녁 6시부터 약 1시간 동안 맥아더 장군과 환담했다.

뉴욕에서 첫 공식행사는 저녁 8시, 남궁 뉴욕 주재 한국총영사가 주최한 환영 리셉션이었다. 총영사관 건물에서 개최된 리셉션에는 학생, 사업가 등 한인 동포 100명 이상이 모였다. 대통령 이승만은 우리말로 짤막한 인사말을 했다.

"오늘 이 자리에 모인 동포여러분 감사합니다. 저는 여러분에게 이 자리를 빌어 모든 한국인이 조국의 궁극적인 통일에 대한 신념을 가져야 한다고 부탁드립니다."

대통령 이승만은 8월 1일은 주일을 맞아 다시 워싱턴으로 돌아갔다. 파운드리 감리교회의 특별 예배에 참석하였다. 이날 예배에는 미 공화당 상원 원내대표 노울랜드 의원, 전 주한 미 제8군 사령관 밴 플리트 장군 등도 참석했다. 이 대통령은 다음과 같은 요지의 아주 감동적인 즉흥 연설을 했다.

"한국이 자유롭게 된 것은 하나님의 뜻입니다. 오늘날 많은 사람은 만약 우리가 100만 공산군을 북한에서 몰아내려고 한다면, 제3차 세계대전이 발발할 것이라고 말합니다. 그들은 가공할 원자폭탄과 수소폭탄이 순식간에 인류의 문명을 파괴할 것이라고 말합니다. 그렇습니다. 그것은 끔찍한 일입니다.
그러나 나는 그들에게 우리가 수소폭탄보다도 더 위력적인 하나님의 은총을 받고 있다는 사실을 말해주고 싶습니다. 하나님은 위기에 처했을 때 우리를 인도해 주셨습니다. 그리고 이제 우리는 아시아 최상의 최강의 반공 군대를 보유하고 있습니다. 나는 하나님이 우리가 하는 일이 잘못된 일이라고 말씀하시지 않을 것이라는 사실을 알고 있습니다. 그분은 사랑으로 감싸는 하나님이실 뿐만 아니라, 정의를 구현하는 하나님이시기 때문입니다. 나는 두렵지 않습니다. 모두 나를 비난하라고 하십시오. 그러나 하나님만이 나를 질책하시지 않는다면 그뿐입니다."[22]
대통령 이승만은 7월 27일 워싱턴에 도착하고 7월 31일에는 아이젠하

---

22) 이현표 전 주미한국대사관 문화홍보원장의 증언.

워 미국 대통령과 정상회담을 끝마친 다음 뉴욕을 거쳐 8월초 시카고로 이동했다.

한국전쟁 와중에 승리도 패전도 하지 못한 미국은 휴전협정을 맺고 전쟁을 끝마치는 것이 새로 당선된 아이젠하워 대통령의 선거공약이었기 때문에 다른 길은 없었다. 그러나 대통령 이승만은 휴전협정을 반대했으며 북진통일만이 한국이 살 길이라고 주장했다. 그는 미국과 한마디의 협상도 하지 않고 거제도의 반공포로를 석방시켰으며 미국의 한반도 정책을 공개적으로 비판했다. 그리고 그는 노골적으로 미국의 한반도 정책을 보이콧하고 있었기 때문에 아이젠하워 행정부가 이승만 대통령의 휴전반대를 무마시키기 위해 미국에 초빙했던 것이다.

그 때문에 미국은 대통령의 고집을 꺾고 미국의 정책을 반대하는 그의 입장을 무마하기 위해 한미방위조약을 체결하는 것과 또 전후 복구사업을 위한 경제 원조를 하겠다는 것을 약속해야 했다. 또 한국군을 대폭 증가해 군사력을 강화해 준다는 약속도 동시에 하며 이 대통령을 설득하려고 초청을 한 것이다. 무엇보다 1953년 7월에 체결된 한미방위조약을 미국의회에서 비준하는 일이 남아 있었기 때문에 이 대통령의 방문이 꼭 필요했다. 게다가 이승만 대통령의 미국방문은 미국의 여론 형성에도 큰 도움이 될 수 있다는 게 아이젠하워 행정부의 생각이었다. 이런 여러 가지 이유에서 아이젠하워 행정부는 이승만 대통령을 국빈으로 미국에 초빙했다고 볼 수 있다.[23]

드디어 이승만 대통령이 시카고에 도착하는 날이 다가 왔다. 교포들은 한 손에는 태극기를 들고 또 한 손에는 미국 성조기를 들고 미시건 애비

---

23) 교수신문.

뉴에 모여서 이 대통령 일행을 기다렸다. 그리고 이 대통령의 승용차를 뒤따르면서 미시건 애비뉴를 행진했다. 제법 많은 유학생들이 드레이크 호텔에서 이 대통령의 환영 리셉션 겸 간담회가 열리는데도 참석했다. 사람들은 대통령이 무슨 말씀을 할 것인지 매우 궁금했다. 조국의 초대 대통령이 시카고에 오셨다고 하니 무슨 말씀을 하시는지 한번 들어보자는 호기심에 가득 찬 마음으로 간담회에 참가한 사람도 있었다. 그는 미국식 한국말로 유학생들에게 웅변을 토하며 연설했다.

"나도 미국유학생 출신 입네다. 우리나라는 매우 가난하고 힘이 없는 나라입네다. 한국전쟁 때문에 더욱 빈곤한 나라가 되었습네다. 여러분이 미국에서 공부하면서 기술도 배우고 전문분야에서는 무슨 기술이든 하나씩 배워 가지고 한국에 돌아와서 조국에 봉사할 수만 있다면 애국자가 되는 것입네다."

승만은 나이에 어울리지 않게 쩌렁쩌렁 소리를 지르며 말했다. 전쟁으로 황폐해진 나라의 대통령이 유학생들에게 바라는 바가 공부 잘해서 기술 한 가지씩 배워오라고 것이었다.

'가난한 나라', '가난한 유학생' 모두가 맞는 말이고 심금을 울리는 말이다. 그러자 유학생 대부분은 가슴이 미어터지는 것 같았다. 또 대통령은 이어 한미관계를 공고하게 다지기 위해 자신이 했던 경험을 들려주었다.

"미국 친구를 많이 사귀십시오, 또 그들로 하여금 한국을 많이 돕게 하십시오. 이것이 유학생들의 의무입니다."

그는 강연이 끝난 후 유학생들 한 사람 한 사람과 일일이 악수를 했다.

승만이 국빈자격으로 미국을 방문한 가장 큰 이유가 있었다. 그것은 단순한 외유가 아니었단 뜻이다. 1953년 8월 8일 변영태(卞榮泰) 외무장관과 덜레스 국무장관은 서울에서, 대한민국과 미합중국 간의 체결했던 상호방위조약은 가조인이었기 때문이다. 그래서 10월 1일 변영태와 덜레스는 워싱턴에서 이 조약에 공식적으로 조인했고, 1954년 1월 15일 한국 국회가, 1월 26일 미국 상원이 비준했다. 그러나 이 역사적인 조약은 양국의 비준으로 즉시 법적 발효가 이루어지지 않고, 이듬해인 1954년 11월 17일에 비로소 정식으로 발효되게 되었다. 그 이유는 이 조인이 워싱턴에서 공식적으로 선언되어야 정식 발효된다고 했기 때문에 방미한 것이다.

대통령 이승만은 한미상호방위조약이 '자동개입'조항이 있는 북대서양조약기구(NATO)와 같은 조약을 내심 원했다. 하지만 여의치 않다면 최소한 '일본 내와 그 부근에' 미군의 주둔을 허용한 미일안보조약과 같은 조약이 되어야만 한다고 지속적으로 주장했다.

반면에 미국은 한국이 무엇보다도 '성급한' 모험을 결코 시도하지 않는 '신뢰할 수 있는' 국가임을 보장하는 것이 선결조건이라는 입장을 고수했다.

한국이 그것을 받아들이자 미국은 '한국 내와 그 부근(in and around Korea)'에 있는 미군의 주둔 약속과 신속한 비준 약속을 해주었다.

그러나 한미상호방위조약의 체결과 비준만으로는 부족하다고 판단한 이승만은 아이젠하워 행정부가 수용하기 힘든 또 다른 요구하나를 들고 나왔다. 8월 8일 서울에서 변영태 외무장관과 덜레스 국무장관은 '대한민국과 미합중국간의 상호방위조약'에 가조인했다. 한미상호방위조약은 국제적인 분쟁을 '평화적인 수단'으로 해결할 것을 약속했으며, 각 당사국이 합법적으로 통치하고 있는 영토에 대한 외부로부터의 무력 공격은 자국의 평화와 안전을 위태롭게 하는 것으로 간주하고, 각국의 헌법 절차에 따라 공동으로 대처한다고 규정했다. 또한 이 조약은 한미 양국이 원하는 한 '무기한' 유효하다고 선언했다.[24]

대통령 이승만은 조약의 성립으로 얻게 될 놀라운 혜택을 후손들이 알기를 원해 다음과 같이 말했다.

"우리는 이 조약으로 말미암아 앞으로 여러 세대에 걸쳐 많은 혜택을 받게 될 것이고, 또 이 조약으로 인해 우리는 앞으로 번영을 누릴 것입니다."

결과적으로 한미상호방위조약의 체결로 미국은 휴전의 성립과 이승만의 단독 북진무력통일을 견제하는 데 성공했고, 반면에 이승만은 공산주의 세력과 일본 팽창주의로 위협받고 있는 한국의 안보를 미국으로부터 보장받는데 성공했다.

10월 1일 양국 대표는 워싱턴에서 이 조약에 공식적으로 조인했고, 1954년 1월 15일에는 한국 국회가, 1월 26일에는 미국 상원이 비준했다. 양국의 비준이 완료되었지만, 비준서 교환의 지연으로 인하여 조약의 법적 효력은 발생하지 못했다. 조약의 제5조는 '비준서가 양국에 의하여 워싱턴에서 교환되었을 때 효력을 발생한다'고 규정했기 때문 이었다.[25]

미국 상원은 81대 6으로 비준하면서, 다음과 같은 조건을 '미국의 양해사항'으로 첨가했다. 즉, "어떤 체약국도 이 조약의 제3조하에서는 타방국에 대한 외부로부터의 무력공격의 경우를 제외하고는 그를 원조할

---

24) 한국 외무부, 『대한민국 조약집』 (서울: 외무부 정무국, 1954), pp. 452-455.
25) 외교통상부, 『한국외교 50년: 1948-1998』 (서울: 대한민국 외교통상부, 1999), pp. 344-345.

의무를 지는 것이 아니다. 또 이 조약의 어떤 규정도 대한민국의 행정적 관리 아래 합법적으로 존치하기로 된 것과 미합중국에 의해 결정된 영역에 대한 무력공격의 경우를 제외하고는 미합중국이 대한민국에 대하여 원조를 공여할 의무를 지우는 것으로 해석되어서는 안 된다."

이에 대해 대통령 이승만은 이 말 한마디로 그 모든 의도를 드러내어 보였다. 그것은 닉슨 부통령이 한국을 방한했을 때 한 말이다.

"내가 어떤 행동을 취할 것인가에 대해 모른다는 두려움이 공산주의자들에게는 항구적인 견제가 된다."

이에 대해 닉슨은 자신이 회고록을 쓸 때,

"이승만이야말로 탁월한 '외교전략가'이다. 나는 이승만의 용기와 뛰어난 지성에 감명을 받고 한국을 떠났다. 나도 역시 공산주의자들을 상대할 때, 예측할 수 없게 하는 것(being unpredictable)의 중요성을 강조한 이승만의 통찰력에 대해 많은 생각을 했다. 그 후에도 내가 여행을 하면 할수록...그 노인의 현명함을 더욱더 높게 평가하게 되었다."

한국과 인도차이나 문제를 다룰 제네바 회의(Geneva Conference)가 개최되기 직전인 1954년 4월 닉슨은 기자들에게 이승만의 이러한 놀라운 통찰력에 대해 이렇게 옹호했다.

"이승만 대통령은 음모자인 동시에 미국의 지원이 없이는 승리할 수 없다는 사실도 잘 아는 현실주의자의 모습을 지닌 복잡한 인물이다. 그러나 공산주의자들이 이 대통령의 일방적인 행동을 두려워하는 한, 그들은 제네바 회의의 협상테이블에서 그것에 따라 행동할 수밖에 없을 것이다."26)

---

26) Richard M. Nixon, NR : The Memoirs of Richard Nixon (New York: Simon

대통령 이승만은 말만 그렇게 한 것이 아니었다. 대통령의 지시에 따라 한국의 국방부는 1954년 3월까지 병사들의 전역(轉役)을 보류시켰다. 그뿐 아니라 북한에 주둔하고 있는 중공군을 고려하여 민병대와 예비사단을 편성했다.[27] 한 마디로 미군이 한반도의 안보를 책임지기 위해 주둔을 축소하거나 다른 데로 이동한다면 언제든지 즉각 북으로 밀고 올라가겠다는 의사를 표현함으로 늘 미국을 긴장시켰다. 이 때문에 아이젠하워 행정부는 이승만의 북진통일의지를 단념시키기 위한 현실적인 방안을 마련해야만 했고, 반면에 이승만은 '충분한' 군사력의 확보를 위해 노력했다. 그래서 7월 12일 아이젠하워는 브릭스 대사를 통해 이승만의 미국 방문을 공식 초청했고, 이승만은 즉각 수락했고, 동시에 한국군 3개 전투사단의 인도차이나 파병을 거듭 제안했다. 이처럼 미국 사용법을 잘 아는 승만은 특유의 '반항과 고집(recalcitrance)'으로 미국의 정계와 여론을 주도해 나갔다.

승만의 논리는 어떻게 보면 간단했다. 그는 미국 관리들에게 일침을 놓기를

"전쟁터에서 무력으로 승리할 수 없는데, 어떻게 평화회담에서 설득을 통하여 승리하기를 기대하는가?"

7월 29일 오후에 개최된 제3차 정상회담에서, 이승만은 만약 미국이 한국의 통일을 위한 군사적인 방법을 진지하게 고려한다면, 한국의 통일을 달성할 수 있는 복안을 밝히겠다고 제안했다. 이에 대해, 이승만의 복안이 무엇인지 이미 짐작하고 있었던 아이젠하워는 이승만이 한국군을

---

and Schuster, 1978), p. 128.
27) 손경호, "미국의 한국전쟁 정전 정책 고찰: 한국군의 증강을 중심으로",『미국사연구』제36집 (2012년 11월), p. 166참조.

공격의 목적으로 이용하지 않을 것임을 확신한다고 대응했다. 따라서 이승만의 복안은 제시될 수 없었다. 이승만은 자신의 북진무력통일론을 결코 수용하지 않겠다는 미국의 강한 의지를 거듭 확인했다. 7월 30일 오전 모교인 조지 워싱턴(George Washington)대학에서 명예법학박사 학위를 수여받은 이승만은 정오에 외신기자 클럽에서 기자회견을 가졌다. 이승만은 자신의 북진통일론은 결코 비현실적인 것이 아니며, 당장 미국이 중공과 전쟁을 하라는 의미로 중공을 비난한 것은 아니었다고 말하면서, 전날의 의회연설을 적극 해명했다. 나아가 이승만은 미국이 "한국을 구하지 않고는 아시아를 구할 수 없다."고 강조했다. 당일 오후에 개최된 제4차 정상회담은 싸늘한 분위기 속에서 시작되었다. 회담이 시작되기 불과 1시간 전에 국무부는 공동성명의 미국 측 초안을 이승만에게 제시했다. 한국과 사전협의도 없이 작성된 미국 측 초안의 "한국은 일본과의 관계에 있어서 우호적이고"라는 문구가 또다시 이승만을 분노하게 만들었다. 미국의 편파적인 친일정책을 강하게 비판해 왔던 이승만으로서는 도저히 묵과할 수 없는 내용이었기 때문이었다. 회담이 시작되자마자 이승만과 아이젠하워는 전날 서울에서 일어난 중립국 감시위원단의 공산측 대표단인 체코와 폴란드의 축출문제를 둘러싸고 치열한 설전을 벌렸다. 또한 두 정상은 한일국교 정상화문제를 놓고도 현저한 시각 차이를 드러냈다. 이승만은 '일본의 한국지배는 한국에게 유익했다'는 한일회담의 일본측 대표인 구보다(久保田)의 망언을 상기시키면서, "그런 일본과 어떻게 국교를 정상화할 수 있겠느냐."고 반문했다.

이에 대해, 아이젠하워가 "과거 일이야 어떻든 한일 국교정상화는 꼭 필요하다."고 말하자, 이승만은 "내가 있는 한 일본과는 상종을 않겠다."고 단호하게 반박했다.

아이젠하워는 자리를 박차고 일어나 퇴장했고, 이승만도 흥분과 분노를 감추지 않았다. 두 정상 간의 대화는 잠시 중단되었다. 손원일 국방장관과 양유찬 대사는 한국군의 4개 전투사단 신설과 그에 따른 장비확보가 미군이 철수하기 전에 이루어져야 한다고 주장했다. 이에 대해 윌슨 국방장관과 덜레스 국방장관, 그리고 레드포드 합참의장은 부정적인 견해를 표명했다. 이 문제는 추후 양국의 대표들이 따로 만나 미국의 군사 경제원조의 구체적인 범위를 논의하기로 결정했다. 7월 30일 이승만과 아이젠하워가 서명한 공동성명서에는, 한미 양국의 군사 경제담당 전문가들이 공동관심사를 추후 긴밀히 논의한다는 점을 명기했지만, 한일국교 정상화에 관한 언급은 없었다. 제4차 정상회담에서 자세히 논의된 또 다른 의제는 '한미합의의사록'의 작성이었다. 미국은 회담 전날인 29일 한국 대표단에 미국 측 초안을 제출했다. 회담에서는 한국의 요구로 초안의 내용이 많이 수정되었고, 회담이 끝날 무렵에 원칙적인 합의가 이루어 졌지만, 이승만은 7월 31일 귀국할 때까지 서명을 거부했다. 이승만은 양유찬 대사를 통해 브리스 대사에게, 합의된 '한미합의의사록 초안'을 다시 검토할 시간이 필요하며, 또한 한국에 대한 미국의 경제 군사 원조의 구체적 내용을 확인할 때까지 자신의 서명을 연기하겠다고 통보했다. 이는 미국의 지원을 가능한 최대한으로 확보하겠다는 이승만의 의지를 반영하는 것이었다. 이승만이 귀국한 후 4개월 반 동안 한미 간에 치열한 협상이 또다시 전개될 수밖에 없었다.

대통령 이승만은 막판까지 양보를 하지 않은 몇 가지가 있었다.
"만약 '한국 경제의 재건'을 위해 배정된 미국의 자금이 실제로는 일본의 경제를 부흥시키는데 사용된다면, 한국은 미국의 경제 원조를 한 푼도 받지 않는 것이 오히려 낫다."

이렇듯 위험부담을 내포한 '벼랑 끝'전략을 구사하는 모험을 감행한 '초강경' 대응은 모두가 다 대미협상에서 유리한 환경을 조성하기 위한 계산된 전략이었다. 동시에 그는 자신의 '한계'도 익히 아는 철저한 현실주의자이기도 했다. 현실은 한미 양국에게 조속한 타협과 타결의 재촉을 강요하고 있었다.

11월 초순 아이젠하워 행정부는 이승만이 끝까지 고집을 부릴 경우에 대비하여, 한국에 대한 경제원조의 중단과 미군을 포함한 유엔군의 철수 등이 포함된 초강경 대책까지 수립했다고 한다. 그것은 브릭스 대사와 헐 유엔군사령관 그리고 테일러 주한 미 8군사령관이 모의한 것인데, 이승만을 '제거'하는 근본적인 해결 방안 검토했다는 것이다. 하지만 현실적으로 이승만을 대체할 만한 인물이 '전혀'없다는 사실에 봉착하면서, 미국은 미국의 '최종안'에 대한 이승만의 동의를 이끌어내기 위하여 압력의 수위를 높여가면서 거의 다 대통령 이승만의 부탁을 다 들어주었다.

아이젠하워 행정부도 이승만의 일방적인 군사행동에 기인한 전쟁에 휘말려 들어갈 위험성이 크게 줄게 되었다는 점을 다행스럽게 여겼고, 또한 대통령 이승만 역시 현실에선 북진통일론의 실현 가능성이 불가능하다는 사실을 알고 있기에 넌지시 몇 개는 자신의 주장을 포기했다. 그리하여 10개 예비사단의 신설뿐만 아니라 해군과 공군력의 증강을 포함한 미국의 군사 경제원조의 확대를 관철시키려 적극적으로 노력했고, 결과적으로 상당한 성과도 거두었다고 평가할 수 있다.

'한미합의의사록'의 조인으로 한국은 육군 661,000명, 해군 15,000명, 해병대 27,500명, 공군 16,500명으로 구성된 총 720,000명의 대군을 유지할 수 있게 되었다.

　워싱턴을 국빈방문한 초대 대통령 이승만은 결과적으로 한미상호방위조약이라는 엄청난 결과를 얻어내면서 한반도에서의 어떠한 군사적 위협이나 전쟁의 위험에서 안전을 보장받게 되었다. 그 결과 한국군도 군비를 대폭증강하고 아울러 미군의 도움을 받아 장비의 현대화를 달성하게 되었다. 결과적으로 한국군은 빠른 시간 안에 다른 나라와 어깨를 겨룰 수 있는 강군으로 탄생하게 된다.

　'부국강병'중 부국이 되기 위한 기초작업이 먼저 평화를 담보할 수 있는 강군이 있어야 한다는 것을 이승만은 몸소 실천으로 보여주었다.

39

피난지 부산의 정치사태

　민주는 참으로 긴 시간 동안 이승만이라는 거대한 한 인물에 대한 취재를 해왔다. 어느새 시간도 꽤 흘렀다. 취재를 하다 보니 대체로 이승만 전 대통령의 유학이나 미국에서의 독립 운동, 그리고 건국의 아버지, 마지막으로 6.25전쟁을 미군과 유엔군의 도움을 이끌어내어 승리로 이끈 것에 대해서는 별다른 비판이 없었다. 그런데 그의 마지막 6-7년에 대하여서는 어찌된 일인지 상당히 부정적인 시각을 가지고 있었다는 것을 느끼게 되었다.

　'왜 그렇지? 단순히 그가 장기집권을 한 독재자이기 때문인가?'

　'아니면, 여기엔 역사적 덧씌우기의 공작이 있는가?'

　이런 저런 생각을 하며 역사적 자료와 사실들을 취재하다보니 이승만 전 대통령에 대한 거대한 비판 운동이 흔히 말하는 '부산정치 파동'부터 시작되었다는 공통점을 찾을 수 있었다.

'부산정치파동'

민주가 검색해 본 바로는 부산 정치 파동(釜山政治波動, 1952년 5월 26일)에 대한 일반적 사전적 지식은 약간 좌(左)편향적이었다.

"이승만 대통령이 자신의 재선을 확실히 하고, 독재정권 기반을 굳히기 위해 한국 전쟁 중에 임시 수도인 부산에서 폭력을 동원하여 강제로 국회의원을 연행하고 구속한, 일련의 정치적 파행이다. 이 사건으로 부통령 김성수는 '민주주의를 유린한 행위'라고 반발하여 부통령직 사표를 냈다."

이런 시각에서 본다면 이승만은 당연 독재자가 되고 민주주의의 파괴자가 된다. 그런데 조금 더 돋보기를 대고 들여다보니 그게 아니었다.

"국민이 국가원수를 직접 선출한다는 것은 민주주의의 원칙이야. 그걸 누가 반대한다는 거야? 한국 국민이 민주주의를 할 만한 능력을 보여주게 될 때엔 그 권리는 국민에게 돌려줘야 해."

대한민국 초창기에 이런 말을 한 사람은 누구일까? 바로 대통령 이승만이었던 것이다. 1948년 취임한 초대 대통령은 국민이 직접 뽑지 않고 국회에서 선출됐다. 그렇다면 지금 우리 국민이 당연하다고 생각하는 대통령 직선제 선거는 언제 어떻게 이루어졌을까? 의외로 선뜻 대답하는 사람이 드물었다. 놀랍게도 6.25전쟁 중 부산에 임시 수도를 두고 있던

1952년의 제1차 개헌이 그걸 가능케 했던 것이다. 이것이 부산정치파동의 팩트였던 것이다. 그래서 민주는 꼬여있는 실타래를 풀듯이 제대로 취재해서 글로 남겨 두어야겠다는 묘한 충동을 느끼며 점점 더 깊이 들어갔다.

48년 제헌국회의 결과로 국회에서 선출된 대통령의 임기는 이제 부산 피란지에서 만료를 앞두고 있었다. 그런데 전쟁 중이기도 하거니와 국회의원들의 성분상 국회 간선제 선거로는 재선에 승산이 없다는 것을 느끼고 있었다. 더더구나 미국은 미국대로 휴전에 비협조적인 이승만이 눈에 가시였다. 그래서 그를 제거하고 싶었던 것이다. 자칫하다간 1.4후퇴 이후 서울마저 내준 상태에서 휴전이 되어 결국은 반쪽의 반쪽 국가가 될 위기에 놓였던 것이다. 승만은 장고에 들어갔다.

"오! 주님, 이 난관을 또 어떻게 뚫고 나가야 합니까. 제게 지혜를 주옵소서."

부산 초량교회에서 전쟁의 위기 속 영남지역 목사, 장로들을 모아놓고 간곡한 기도의 부탁을 했던 이후 성도들은 매일같이 전쟁의 승리를 위한 구국기도회를 계속하고 있었다. 그래서 가끔 예배를 드릴 때는 그곳을 찾기도 하고 기도도 하곤 했던 것이다. 그런데 그곳에서 다시금 용기를 얻은 이승만 대통령은 대통령 직선제 개헌안과 양원제 개헌안을 정부안으로 제출한다. 그것이 1951년 11월이었다.

국회는 정부안을 받아 개헌안 심의를 시작했지만 찬성토론자는 국무총리 서리가 된 허정 정도였고 대부분 반대자들이었다. 찬성 19표, 반대 143표, 기권1표, 대통령 직선제는 모두가 예상한대로 대패하였던 것이다.

재적의원 200명중 19명만이 찬성을 했으니 이는 내각제에 집착한 민국당과 좌파들이 똘똘 뭉쳐 반대표를 던진 결과였기 때문에 나온 것이다. 국회의원들은 역시나 원내 간선제로 대통령과 권력을 나눠먹기가 훨씬 편하다고 판단한 것이다.

기도를 마친 이승만은 용기를 얻었다. 그래도 실망하지 않았다.

우선 자유당을 정비해야 할 필요를 느꼈다. 원내 자유당이 제 역할도 못하고 반대표가 많았기 때문이다. 또 자유당엔 반대세력과 프락치들도 끼어들어 있었다. 그래서 폭탄선언을 한다.

"나는 원내도 원외도 아니다."

그리고 누가 반대하든 말든 개의치 않고 다시 새로운 카드를 꺼낸다. 그 카드가 신문에 대문짝만하게 났다.

"이승만 박사 대통령 출마 포기. 77회 생신 맞아 "일개 시민으로 여생 보내겠다.""

조선일보 1면기사에 뜬 제목이었다. 2대 대통령 선거예정 두 달 앞서 나온 폭탄 발언의 골자는 이랬다.

[부산26일발 AP 합동] 이승만 대통령은 26일 제77회 탄생일에 제하여 젊은 사람들에게 활동분야를 제공하기 위하여 은퇴하고 싶다고 말하였다. 그러나 이대통령은 6월로 임박한 차기대통령선거에 입후보할지 여부에 관해서는 결정적인 말은 하지 않았다.
이날 아침 이곳 임시중앙청에는 천명이상의 정부관리들이 대통령의 탄생을 축하하기 위하여 참집하였다. 1948년 이 신생 공화국의 초대대통령에 취임한 이 박사는 관리들에게 "나는 젊고 유능한 인사들에게 길을 터주기

위하여 은퇴하고 싶다."고 말하고 "내가 은퇴하면 일개평민으로서 나라를 위하여 일하겠다."라고 부언하였다.

그런데 이승만 대통령이 앞서 기자단에게는 재출마를 원하지 않는다고 말한바 있었으나 이처럼 공개연설에서 은퇴를 원한다고 말한 것은 이번이 처음이다.

정계 관측통들은 이 박사가 재출마 계획을 가지고 있으나 그 지지자들로 하여금 재출마하라는 권고를 하게 하기 위하여 재선을 원하지 않는다고 암시한 것으로 여기고 있다.

이 대통령은 또한 이번 연설에서 유엔 사무총장 보좌관 앤드류 코디어 씨의 내한목적이 대통령에게 휴전을 반대하고 통일을 주장하는 연설을 하지 말 것을 권고하고 있다는 항간의 풍설을 부인하였다. 유엔의 일부 서방측 대표들은 이 대통령의 선동적 성명이 휴전협상을 방해하고 있는 것으로 생각하고 있다고 한다.

[서울26일발 AFP 합동] 이승만 대통령은 26일 그의 77회 탄생 축하식 석상에서 오는 6월 전개될 대통령 선거전에 재출마할 의사가 없다고 선언하였다. 이 보도는 임시수도 부산의 정계에서도 폭탄과도 같은 반향을 일으켰으며 이대통령에 반대하는 정당 및 그 구성인들 사이에 큰 혼란을 던져주었는데 그들은 광복 투사였던 이대통령이 이 달콤한 성명 배후에 어떠한 술책이 숨겨져 있는 것이 아닌지 의심하고 있다.

이대통령은 국회로부터는 호감을 사지 못하고 있으면서도 일반민중과 군대의 지지를 받아 약 2백만을 그 신임 하에 넣어 자유당을 조직하는데 성공하였는데 한국 내에서 일반적인 지지를 받는 2개의 '반대'와 2개의 '찬성' 표어를 기초로 약 3개월 전부터 태동한 신자유당은 활발히 움직여 왔었다. 이 박사가 제창하는 2개의 '반대'란 '반공'과 '반일'이며 또 2개의 '찬성'이란 '국토통일'과 '자력에 의한 국토방위'이다. 관측통들은 이박사의 사고방식을 다음과 같은 것으로 생각하고 있다.

'현재와 같은 국회가 존재하는 한 재선될 기회는 없다. 그러나 나에게는 당이 있다. 국민 및 군부에는 나에게 투표할 사람들이 많다는 것을 잘 알고 있다. 따라서 만약 내가 재선을 포기한다고 선언하더라도 지지운동이 일어나는 것을 막을 수는 없을 것이다.'[28]

이와 같은 보도들은 이승만의 속내를 대체로 정확히 짚은 것이었다. 그래서 국회발언이 아닌 직접 국민을 향해 다른 방식으로 자신의 '선택'을 물어 보고 지지를 호소한 것이다. 이렇게 하면 반드시 국민들이 이승만을 지지하리란 믿음이 있었기 때문이다. 아니나 다를까 반응이 즉시 나타났다.

"멸공통일 누가 하나? 출마포기 철회하라"

휴전반대 시위대의 플래카드가 달라지고 늘어나면서 구호들의 효과는 대단히 뜨거웠다.

"직선제가 전 국민 의사이다."

"기본권 약탈하는 국회의원 소환하자."

"민의 무시 국회는 해산하라."

"의회독재 음모하는 배신 국회를 타도하라."

간선제 헌법을 지키자며 호헌결의까지 했던 민국당 등은 직선제를 부결시킨 뒤, '관제데모' 배후를 조사하자고 규탄하면서 궁핍한 피난살이에서도 정치자금을 긁어모아 내각제 개헌준비를 서두른다. 그들의 고민은 '개헌부터 하느냐, 대통령 선거부터 하느냐'였다. 개헌안부터 통과시키면 새 헌법에 따른 선거와 당 개편 등 번거롭고 시일이 많이 소요되므

---

28) 52.3.28. 조선일보.

로 "현행 간선제에 따라 대통령 선거부터 하자."로 결말을 짓고 나서 개헌안을 제출한 것이 4월17일, 세 번째 똑같은 의원내각책임제 개헌안이었다.

이승만은 자신을 반대하는 국회에 더 이상 미련을 두지 않는 대신 충성을 다하는 경찰력을 이용, 민의를 동원하는 쪽으로 전략을 바꿨다. 이때부터 원외자유당 주도로 「개헌안 부결 반대 민중대회」가 열리는가 하면 헌법규정에도 없는 국회의원 소환운동을 벌이는 등 갖은 수법을 동원해 국회에 압력을 가했다. 그리고 이승만은 건국직후 49년에 제정했다가 전쟁 때문에 미뤄왔던 지방자치제 선거를 4월25일 전국에 단행한다. 시(市) 읍(邑) 면(面)까지 구석구석 실시한 투표결과는 자유당의 승리였다.

정원 387명에 무소속 40%, 자유당 31%, 민국당은 고작 16석을 얻어 참패를 기록했다.

5월 10일엔 정원 306명을 뽑는 도(道.)의원 선거도 실시, 이번엔 자유당이 무소속까지 누르고 압승을 거둔다. 자유당은 147명이고 민국당은 겨우 4명으로 시읍면 선거보다 더 적었다. 국회만 빼고 전국 국민들은 자유당 지지율이 갈수록 늘어나는 것을 확인한 이승만은 하나님께 감사기도를 드린다.

"주여, 제가 하고자 하는 간구를 받아주신 은혜 감사합니다. 이 나라와 국민들을 구해주시는 하나님 명령대로 시행하겠습니다. 혼자 방황하는 어린 양 저의 생명을 바치겠사오니 끝까지 인도하여 주실 줄 믿고, 공산군 사탄의 무리에 벌을 내리셔서 이 땅을 빨리 통일시켜 주의 나라로 만드소서."

민의(民意)를 재확인한 이승만은 5월 14일 직선제 개헌안을 다시 공고한다. 3월에 야당이 내놓은 내각제와 정부의 직선제가 정면 대결하는 개헌 전투가 되었던 것이다.

날이 밝기도 전에 날벼락이 떨어졌다. 각자 숙소로 돌아가 잠이 들려던 국회의원 몇 명이 '특무대원'이라는 청년들에게 연행되었다.

비상계엄령이 26일 0시를 기해 선포된 것, 아침 8시 국회로 등원하는 의원들의 출근버스는 "내려라. 못 내린다." 시비 끝에 통째로 크레인에 꿰들려 헌병대로 끌려갔다.

"2대 대통령 선거는 무슨 일이 있어도 직선제로 하자." 이것이 이승만의 개헌 목표였다. 한편으로는 자신보다 평균 스무살 이상 어린 야당 국회의원들에게 호소한다.

"간접선거가 얼마나 위험한지 모르는가. 강대국 간섭을 불러들이고 공산당에게 먹힌다… 명나라 지배받고, 청나라 지배받고, 러시아 지배받고, 일본 지배받고, 그래도 모자라 미국 지배까지 받으려느냐. 대통령 자리에 있는 동안 직선제만은 실현해놓고 나가자는 것이 내 마지막 소원. 사대주의 당쟁 악습 뿌리 뽑겠다. 나를 믿어 달라."

상황이 몇 가지 유리하게 돌아간다. 내각책임제 개헌에 앞장서던 서민호 의원이 4월 24일 육군대위 서창선을 저격한 사건이 일어난 것이다. 서 의원은 지방의회선거 감시차 전남 순천에 갔다 숙소에서 술 취한 서대위와 시비가 벌어졌다. 서대위가 먼저 권총 6발을 쏜 뒤 서의원이 응사했지만, 서의원은 살인 혐의로 구속됐다. 국회는 서의원의 살인이 정당방위인데도 그를 구속한 것은 내각책임제 개헌을 방해하기 위한 것이라고 판단, 서의원 석방결의안을 의결했다.

서의원이 5월 19일 석방되자 부산 거리에는 이를 항의한다는 구실로 조작된 민의가 활개를 쳤다. 민족자결단, 백골단, 땃벌떼 등 정체모를 집단들이 때를 만난 듯 거리를 누비며 대낮에 야당 의원들에게 공공연하게 테러를 가했다.

　　이들은 또 "살인 국회의원 석방한 국회는 해산하라."며 정부·국회·대법원 청사를 습격하기도 했다. 이를 기화로 비상계엄이 부산, 경남 일원에 선포된다. 이승만 대통령은 계엄사령관을 이원화시켰다. 육군참모총장 이종찬을 계엄사령관으로 하면서 부산 영남지역만 따로 원용덕(元容德) 소장을 임명하여 비상계엄령을 내렸다. 원용덕은 "무장공비와 패잔병 빨치산이 많아 계엄령이 너무 늦었다." 사태가 이에 이르자 우방들의 비난이 쏟아졌다. 하지만 이승만은 국회의원 체포는 공산당과의 공모여부를 밝히기 위해서라며 아랑곳하지 않았다.

　　40일간 지속된 이 파동에서 미국은 "당장 계엄령을 해제하라."며 압력을 가했으나 이승만은 "내정 간섭을 말라."며 국회의원들에게서 압수한 달러뭉치를 증거로 들이밀어 미국의 항의를 차단했다."[29)]

　　이어 6월 25일에는 반이승만 세력에게 결정타를 먹인 '이대통령 암살미수 사건'이 떡 발생했다. 부산 충무로 광장에서 벌어진 '6·25기념식전'에서 유시태가 이승만에게 권총 방아쇠를 당겼던 것이다. 그러나 총알이 발사되지 않는 바람에 이승만은 암살을 면할 수 있었다. 이 사건으로 유시태에게 신분증과 옷을 빌려준 민주국민당 김시현의원 등 야당의원 5명이 배후세력으로 체포됐다. '이대통령 암살미수 사건'은 온갖 테러에도 불구하고 이승만의 재집권 야욕을 꺾으려던 야당에게 치명적인 악재

---

29) 인보길 이승만포럼 공동대표.

로 작용했다.

이처럼 반이승만 세력이 궁지에 몰리자 장택상 국무총리가 제안한 제3의 개헌안이 등장했다. 이 개헌안이 바로 정부의 안과 국회의 안을 적당히 절충한 '발췌개헌안'이었다. 하지만 대통령직선제·양원제를 뼈대로 한다는 점에서 이승만의 개헌의도를 그대로 반영한 것이었다. 국회 안을 몇 가지 수용하긴 했지만 이는 야당 의원들에게 타협할 명분을 주기 위한 치장에 불과했다. '이대통령 암살미수 사건'으로 기진맥진한 야권은 장총리의 발췌개헌안을 받아들일 수밖에 없었다.

이승만이 장택상 총리를 시켜 미리 준비해 둔 발췌개헌 조항 심의를 마친 국회는 늦은 밤 기립 표결로 새헌법을 통과시켰다. 40일간의 개헌 전쟁은 이렇게 막을 내렸다.

미국 백악관 안보회의에서는 '한국 내 이승만을 대체할 지도자가 없다'는 결론을 내렸다. 그래서 이승만과의 협상노선을 택하게 된다. 미국이 손을 떼자 야당은 맥없이 굴복했고, 대통령 직선제가 실시되었다. 이는 국회의원의 손에서 대통령 선출권을 뺏아 국민들 손에 쥐어준 최초의 일이 되었다. 조선조 내내 사대부들이 권력을 나누어지고 임금을 좌지우지하던 폐습에서 완전히 돌아선 것이었다.

불퇴전의 신념으로 맞서는 이승만을 제거하려고 '유엔군 계엄령'까지 준비했던 미국이었다. 하지만 노회한 그를 대신할 인물 빈곤이라는 벽에 부딪혀 결국 작전을 포기하고야 만다. 독재타도 캠페인을 부추기던 부산의 미대사관은 민국당과 흥사단 등을 달래야 하는 180도 반대 입장으로 바뀌어야 했다. 당시 '독재'란 말을 처음 사용하게 되었다는 것을 처음으로 민주는 알게 되었다.

그리하여 그날 오전 7시를 기하여 전국 5천893개소에서는 일제히 역사적인 대통령 및 부통령의 직선투표의 막이 열리었다. 사상 최초의 직선제 투표날 조선일보 지면은 흥분으로 도배가 되었다. 농촌 지방은 물론 서울 시내 9개구 투표율도 평균 92% 였다. 국민들의 직선제에 대한 뜨거운 요구가 사실이었음을 증명해 보여주었던 것이다. 직선제 안하면 국회 해산하라 등의 구호가 관제데모가 아니었음을, 조작이 아니었음을 증명한 것이라 보도한 것이다.

결국 대통령에 당선된 이승만은 미국을 상대로 마음대로 외교술을 펼치며 나중 한미상호방위조약의 체결이라는 굳건한 한미동맹의 결과를 얻어낼 수 있었던 것이다.

물론 이승만 전 대통령의 독선이 없었던 것은 아니다. 하지만 미국보다 더 멋진 직접선거, 주권재민의 나라를 만들어냈다. 그때 내보낸 성명서는 이승만 제 2대 대통령의 아주 오래된 꿈이 성취되는 자리였음을 알 수 있었다.

"민의에 따라 재선을 수락합니다......나는 진리와 대의는 언제든지 승리하고야만다는 것을 믿는 사람입니다. 내가 모든 친구와 원수들에게 알리고자 하는 바는 내가 누구와 쟁론이 있었던지 사사욕심이나 악감을 조금도 가지지 않는다는 것입니다. 여러번 선언한 바와 같이 공산당의 제일 악독한 원수라도 그 사람이 의견을 고쳐서 우리와 한 가지 세계인민의 자유를 위해서 싸우게 된다면 좋은 친구가 될 수 있다는 것입니다."[30]

그리고 8월 15일, 아직 재 환도 전이었지만 서울 중앙청에서 첫 '직선 대통령'에 취임한다. 그리고 취임사를 통해 정부수립 전 발표한 정읍 독

---

30) 8.11. 국민에게 보내는 성명.

트린에 이어 전후 이승만 독트린을 발표한다.

"...1천만 우리 동포는 가옥을 잃어버리고 도로에 방황하며 살길을 구하고 있는 중입니다. 이북에 7백만 우리 형제자매들은 적색학정 아래서 피를 흘리고 애통하고 있는 것을 우리가 다 구해내지 않고서는 잠시라도 평안히 쉴 수 없는 것입니다...(중략)...우리의 포악한 원수들의 죄를 징벌하고 우리 파괴된 나라에서 몰아내라는 요청을 하기에 정당한 이유를 안 가진 국민이 없는 것입니다. 이 전쟁에서 우리가 한 가지 배운 것이 있으니 이것은 동족상애(同族相愛)의 정신과 상호원조의 뜻입니다. 이번에 처음으로 우리가 나라를 먼저 생각하고 우리 몸을 둘째로 생각하거나 아주 잊어버린 데까지 이른 것입니다. 이런 애국심과 통일정신으로 우리나라는 오늘날에 이르러서 모든 파괴 환란 중에도 전보다 몇 갑절 강하게 된 것입니다...(중략)...간절히 원하는 바는 내가 60년을 바쳐서 분투 노력한 이 나라를 내 생명이 끝나기 전에 굳건히 안전과 자유와 통일을 민주국가 안에서 성립되는 것을 보자는 것입니다. 이번에 소위 정치 변동이 일대 위기라고 세계에 전파된 것이 실상은 풍설입니다. 사실을 말하자면 몇몇 외국 친우들과 외국 신문기자들이 나의 정치적 반대자들의 말을 듣고 내가 병력을 이용해서 국회를 해산하고 민주정체를 없이하려는 괴상한 언론으로 곧이들었던 것입니다. 그러나 나의 평생 역사와 나의 주장하는 목적을 아는 친우들은 이런 낭설을 듣고 웃었으며 혹은 분개히 여겼습니다. 다행히 우리 동포가 나를 전적으로 지지한 힘으로 반대자들을 이기고 그 결과로 오래 싸워오던 개헌안을 통과시켜서 대통령선거권을 국회에 맡겨주지 않고 국민의 직접투표로 행하게 되었으므로 우리의 민주정체와 민주주의가 절대로 굳건해진 것입니다.

우리의 자유와 우리의 통일과 우리의 민주정체를 위해서 나는 앞으로도 나의 생명과 나의 공헌을 다하기를 다시 선언하는 바입니다. 나의 사랑하는 전 민족 각 개인에게 일일이 말하노니 이 공동목적을 완전히 달성할 때까지 각인의 모든 생각이나 주장을 다 버리고 일심협력해 달라는 것입니다...(중략)...우리 국민들이 이 난리를 담대하게 치르고 앞으로 우리가 다 합해서 같이 일하며 희생하며 같이 싸우면 마침내 승전할 것입니다. 이 승전이 우리 마음과 우리 간담에 살아있는 동안에는 우리에게 실패는 없을 것입니다."[31)

이 내용은 한 마디로 말하자면 대한민국의 전 국민은 전쟁이란 참화 속에서 언제 죽을지 모르는 죽음 앞에 마주 서 있는데, 여전히 권력을 쥔 자들은 국가의 안보나 국민의 안위는 생각지도 않는 것을 개탄한 것이었다. 썩어빠지고 무능한 정치인들이 권력을 쥐었을 때, 그 끝은 국가의 멸망이며 개인의 파멸이라는 것을 이승만 대통령은 누구보다 더 잘 알고 있었다. 그렇기에 미국의 반대와 정적들의 살해의 위협과 비난과 조소를 견디면서까지 대통령 직선제 개헌안을 이끌어 낸 것이다.

국민 개개인의 권리를 국회의원에게만 맡기지 않고 스스로 결정하고 투표해서 대통령을 선택하는 제도가 진정한 민주국가임을 확실하게 보여준 직선제 선거는 개개인의 주권이 살아 있는 권력임을 국민 스스로가 확인하게 되었다. 그래서 이승만은 독립운동시절 새로 건국하는 독립국 헌법 제1조는 '대한민국은 민주공화국'이라고 일찌감치 정해두고 있었던 것이다.

민주공화국에 대한 열망은 이미 1919년 9월 상해 통합임시정부가 수립된 직후 미국에서 대통령 이승만의 명의로 발행한 100달러짜리 독립자금 국공채 앞면에 쓴 영문에서 드러나고 있다. 그 영문국가 명칭은

31) 52.8.15. 취임사 중에서.

'Republic of Korea'였고, 발행자는 'President of the Republic of Korea'로 대한민국 대통령이라고 좌우에 새겨놓았던 것이다.

이승만은 부산정치파동 40일간 국민과 정치인들에게 '국민 주권 확립과 사대주의 배척'을 날마다 부르짖었다. 마치 모세가 이집트를 탈출한 뒤 그들을 성경말씀으로 교육하였듯이 국민들의 노예근성을 뽑아내기 위하여 국민교육을 실시하였던 것이다.

이승만 대통령은 전쟁이 끝난 후 원조자금이 들어오자, 그 아까운 돈의 많은 액수를 의무교육 6년과정 확정, 각급 학교 증설, 대학과 유학 등에 집중 투자하여 인재양성에 박차를 가함으로 제대로 된 국민 만들기에 남은 진액을 다 쏟아 부었다. 그리고 학교에는 교목을 군대에는 군목을 감옥에는 형목을 배치하여 학생과 군인과 죄수들에게 기독교정신 교육을 적극 권장하여, 자신이 거듭났던 것처럼 모든 국민이 거듭나는 체험을 하기를 바라마지 않았던 것이다.

민주는 이승만 전 대통령의 데이터베이스를 찾아 열어보았다. 그랬더니 '부산정치파동' 관련 이승만 대통령의 주요 어록(語錄)이 튀어 나왔다. 민주는 그의 소신에 가득찬 말들을 들으며 마치 그 시절의 긴박한 상황속으로 들어가는 느낌을 받았다.

"민주국가 시민의 가장 신성한 (선거)권리를 소수(국회의원)만이 행사해서 민국의 토대를 위태롭게 하며 유권자의 권리를 빼앗게 되는 것이므로 국회의원들이 민의가 어떤가를 알아서 즉시 파기 번안해서 교정할 줄로 나는 믿는다. 그러지 않으면 모든 유권자들이 투표해서 자기들의 대표를 소환하는 결정을 해서 국회에 알려야 할 것이다."[32]

---
32) 2.15. 국민 담화.

"내가 대통령 자리에 있는 동안 이것(직선제)을 실현해야겠다는 책임감으로 추진하겠다. 대통령을 국회에서 선출하는 것이 얼마나 위험한가를 모르고 국회의원들이 자기권리만 주장한다."[33]

"대통령이 위법하거나 민의에 반할 때는 국회에서 탄핵조건을 정하여 탈선을 막았으나 국회가 탈선하는 경우에는 어찌 방비해야한다는 조항을 아직 못 정했으니 이런 조건을 명문으로 헌법에 올려서 민의에 반항하는 의원을 소환할 수 있게 하고..."[34]

"나는 앞으로 기껏 몇 해 밖에는 살지 못할 것이오. 나는 조국을 위해 못다 한 일들이 있기는 하나 그 목표들을 이룰 수 있는 시간이 없다는 것을 알지 못할 만큼 어리석지는 않소. 국민 복리에 관심이 없는 이들은 자기 욕망을 위해서 권력을 추구하고 있는데 그것을 막기 위해 나는 모든 노력을 기울일 것이오. 이 문제가 분명하게 되기 전에는 대통령 자리를 떠나지 않겠소...국민의 뜻에 따르는 단 하나의 길은 국회를 양원제로 하고 대통령을 직선제로 하는 것뿐이며 이 목표만은 대통령직을 떠나기전에 반드시 이루고 말 것이오..."[35]

"국회가 그 자격을 거의 상실하고 있다. 국민들은 국회가 국민의 의견에 반한 대통령을 선거할 수 없도록 국회를 해체할 것을 요구하고 있다. 국회의원을 매수할 목적으로 방대한 적색자금이 침투한 명확한 증거가 있다. 체포된 국회의원 9명의 범죄사실에 관한 증거를 보유하고 있다. 국회를 해체시킬 길은 지방의회내의 국민대표들이 그들의 국회의원들을 불신

---

33) 국회 특별조사단의 12개항 질문에 대한 답변에서.
34) 3.6. 국민 담화.
35) 5.23. 무초대사를 면담한 자리에서/계엄령 선포 이틀전

임하는 밥법이다. 국민들은 국회의원들이 대통령 선거를 행하는 것을 원하지 않고 있으며 국민의 의사는 존중되어야 한다."[36]

"대한민국의 헌법을 침해한 것은 내가 아니고 국회다. 이 나라가 진실한 독립 민주국가로 확립하는 것을 보려고 나보다 더 근심한 사람은 없다. 이것(직선제 개헌)은 내 평생을 통한 투쟁에 있어서 오로지 하나의 목적이다. 나는 여러분의 원조와 협조로써 수립되었고 또 현재 방위되고 있는 대한민국에 광범한 민주적 기초를 수립하는 데 여생을 바치고 있다." (6.4 유엔 한국통일부흥위단에 보내는 서한)

민주는 "사사오입, 변칙이지만 자유시장경제 확립한 계기"라는 주장을 외치는 인보길 이승만 포럼 공동대표의 발언이 부산정치파동에 대한 가장 확실한 해석이라고 여기게 되었다.

"1953년은 반공포로 석방과 한미동맹이 체결됐던 시기다. 소련의 스탈린에 맞서다, 휴전 여부를 놓고 미국과 정면으로 대립하던 이 시기는 한국이 미국과 '한미상호방위조약'을 공식조인한 해이기도 하다… 한미상방위조약은 단순히 국회비준만으로 발효되는 것이 아니고 비준서를 교환해야 발효되는데, 이승만은 비준서를 무기한 미뤘다. 휴전협정은 물론 통일 문제·경제·군사원조 문제가 남아 있었기 때문이다."[37]

---

36) 52.5.29,
37) 인보길 이승만포럼 공동대표(뉴데일리미디어그룹 대표) '제92회 이승만포럼' 강연 내용중. "사사오입은 1954년 11월 29일, 자유당이 사사오입(四捨五入)을 주장하며 정족수 미달의 헌법개정안을 통과시킨 2차 헌법 개정 사건을 말한다. 부산정치파동에서 직선제 헌법을 만들어냈던 이승만은 그로부터 2년 후인 1954년 11월 27일 제2차 개헌안을 상정한다. 당시 국회 재적의원은 203명. 개헌정족수는 그 3분의 2인 136명이 나와야 하는데, 표결 결과 135표가 나왔다. 당연히 '부결'이 맞지만

전전긍긍하던 아이젠하워는 이승만을 국빈으로 미국에 초청했다. 해당 방미 협상의 결과 한국은 경제·군사 원조 10억 달러, 육군 20개사단, 해·공군 대폭 증강 현대화를 얻어냈다.

'사사오입' 계산은 "203명의 3분의 2는 135.333…이므로 반올림하면 135명이 맞다"는 논리다. 이승만 정부는 반올림까지 하면서 무엇을 이루고자 했을까."

40

4.19

이승만이라는 이름 석 자에 빠져 산지 어느덧 1년이 흘러가고 있었다. 이제 그의 일생이 민주의 머릿속에 제대로 인식되었다. 며칠 전에도 한 소년이 울면서 길거리를 헤매는 꿈을 꾸었다. 댕기머리를 한 13세 소년, 흰 옷을 깨끗하게 씻어 입긴 했지만 이미 낡고 헤어진 옷, 백성이 사람답게 사는 것이 임금의 할 일이라는 왕도의 정치가 살아 있다는 나라에서 13세 때부터 과거시험에 응시했던 한 아이가 울고 있었던 것이다. 그 아이는 과거시험이 폐지될 때까지 번번이 6번의 낙방을 맛보았다. 장원급제는 항상 양반 자제들 몫이었고, 시험 현장에서 답안지는 돈으로 거래되고 있었다. 시험이 끝나면 쌓이는 산더미 같은 답안지는 거들떠보지도 않은 채, 이미 정해 놓은 합격자를 발표하는 벼슬아치들, 먼 길을 마소도 없이 나막신을 끌며 터덜터덜 남대문에 이르면 벌써 문은 닫혀있을 때가 한 두 번이 아니었다. 그 성벽을 타고 올라앉은 어느새 17세가 되어버린 소년은 가슴이 복받쳐 뜨거운 눈물을 흘리며 엉엉 울었다.

　　임금이란 자는 야행성이라
　　낮인지 밤마다 무당굿이나 기생 노래를 듣다가는
　　늦잠을 잤는지 과거장에는 해질 무렵에나 나타나네
　　임금이 사라지면 그때부터 밤까지 시험을 치러야하니
　　달빛만 적막한 성벽에 걸터앉아 밤하늘만 무심하다.

　그 소년은 자기집안과 조정의 일을 생각하며 까닭 모를 절망감에 사로잡혀 머리속에 맴도는 '민위방본(民爲邦本)' 네 글자를 눈물로 씻어냈다. 그런데 그 소년은 또 학생으로 변해 있었다. 까까머리에 중학생 모자를 쓴 그 아이는 머리에서 피가 흐르고 있었다. 자욱한 최루탄 속에서 피와 눈물이 얼룩진 몰골로 군중 속에서 민주를 응시하고 있었다. 경무대 앞, 총성이 들리고 학생들을 비롯한 수많은 시위대들이 흩어지는 가운데 갈 곳을 몰라 헤매던 그 아이는 바로 17살 소년 승만이었다.
　"뭐라고! 경찰이 발포를 했다고?"
　"네! 시위대가 경무대의 마지막 저지선을 뚫고 들어오려고 하기에 우발적으로."
　"이런 사람들을 봤나. 자기 나라 백성을 향해 그것도 시위를 하는 사람들을 발포하는 경찰들이 어디 있나."
　최근까지 시위가 잦다는 이야기를 듣기는 했지만 발포하는 지경까지 이른 줄은 꿈에도 생각을 못했다.

"어떻게 된 일인지 처음부터 소상히 좀 말해 보시오."

1960년 당시 승만은 86세였다. 1월 말, 민주당의 대통령 후보였던 조병옥 박사가 선거 운동 도중 위장병이 악화되었다는 판정을 받게 되어 하와이 병원으로 가서 입원하게 된다.

"조병옥 박사가 심장마비로 입원중에 사망하셨다고 합니다."

"뭣이, 조 박사가?"

그리하여 이승만이 단독 후보가 되었다. 그러나 민주당의 부통령 후보인 장면이 건재하여 나이가 많은 이승만이 불시에 유고되면 자동적으로 대통령직을 승계한다는 작전 속에 부통령 선거에 모든 힘을 쏟아 붓는다. 이에 질세라 자유당도 부통령 후보로 이기붕을 준비했는데, 문제는 거기서부터 발생했다.

"대통령 당선은 누구도 건드릴 수 없는 자리지만 이번 부통령 선거는 당선만 되면 정권을 잡을 수 있어. 그러니 무슨 수를 쓰더라도 이기붕 각하를 당선시켜야 돼."

"네 알겠습니다."

참모들은 전국 각지를 돌며 할 수 있는 모든 합법, 비합적인 방법을 다 동원해 선거에 열을 올렸다. 그러다보니 부정선거활동이 드러날 수밖에 없었다. 먼저 이기붕의 참모들은 정부로 하여금 공무원을 통한 선거 운동망을 조직하게하고, 전국 경찰에 지시하여 이를 감시 독찰하도록 하는 등 선거에 승리하기 위해 온갖 방법을 동원하였던 것이다. 그런데 뜻밖의 변수가 생겼다. 2월 28일 대구에서 고등학생들이 "학원의 자유 보장하라", "독재정치, 부정부패를 물리치자"는 구호를 앞세우며 대구 도심에서 시위를 벌이기 시작한 것이다. 선거가 일주일 남은 상황이었다.

그러다가 이기붕의 당선이 확정되자 전국에서 대대적인 3.15 부정선거에 대한 규탄시위가 벌어지는 것이었다.

"아니 그런데 어쩌다 이렇게까지 시위대가 분노하게 되었는가? 누가 명령한거야?"

"네! 각하. 도화선이 된 곳은 마산이었습니다. 내무부장관 최인규가 무자비하게 강경진압을 명령했다고 합니다. 그런데 4월 11일 오전, 1차 마산의거에 참가한 후 실종되었던 마산상업고등학교 학생 김주열군의 시신이 경찰이 발포한 최루탄이 눈에 박힌 채 발견되는 바람에 화가 난 시민들이 늘어났다고 합니다. 그러다가 '2차 마산의거'가 되고 결국 서울까지……"

"아니 그런 일을 이제 보고하면 어떻게, 아무리 내가 늙었다고 하나, 안방 노인도 아니고, 사태를 이렇게 키워놓았으니 어느 누가 분노하지 않겠나?"

"각하 죄송합니다."

"관계자들은 다 사퇴시켰어?"

"네. 내무부장관 최인규와 치안국장 이가학을 마산사건의 책임을 지고 사임시켰습니다."

하지만 부통령에 당선된 이기붕은 여전히 사퇴에 미온적이었다. 이에 분노한 시위는 서울을 중심으로 확대되기 시작한다. 4월 18일 오후 12시 50분 경, 신입생 환영회를 마친 3천여 명의 고려대 학생들은 부정선거를 규탄하고 재선거를 요구하는 데모에 나섰다. 이에 경찰은 시위를 저지하기 위해 저지선을 세우고 진압에 나섰으나 학생들은 경찰 저지선을 뚫었고 오후 3시경, 태평로 국회의사당 앞에 모여 연좌데모를 시작했다. 하지만 고려대 선배 이철승 의원의 데모 만류 연설과 유진오 고려대 총장의 만류로 오후 6시 30분경에 시위를 마치고 귀교를 시작했다.

시위는 평화적으로 끝나는 듯 했으나 오후 7시 20분경, 천일백화점 앞을 지나던 고대 학생들을 '대한반공청년단' 소속의 정치깡패들이 습격했고 많은 부상자가 나오게 된다. 이 날의 소식은 동아일보를 포함한 주요 신문사의 1면에 장식됐고 이에 분노한 시민과 학생들에 의해 4월 19일, 대대적인 시위가 전개된 것이다.

그러다가 4월 19일 오전, 첫 시위는 고등학생들에 의해 시작되었다. 전날 고려대학교 학생들의 시위에 자극받은 신설동의 대광고등학교 학생들이 오전 7시 30분경 집결, 오전 8시 30분경 동대문 방향으로 행진을 시작했다. 이를 본 서울 각지의 대학생들도 시위를 시작했다. 대광고교 학생들의 시위와 때를 같이하여 서울대학교 문리과대학 학생들이 태평로 국회의사당으로 진출하기 시작했다. 이어 오전 8시, 교내에서 총궐기 한 동국대학교가 국회의사당으로 행진을 시작했고 성균관대도 이를 따랐다. 정오에는 연세대와 중앙대 등의 학교들까지 가세하여 시위대는 10만여 명으로 늘어났다.

중앙청 앞까지 진출한 시위대는 정오 이후, 경무대로 진출해나갔다. 경찰은 중앙청에서 경무대로 이어지는 길에 저지선을 치고 완강히 버텼지만 시위대는 갖은 방법을 동원해 저지선을 돌파했고 경무대 100m 앞까지 나아가는데 성공한 것이다.

이때부터 대대적인 유혈사태가 나기 시작한다. 오후 1시 30분이었다. 경무대에 근접한 시위대를 향해 경찰은 무차별 발포를 시작했던 것이다. 이에 21명의 시위대가 사망하고 172명이 부상당했다. 이 날 하루, 전국에서 115명이 사망하고 700여 명이 부상당했다. 이러한 경찰의 강경진압에도 굴하지 않고, 시위대는 자유당 본부와 이기붕 사저 등을 점거하며 시위를 계속했다. 이에 이승만 정권은 오후 3시경, 서울 일대에 계엄령을 선포했다.

"성명서를 준비하시오. 잘못했다고 사과를 해야지."

하지만 성명서와 대통령 사과에도 불구하고 미국마저 이승만 정권에 등을 돌리자 4월 21일, 국무위원들이 총사퇴를 결행했다. 그리고 4월 23 일에는 현 부통령 장면이 이승만에게 사표를 제출했다. 그제야 사태의 심각성을 느낀 이기붕은 부통령 당선 사퇴를 고려하겠다는 성명을 발표했다. 다음날, 이승만 또한 자유당 총재 사퇴의사를 밝히지만 이미 커질 대로 커진 시민들의 분노와 시위의 열기를 잠재우기에는 역부족이었다.

4월 25일, 4월 19일의 학살에서 자신의 제자들이 죽어간 것에 죄책감을 느낀 교수들이 '학생들의 피에 보답하라'는 플래카드(placard)를 앞세워 시위를 진행했다. 많은 시민들은 이들에 호응해 시위에 참가했고 서울 각지의 대학에서 모인 총 259명의 교수단은 현 시국의 해결책을 제시하는 '시국선언문'을 작성하여 발표하였다.

이러한 교수들의 시국선언을 계기로 혁명은 새로운 양상을 맞게 된다. 이전까지 시위대가 요구하던 '부정선거 재실시'를 넘어, 교수들은 이러한 참사를 일으킨 '이승만 대통령 하야'를 직접적으로 요구했다. 교수들과 함께 시위를 계속하던 학생들과 시민들은 통금을 무시하고 시위를 계속했고 이는 다음날인 4월 26일 아침까지 이어져 1만여 명의 시위대가 중앙청 앞에서 시위를 벌이는 한편, 또 다른 시위대에 의해 서대문의 이기붕 자택이 파괴되고 탑골공원의 이승만 동상이 시민들의 손에 의해 철거되었다. 오후에는 국민학생들까지 시위에 참여하며 시위대가 10만여 명까지 불어나게 된다.

나이가 너무 많아져 국민 대중과 직접 소통이 별로 없었던 이승만 대통령은 4월 26일에 가서야 유혈 사태가 심각함을 파악하게 된 대통령

이승만은

"부정을 보고 일어서지 않는 백성은 죽은 것입네다. 우리가 잘못한 거 맞습니다."

4월 26일 아침 9시 시위대가 시청 앞으로 몰려오고 있다는 보고가 들어오자, 경무대로 발걸음을 옮겼다. 비상 계엄령의 마감시한이 다가와 기간을 연장하기 위한 목적도 있었다.

중앙청을 나서려고 하는 데, 매카나기 미국대사로부터 대통령을 만나게 해달라는 전화가 왔다. 경무대 비서실로 수차례 연락했으나 회답이 없다는 것이었다. 그는 경무대에 도착해 대통령에게 어제 이기붕 국회의장 집이 습격을 당한 것 등을 포함해 상황을 간략히 보고 받았다. 대통령은 보고를 듣고는 침통한 표정을 지으며,

"그래. 오늘은 한 사람도 다치게 해서는 안 되네."

이런 짧막한 대답을 했다. 그리고 나서는 어떻게 했으면 좋겠는가 하는 질문을 여러 차례 각료들에 던진다. 그리고는 "내가 그만두면 한 사람도 안 다치겠지?"

모두들 눈시울이 뜨거워졌다. 김정렬 국방장관이 고개를 떨군다.

"각하, 저희들이 보좌를 잘못하여 이렇게 되었습니다. 죄송합니다."

라고 말했다. 그러자 대통령은 이승만은 모종의 결심을 굳힌 듯,

"그래, 그렇게 하지. 이것을 속히 사람들에게 알리지."

하고는 박찬일 비서관을 불렀다. 그리고는,

"내가 부를 터이니 받아쓰게."

사방은 고요해졌다.

"나는 해방 후 본국에 돌아와서 우리 여러 애국 애족하는 동포들과 더불어 잘 지냈으니, 이제는 세상을 떠나도 원한이 없다.... 공산주의에 대

하여서는 부단한 주의를 하라."

승만은 모든 것을 내려놓고 하야 준비를 하고 있었다. 참으로 긴 시간이었다. 그 자신 청년 시절에 독립협회 행동대원으로서 조선왕조의 부패에 대항해 시위를 주도했던 자신의 모습을 생각했다. 병원을 직접 찾아가 부상당한 학생들을 보고 속이 상했다. 학생들의 다친 모습들을 보고, 눈물을 흘렸다.

"학생들이 왜 이렇게 되었어? 부정을 왜 해? 부정을 보고 일어서지 않는 백성은 죽은 백성이지. 이 젊은 학생들은 참으로 장하다!"

승만은 둘러쌓인 사람들 앞에서 비장한 각오로 말했다.

"국민이 원한다면 물러나야 하는 것입네다."

"나는 해방 후 본국에 돌아와서 우리 여러 애국 애족하는 동포들과 더불어 잘 지내왔으니 이제는 세상을 떠나도 한이 없으나 나는 무엇이든지 국민이 원하는 것만 알면 민의를 따라서 하고자 할 것이며, 또 그렇게 하기를 원하는 것이다.

보고를 들으면 사랑하는 우리 청소년 학도들을 위시해서 우리 애국 애족하는 동포들이 내게 몇 가지 결심을 요구하고 있다 하니 여기에 대해서 내가 아래 말하는 바를 할 것이며, 한 가지 내가 부탁하고자 하는 바는 이북에서 우리를 침략하고, 그리고 공산군이 호시탐탐하게 기다리고 있다는 것을 명심하고 그들에게 기회를 주지 말도록 힘써 주기를 바라는 바이다. 첫째는 국민이 원하면 대통령직을 사임할 것이며, 둘째는 지난번 정·부통령 선거에 많은 부정이 있었다고 하니 선거를 다시 하도록 지시하였고, 셋째는 선거로 인한 모든 불미스러운 것을 없애게 하기 위하여 이미 리기붕 의장이 공직에서 완전히 물러가겠다고 결정한 것이다. 넷째는 내가 이미 합의를 준 것이지만 만일 국민이 원하면 내각책임제 개헌을 할 것이다.

이상은 이번 사태를 당(當)해서 내가 굳게 결심한 바이니 나의 이 뜻을 사랑하는 모든 동포들이 양해해주어서 이제부터는 다 각각 자기들의 맡은 바를 행해나가며 다시 질서를 회복시키도록 모든 사람들이 다 힘 써주기를 내가 사랑하는 남녀 애국 동포들에게 간곡히 부탁하는 바이다."

4월 27일. 승만은 이와 같은 성명을 발표하고 사임서를 국회에 제출했다. 그러자 경무대에 피신해 있던 이기붕 가족이 자살을 하고 말았다. 국방장관으로 마지막까지 대통령 곁을 지켰던 김정렬 장군이 기자들에게 말함으로 그날의 일화가 다 드러났다.

"그분은 누구의 압력에도 영향을 받지 않고 스스로 하야 결단을 내렸습니다."

대통령의 하야 성명은 전파를 통해서 전국에 퍼져 나갔다. 잠시 후 계엄사령관 송요찬 장군이 대학생 대표들을 데리고 경무대로 들어 왔다. 이와 거의 동시에 매카나기 대사가 미8군 사령관 매그루더 장군과 함께 경무대에 도착하였다. 이윽고 대통령이 학생들과의 회견을 마치고 응접실로 들어오자, 매카나기 대사는 "대통령 각하께서는 한국의 조지 워싱턴이십니다."라고 찬사를 올렸다. 그 소리를 들은 승만은 혼잣말로 중얼거렸다.

"저 사람 무슨 잠꼬대야?"

하야 성명서가 발표되자, 데모대의 대부분은 만세를 부르고 해산했다. 대통령의 결단은 누가 권고해서 한 것이 아니고, 대통령 스스로의 판단에 의한 독자적인 것이었다. 4월 27일 이승만은 경무대를 떠나 이화장 사저로 갔다. 가는 길옆에는 수많은 사람들이 노 애국자를 환송했다. 잘못이 있다면 여러 해 전에 대통령 자리를 물러나지 못한 것이 잘못이었

다. 이승만이 돌아온 이화장 벽에는 시민들이 '만수무강'을 비는 벽보들
이 가득했다.

역사의 뒤안길로

논란의 중심에 있는 한기총 대표회장 전광훈 목사를 만난 곳은 청와대 앞에 차려진 천막농성장이었다. 지난 6월부터 릴레이 단식투쟁을 벌이고 있는 곳이었다. 이미 100일 넘는 시간이 지나갔다. 농성 단식 투쟁의 이유는 '문재인 하야'였다.

"우리는 4.19정신으로 문재인을 끌어내릴 것입니다."

인사를 하자마자.

"문재인 하야 천만 명 서명운동에 동참하셨습니까? 기자님!"

"호호! 아직요."

"서명부터 하고 이야기해요."

"네! 알겠습니다. 호호호."

민주는 계면쩍게 웃으며 천막 앞에 놓인 서명보드에 싸인을 했다.

"목사님! 몇 년 전 '건국대통령 이승만 영화 제작' 추진하신다고 저와 인터뷰 한 번 하신 적 있는 데, 기억하시는지요?"

"아! 세종일보, 김 뭐냐 저 어 그래 김민주 기자. 아버님이 교수님이시랬지?"

"네 저희 아버님도 병원에서 서명 받으신다고 정신 없으시다 하더라고요."

"하하하. 그래야지요, 국부 이승만 장로님이 세운 이 나라를 통째로 말아먹으려고 작정한 놈들이 있는데."

"그런데 영화제작은 아직 안하시고 계시나 봐요?"

"지금 시나리오 4개를 놓고 고민 중입니다. 애국활동하다보니 모든 이야기의 시발점이 이승만 박사더라고요."

"네! 저도 이승만 특집으로 기사를 쓰고 있는데 정말 진심으로 많이 놀랐습니다."

"그렇지요. 이승만 장로님의 실체에 대해 알고 나면 다 그냥 머리가 숙여지고 존경하게 되고 따르고 싶고 배우고 싶어진다니까요. 너무 거인이라 따라갈 수 없는 위치에 있으니 그게 문제이긴 하지만요."

"그런데 왜 이승만 전 대통령 이야기를 영화로 만들 생각하셨나요?"

"그때 광복 70주년 '건국대통령 이승만의 공과(功過)'를 재조명하는 자리가 있더라고요. 제가 성도들과 자라나는 세대들에게 가르치려고 이승만 대통령을 연구해 보았어요, 그런데 놀라운 것은 어느 정도 사람의 능력을 초월한 일과 생각들이 발견됐어요. 이 대통령은 기독교 신앙을 누구에게 배워서 안 것이 아니라 예수 그리스도를 직접 만난 신앙적 체험을 갖고 있었고, 그래서 지도자적 능력뿐 아니라 선지자와 같은 모습이 나타났다고 저는 해석하고 싶었습니다."

"사실 제가 목사님을 먼 발치서 뵈서 알고 있지만 가장 최근에 관심을 갖게 된 것은 3.1절 기념식 때, '3.1절 이승만 기획설'을 주장하셨잖아요."

"하하하. 제가 그래서 또 스포트라이트를 받은 거 아닙니까? 그래 우리 김 기자님이 조사해보니 근거가 있던가요?"

"솔직히 100프로라고는 말씀 못 드리지만 90프로 이상은 가능성이 있다고 믿게 되었어요."

"솔직한 답변이네요. 그래도 90프로면 많이 후하게 주신 건데요."

"하지만 분명한 거 한 가지는 우리는 그동안 너무 이승만 전 대통령에 대해 모르고 있었다는 것이었어요."

"모르도록 또 잘못 알도록 70년간 거짓으로 산을 쌓은 사람들이 있기 때문이지요."

"저도 그거 비슷한 것을 느꼈어요. 하지만 이승만 대통령의 친일 청산 미흡 논란에 대해선 논란이 너무 많던데요."

"한 민족의 수준은 지나간 역사를 어떻게 복기하느냐에 달려 있는데, 오늘날 대한민국 사회는 여기에 문제가 있어요. 이 대통령의 1945년 귀국 당시 대한민국의 세력 구도를 먼저 이해해야만 우리가 온전히 알 수 있어요."

"좀 더 구체적으로 말씀 해주신다면."

"해방 당시 이 대통령을 비롯한 모든 지도자들은 해외에서 독립운동을 하고 있었지만, 박헌영만 국내에 있었습니다. 박헌영은 당시 무상몰수·분배 등 거짓말로 국민들을 현혹시켜, 해방 후 21일 만에 '조선민주주의공화국'을 먼저 선포하기도 했는데, 뭔가 흠집을 내기 위해 이승만의

'친일 논란'을 만들었어요. 그가 비록 숙청되어 처형되었지만, 그쪽 라인에서 이어진 세력들이 만들어낸 단어가 '이승만 친일파'란 프레임입니다."

"아! 무슨 말씀인지 알 거 같아요, 저도 그분의 행적을 쫓기 위해 한 달간 하와이며 워싱턴 그리고 뉴욕까지 탐문을 다녀왔어요. 그런데 까면 깔수록 매력에 빠져드는 분이셨어요."

"하하하, 그렇죠. 이승만 대통령에게 계속 친일을 거론하는 것은 역사적 사실도 인정하지 않는 행위입니다. 이승만 대통령은 국회에서 반민특위법을 가장 먼저 제정했어요. 북한 김일성의 지시로 공산주의 세력들이 준동하기 시작하면서 반공법을 그 다음으로 만들어 급하게 집행하게 되었어요. 그러다보니 자신들을 배척하고 쫓아낸 이승만을 '친일'이라고 말하며 비판하고 조롱하기 시작했지요, 모두 다 그들 때문에 일어난 일입니다."

"그러면 이 대통령이 독립자금을 유용했다는 주장에 대해선 어떻게 생각하세요."

"김민주 기자도 갔다 오셨지만 제가 하와이 현지에 가서 확인한 결과, 이 대통령은 미국인들에게 모금된 돈을 뺏기지 않으려 주로 주일 예배 시간에 헌금 형태로 모금했어요. 그 헌금마저 교회가 소속된 교단인 감리회의 통제를 받았어요. 그래서 단독 재단을 만들어 한국으로 가져 왔고, 학교며 기숙사를 짓는데 투입했다가 나중 동포들의 동의를 얻어 매각한 다음 그 돈으로 인천에 인하(인천-하와이)공대를 세운 것입니다."

"아 그렇군요."

"또 하나 논란의 중심에 있는 것이 남북통일 가로막은 것이라고 하던데 그 점에 대해서는요?"

"남한 단독정부 수립을 천명한 이승만 대통령이 '정읍 발언'을 하는 데 이 대통령은 '단독'이라는 단어를 사용한 적이 없어요. 이 대통령은 '북한이 저렇게 깡패같이 나오니, 가능한 지역부터, 되는 곳부터, 먼저 선거를 치르자'고 했던 것일 뿐입니다. 이는 헌법만 보면 알 수 있어요. 당시 영토를 '한반도와 그 부속도서'라고 하지 않았나요. 그러면 그분이 남한만 선거를 치러 대통령 해먹으려던 분인가요?"

전 목사는 이어서 힘주어 말한다.

"이 대통령은 당시 하늘이 내린 사람으로 보아야 합니다. 감히 범인 (凡人)으로 얕잡아 보면 안됩니다. 처음 미국에 간 이 대통령은 '워싱턴을 설득해야겠다'는 본질을 정확히 깨닫고, 4년 7개월 만에 공부를 마치면서 워싱턴을 설득할 인맥을 구축했습니다. 어떻게 그것이 가능하겠습니까? 우리나라 지도자들이 이승만에 대해 진정으로 공부해야 합니다."

"그러면 마지막으로 여쭈어 보고 싶은 것이 있습니다."

"뭔지 말해 보세요."

"어떻게 해야 이 왜곡된 역사와 평가가 바뀔까요?"

"김 기자님, 취재를 쭉 해보니 솔직히 혼란스럽지 않나요?"

"어머! 제 마음을 어떻게 아셨어요?"

"좌파들이 가장 두려워하는 게 뭔지 아세요?"

"진실이겠죠."

"그렇습니다. 모든 진실의 정점에 이승만 장로님이 계십니다. 왜냐면 그 분의 일생은 딱 두 가지로 요약이 됩니다. 첫째는 일제를 철저하게 막고 이겨내어야 한다는 것, 그것은 《독립정신》과 《재팬 인사이드 아웃》에 확고부동하게 나와 있잖아요?"

"네, 맞습니다. 우리나라 정치인 중에 이론과 실천, 양쪽을 다 겸비한 분은 이승만 전 대통령님 뿐인거 같아요."

"맞습니다. 그리고 두 번째는 공산주의의 발흥과 폐해를 정확하게 인식하여 오히려 미국과 서방세계를 경계하게 만드신 분입니다. 그래서 빨갱이들이 이승만 장로를 극도로 싫어하는 것이죠."

"아! 그래서 철저하리만치 증오하고 왜곡하고 비트는군요."

"맞아요, 이승만 정신은 곧 반공정신이고 반일정신이고, 친미를 넘어선 용미정신이기 때문이지요."

"맞아요, 6.25때도 미국을 벌벌 기게 만드신 분이 그분이시더라고요. 64년 국빈으로 미국을 방문했을 때도 가난하고 작은 나라 대통령이 오히려 그 나라 대통령처럼 행동하셨더라고요, 꿀리는 것도 없고."

"와! 우리 김민주 기자님 공부 많이 하셨네요."

"공부하면서 사명 비슷한 거까지 느꼈습니다."

"암! 그래야지요. 이 나라가 어떻게 세운 나라인데, 반일과 반공을 위해 우리 힘만으론 힘드니까 기독교 사상 위에, 하나님의 말씀 위에 세운 미국을 철저하게 이용하여 우리의 자주권을 지키고 또 같이 번영 발전하자는 것이 그분의 가장 큰 뜻이었지요."

승만은 이제 모든 것이 홀가분했다. 체력이 지력도 많이 쇠약했음을 느꼈다. 한 달 정도 이화장에 머물렀다.

"아무래도 하와이에 한 번 다녀와야겠어, 마미."

"그러시죠, 저도 가고 싶어요."

하야하고 난 후 한 달 뒤인 5월 29일 프란체스카 여사와 함께 미국

하와이로 떠나기로 결심한다.

"나라를 잘 부탁하오!"

이승만이 없는 한국에서는 자유당 정부의 외무부장관이었던 허정(許政)을 수반으로하는 과도내각이 형성되었다. 허정 내각은 민주당의 요구대로 대통령중심제의 내각책임제로 헌법을 개정한다. 그리고 1960년 7월 29일에 제5대 국회를 구성하기 위한 총선거를 실시했다.

민주당이 압도적 승리를 거둔 다음 8월 23일 국회는 윤보선을 제5대 대통령으로 선출했다. 직선제에서 간선제(間選制)로 되돌아 간 것이다. 내각책임제의 핵심인 국무총리 자리는 장면(張勉)에게 돌아갔다.

그러나 집권 여당인 민주당은 처음부터 윤보선의 구파와 장면의 신파로 나뉘어 극심한 분열을 보임으로써 그 앞날을 어둡게 했다.

문제는 숨어 있던 좌파들이었다. 4.19로 사회 각 분야의 불만이 터져 나옴에 따라 지하에 숨었던 좌파들이 머리를 들기 시작한 것이다. 7.29선거에서는 사회주의 또는 사회민주주의를 내세운 사회대중당, 한국사회당과 같은 혁신계 정당들이 참여하기 시작했다. 그러나 기성 체제에 대한 가장 큰 도전세력은 학생들이었다. 그들은 정권을 무너뜨렸다는 자부심을 가지고 있었다. 그에 따라 학교 안의 분쟁이 격화되고, 동맹휴학이 줄을 이었다. 시위는 전사회적으로 확산되어. 초·중등학생들은 물론 경찰관까지도 연일 시위를 했다. 4.19 발포 책임자들에 대한 처벌이 미흡했다는 이유로 '4월 혁명유족회' 등이 국회에 난입하여 폭력을 행사하기도 했다. 민주당 정부는 지지기반이 취약했다. 자신들의 능력으로 집권한 것이 아니었기 때문이다. 그래서 학생들의 요구에 약할 수밖에 없었다. 장면의 민주당 정부가 반공법과 데모규제법을 제정하려 하자, 학생들은 맹렬히 반대했다. 그리고 민주당 정부가 미국과 체결한 경제협정에서 원조 자금 지출에 관한 미국의 감독을 받아들이자, 학생들은 내정간섭이라고 비난했다. 민주당 정부는 혁신계의 압력에 못이겨 3만 감군을 약속하기도 했다. 또한 민주당 정부는 사회 안정을 위해 경제개발에 착수하려 했고, 그것에 대한 미국의 지원을 얻기 위해 미국의 요구대로 환율을 500 대 1에서 1300대 1로 크게 올렸다. 그러자 즉각 악성 인플레이션이 일어났다. 그리고 미국에 대해 지나치게 비굴하다는 비난이 일어났다. 장면 정부는 일본 자본이 들어오기를 기대하여 외무상이 이끄는 일본 친선사절단을 받아 들였다. 그리고 일본 상품의 수입을 허용했다. 이승만 정부 때와 비교해 그것은 파격적인 변화였다. 그러나 그것은 국민의 전반적인 반일(反日) 감정을 건드리게 됨으로써 정부가 수세에 몰리게 되는 또 다른 원인이 되었다. 학생들은 시간이 갈수록 과격해져 갔다. 그래서 장면 내각의 퇴진을 요구할 정도가 되었다. 나아가 학생들은 미군 철수를 요구함은 물론, 사회주의와 북한 체제도 옹호하기 시작했다. 학생운동이 좌경화하기 시작한 것이다. 학생들의 좌경화는 1961년 4월에 4.19 일주년을 기념하여 발표된 '4·19혁명 제2선언문'에서 뚜렷이 나타났다. 학생들은 남북학생회담을 열겠다면서, "가자 북으로, 오라 남으로"라는 구호를 외쳤다.

혁신계 정당들은 남북 협상을 추진했다. 그들은 외세를 배격하고 '중립화 통일'로 나갈 것을 요구했다. 민족주의, 중립, 좌우합작, 남북협상의 이름으로 공산주의가 용납되기 시작한 것이다. 그것은 승만이 해방 직후부터 우리나라가 결코 가서는 안된다고 막았던 길이었다.

하루가 걸려 5월 29일에 호놀룰루 공항에 도착한 승만 부부일행. 그들은 길어야 한 달이나 지낼 것으로 믿고 간단한 옷가지만을 챙겨왔었다. 교포들은 이 박사가 잠시 머물 것이라는 생각에서 월버트 최의 별장으로 모시고 갔다. 그러나 한 달이 지나도 그러나 쉽게 귀국할 것 같지 않아 보였으므로 월버트 최, 오중정 총영사 그리고 최백열 등의 측근들은 이승만 부부를 월버트 최가 팔려고 내놓았던 빈 집에 모셨다. 그것은 마키키 스트리트 2033번지의 침실 2개가 있는 작은 목조 주택이었다.

이 박사는 건강이 나빠져 트리플러 미 육군병원을 자주가야 했다. 혈압이 올라갈 위험이 있었기 때문에, 감정을 건드릴 만한 바깥세상 문제는 알리지 않았다. 그 때문에 한국에서 박정희에 의한 5.16쿠데타가 일어난 줄도 전혀 몰랐다.

"내가 미국에 있을 때 우리 아버님은 한 달에 한 번 꼴은 편지를 보내셨지. 근데 나는 조상을 모실 아들이 없어....."

1957년에 이기붕의 큰아들 이강석을 양자로 맞아들였지만, 1960년의 4·19 직후 그의 일가족은 모두 자살했다. 새로운 양자를 찾아 주기 위해 뉴욕의 이순용이 한국으로 갔다. 그는 이승만의 독립운동 동지로, 나중에 내무부 장관을 지내는 인물이었다. 그는 서울에 가서 전주 이씨 양녕대군(讓寧大君)의 17대손인 이인수(李仁秀)를 양자로 삼게 했다. 그때 잠시 승만은 전에 없던 생기가 돌았다. 하지만 승만의 머릿속에는 자나깨나 귀국 생각뿐이었다.

이승만 박사는 빈손이었다. 너무나 가난했다. 5년 2개월 동안의 하와이 생활을 하면서도 생활비조차 없었다. 이를 보다 못한 교포들과 미국인 친구들의 도움으로 살았다. 서울의 사저인 이화장을 지키는 경호원들도 겨울 그 추운 엄동설한에 자기 돈으로 연료를 사야 했다. 급기야 하와이 체류 마지막 기간에는 프란체스카 여사의 오스트리아 친정에서 매월 2백 달러를 생활비로 보내주어 겨우 생활을 버틸 수 있었다.

한때는 더 이상 오를 수 없는 권좌에 있었지만, 이제 노인이 되어 병상에 누운 그를 한국인 고위층들은 외면할 수밖에 없었다. 군사정부의 눈치를 보아야 했기 때문이다. 개중에는 끝까지 의리를 지킨 인사도 있었다. 미국 대사 발령을 받아 미국으로 가던 김정렬 장군 같은 사람들은 일부러 하와이에 들러 이 박사의 안부를 보고 가기도 했다.

1962년이 되자 이승만 박사의 귀국에 대한 열망은 더욱 더 커졌다. 트리풀러 병원의 주치의는 이 박사가 비행기를 탈 수 있는 날도 얼마 안 남았다고 진단했다. 그 때문에 귀국을 서두르기까지 했다. 그러나 끝내 승만의 귀국을 달가와하지 않는 박정희 군사정부와 언론기관들은 이승만의 사과를 요구하며 어깃장을 놓았다. 귀국을 위해 프란체스카, 오중정, 그리고 최백열은 승만과는 논의도 하지 않고 일방적으로 사과 성명을 만들어 발표했다. 그 덕에 1962년 3월 17일로 귀국하기로 정했다. 그러나 출발 사흘 전부터 이 박사는 걷기가 어려워져 휠체어에 의지해야 했다. 귀국할 것이란 소식이 알려지자 많은 교포가 달려와 작별 인사를 했다. 그러나 출발 직전 김세원 하와이 총영사가 서울 정부로부터 귀국이 허용되지 않았음을 알려왔다. 극도로 낙심한 이 박사는 그날 이후로는 스스로 걷지 못할 정도로 건강이 급속히 나빠져 갔다.

귀국이 좌절된 이승만 박사는 건강이 급속도로 악화되기 시작했다. 손발은 거의 마비되어 회복이 불가능해졌다. 이 사실이 알려지자 하와이 각처에서 동정과 호의가 잇따랐다. 하와이 교민들은 그를 끝까지 버리지 않은 것이다. 그들은 한국 정부의 처사에 대해 말할 수 없이 크게 분개했다. 나이든 노인들일수록 더했다.

이승만 박사 부부는 독립운동 시절부터 잘 알고 지내온 부유한 딜링햄 씨의 주선으로 마우날라니 요양원으로 거처를 옮겼다. 딜링햄은 그 요양원의 최대 후원자였던 것이다.

요양원측은 이승만 박사를 무료로 모시는 한편, 프란체스카 여사에게는 간호보조원 자격으로 대우해 본관 건물 뒤편의 고용인 숙소에 머물게 해주었다.

프란체스카 여사의 간병은 헌신적인 것이었다. 아침부터 저녁까지 부인은 항상 이승만 박사 옆에서 성경을 읽어 주고 찬송가를 불러 주고, 마비된 손발을 주물러 주었다. 하와이 생활 5년 동안 그녀는 이승만 박사의 그림자처럼 붙어 다녔다. 교포들은 헌신적인 부부 사랑에 감동할 지경이었다.

1964년에 들어서면서 이승만 박사의 병세가 악화되었다. 위에서 내출혈이 심하게 일어나 급히 퀸즈 병원으로 옮겨 응급처치를 받았다. 그 사실을 호놀룰루 텔레비전 방송 등 하와이 언론들이 자세히 보도했다.

그 무렵 이승만 박사는 펌프로 움직이는 호스를 입 속에 꽂아 연명했다. 프란체스카 여사는 가끔씩 우유를 그 호스를 통해 넣어 주었다.

1965년 7월 18일 밤 열시가 넘으면서 임종의 순간이 닥아오고 있었다. 이승만 박사의 침대 곁에는 프란체스카 여사와 최백렬, 그리고 서울에서 살다가 급히 연락을 받고 달려온 양자 이인수가 서 있었다. 병실 밖에는 오중정, 윌버트 최, 그리고 조선일보 통신원 차지수가 있었다. 마침내 1965년 7월 19일 0시 35분에 이승만 박사는 호스를 입에 문 채 조용히 숨을 거두었다. 향년 90세였다.

독립운동으로 나라를 세우고, 전쟁으로부터 나라를 지키느라고 전 생애를 아낌없이 불살랐던 위대한 한국인 이승만은 멀리 떨어진 땅 하와이에서 고국을 그리다 쓸쓸한 최후를 맞이했던 것이다.

고인(故人)의 영구는 7월 21일 오후에 고인이 세웠던 한인기독교회 안에 안치되었다.

하와이의 모든 방송매체들이 애도 방송을 했다. 그리고 수많은 미국인들과 교민들이 문상을 하기 위해 모여들었다.

저녁에 영결예배가 끝나자, 고인의 영구는 하와이 경찰의 호위를 받으며 진주만의 히컴 공군기지로 움직였다. 이때 프란체스카 여사는 기력이 떨어져 두 번이나 졸도했다. 그 때문에 그녀는 서울로 운구를 따라가지 못했다.

히컴 공군기지에서는 미군 의장대가 나와서 사열하는 가운데 조포가 발사되었다. 그리고는 그를 존경하던 미군 장군들의 추도사가 이어졌다.

이윽고 유해가 C-118 미군 수송기에 실리자, 뒤늦게 따라온 밴 플리트 장군을 포함해 16명이 비행기에 올랐다. 수송기는 1965년 7월 21일 밤 11시 정각에 서울로 출발했다.

7월 27일 이 박사의 영구는 그의 모교인 배재고등학교 학생들이 든 만장의 행렬과 함께 그가 평소에 다니던 정동 제일감리교회로 옮겨졌다. 그리고 나서 김광우 목사 주례로 영결예배를 가졌다.

예배 후 자동차 편으로 동작동 국군묘지까지 갈 예정이었다. 그러나 길거리에는 위대한 애국자의 마지막 길을 지켜보기 위해 나온 사람들로 넘쳐나, 정상적인 차량 운행이 불가능했다. 만장 573개를 앞세운 행렬에 100만이 넘는 시민들이 나와 추모했다. 그 때문에 운구는 사람이 걷는 속도로 느리게 움직여, 오후 3시에야 동작동의 국립묘지에 도착했다.

운구가 도착하자 미리 마련된 장지 앞에서 영결식이 있었다. 숭의여자고등학교 합창단의 조가(弔歌)가 울려 퍼지는 가운데 운구는 땅에 내려졌다. 그리고는 "해 저물어 날 이미 어두니"라는 조용한 찬송가 소리와 함께 조용히 묻혔다.[38]

---

38) 이주영. 건국이념보급회 이승만 포럼 대표.

42

밝혀지는 비밀들

민주는 모든 자료 정리가 끝나자 가슴이 먹먹해졌다. 마치 모세를 보는 듯 했다. 일생동안 이스라엘 백성들을 이끌고 가나안을 향해 진격해 들어갔지만 자신은 정작 가데스바네아에서 마지막 임무를 다 마치고 가나안땅을 목전에 둔 모압 평지에 도착했을 무렵 그는 결국 가나안 땅을 들어가지 못했다.

"너는 그것을 보기는 하되 들어가지 못할 것이라"

하나님은 세 번 모세에게 가나안땅에는 들어가지 못할 것을 말씀하셨다. 그곳 모압 평지에 있는 느봇산에서 백 이십 세로 쓸쓸하게 생을 마감하였던 것이다. 국부라고 불러주던 이승만은 그렇게 조용히 하나님 품으로 들어갔다.

1960년 5월 29일 주일에 하와이로 출국하여 1965년 7월 19일 월요일에 소천할 때까지 5년 2개월 정도를 하와이에서 생활할 때에 매일 식사 때마다 똑같은 기도를 하였다고 한다.

"하나님 아버지, 일용 양식 주시고, 살펴주셔서 감사합니다. 그런데 제가 이제는 심신이 허약해서 하나님이 주신 사명(북진자유평화통일, 미국을 능가하는 초 인류강대국)을 감당할 수 없습니다. 이제 하나님이 우리 민족을 축복해 주소서(특히 북괴 공산정권에서 신음하는) 북한 동포들을 하루 속히 구원하여 주시옵소서."

임종을 할 무렵에도 눈이 거의 다 감겼지만 나라와 민족을 위한 기도를 했다.

"이제 저의 천명이 다하여 감에 아버지께서 저에게 주신 사명을 감당치 못하겠나이다. 몸과 마음이 너무 늙어버렸습니다. 바라옵건대, 우리 민족의 앞날에 주님의 은총과 축복이 함께 하시옵소서. 우리 민족을 오직 주님께 맡기고 가겠나이다. 우리 민족이 굳세게 서서 다시는 종의 멍에를 메지 않도록 하여 주시옵소서."

그 기도는 한성감옥에서 처음 주님을 만나던 때의 그 기도였다.

"하나님 내 영혼을 당신께 맡기나이다, 하나님 우리나라와 민족을 당신께 맡기나이다."

그 기도를 따라 평생을 "독립과 미국과 같은 기독교 국가 건국"이라는 비전을 본인의 사명으로 또한 하늘이 주신 천명(The Mandate of Heaven)으로 품고 70평생을 달려왔다. 어떤 상황에서도 오직 감사의 기도로 고난을 헤쳐 왔다. 이때부터 이승만 청년, 이승만 유학생. 이승만 박사, 국부 이승만 대통령의 평생 기도는 순간순간 "사명을 감당할 지혜와 능력"을 구하는 것이었다. 회심 이후 단 1초와 단 1$, 1원도 사사로이 개인적으로 사용하지 않고, 오직 독립과 건국과 북진자유평화통일을 위해서 사용하였다. 그리고 항상 간구하기는 호흡이 끊어지는 순간까지도 자신의 장수와 부귀와 영화와 명예가 아니었다.

"한민족이 하나님의 축복을 받아 세계 모든 만민들에게 유익을 주고, 복을 끼치는 복의 근원의 사명을 감당하는 세계 제일의 민족이 되게 해 주십시오, 주님!"

"어이 김 기자 어디야?"

"아! 네 저 취재차 외국 갔다가 이제 돌아와 시차 적응하고 있어요."

"안 바쁘면 서(署)로 좀 오지."

"왜요!"

"아무래도 수사가 싱겁게 끝날 거 같애."

"네! 그게 또 무슨 말이에요?"

"일단 와 보면 알아."

"네, 지금 차 돌릴게요."

민주는 무슨 일일까 싶어 급하게 차를 몰았다.

종로서 강력계로 가니 조 목사님의 자제분들이 모두 다 있었다.

"안녕하세요."

"안녕하세요."

"그런데 다들 어쩐 일로...."

"응, 일단 좀 앉아, 아무래도 일이 좀 싱겁게 끝날 거 같애."

"그건 또 무슨 말씀인지."

"자! 봐. 이분들이 진단서를 가져오셨는데. 어머님이 알츠하이며 병을 오래 앓으셨대."

"네! 치매요?"

"그래"

알츠하이머병은 치매의 가장 흔한 형태가 아닌가. 75%의 치매 환자가 알츠하이머병이라고 알고 있었다. 사실 주변에도 부모님들의 치매 때문에 힘들어하는 가족들이 많다는 것은 이미 현대엔 흔한 일상이 되어버렸다.

"치료는 증상을 일시적으로 개선 할 수 있지만 증상을 멈추거나 진행을 역전시킬 수는 없다고 하던데. 얼마나 오래 되셨어요."

"저희 어머님의 경우엔 증상이 나타나신 것은 3년 정도 되었지만 확진을 받은 것은 한국에 와서였어요. 어머니의 경우는 망상증과 같이 와서 늘 뭘 찾아야 된다고 말씀하시며 서류 같은 것을 품에 안고 다니셨거든요."

"아!"

"의사들의 소견을 종합적으로 들어보니 아무래도 어머니는 어떤 환청이나 환상 같은 것을 보고 물로 들어가지 않으셨을까 생각을 했어요."

"네! 그럴 수 있죠."

"아버님이 잠시 한 눈을 파는 사이에 얕은 물에 들어갔는데 그기에 웅덩이가 있었나 봅니다. 깊이를 알 수 없는."

"그래서요. 어머님이 물에 빠지시니. 아버님은 어머님을 구해보려고 하다 건지시다 같이 물에 빠지신 것 같아요."

"그것을 어떻게 증명하죠."

"저희 이야기가 대대적으로 뉴스에 나가니 멀리 떨어지지 않은 언덕 위 펜션에서 목격하신 분이 제보를 해오셨어요."

"아니! 그럼 그때 제보하지 않으시고요."

"그때는 두 분 노인이 얕은 물에서 올갱이나 다슬기같은 것을 잡는 줄 알고 유심히 보지 않았대요."

"아! 그렇군요. 그런데 어떻게 같이 발견되신 건지."

"그건 아마 아버지가 어머니를 놓지 않으려고 늘 어머니가 가로로 메고 다니시는 가방끈을 잡아 자신의 손에 묶으셨던 것이 아닌가 생각을 한다는 군요."

"그것은 또 어떻게 알았죠."

"네 감식결과 가방에 메고 있던 끈의 자국이 아버님의 오른 손에 그대로 남아 있는 것을 보고 알 수 있다고 하더군요."

"그러면 인천에 있는 대학이니 땅 문서니 하는 것들은요?"

"네! 그것은 저희 조상들 시대에 하와이에서는 많은 갈등들이 있었는데, 어머니네 가족과 아버님의 가족은 서로 대립하는 관계였다고 하더군요."

"아! 그랬군요."

"원래는 두 분다 같은 교회에서 자라셨고 나중엔 서로 사랑하는 사이가 되셨는데, 외할아버지가 간부셨는데 피습을 당하셨고 그리고 무슨 문서를 맡기며 그것을 잘 간직했다가 나중 한국에 갔다주라는 이야기를 하셨다고 하더라고요."

"그런데요."

"사실 그건 다 지나간 이야기고 잊어버린 이야기인데. 알츠하이머 병이 가장 최근 기억부터 하나씩 둘 씩 잊혀져 가는데 가장 강렬했던 기억을 중심으로 새로운 세계가 형성된다네요. 그래서 망상으로 발전하는 것이고요."

"네! 대충 이해가 되네요."

"야! 김기자 그런데 인천에 있는 대학은 무슨 이야기야?"

"아! 저도 이번에 알았는데. 인하대학 아시죠?"

"알지!"

"그 대학이 왜 인하대학인지 아세요?"

"서로 인하하라는 뜻 아닌가?"

"에이! 그건 인화고요. 인하와 인화는 다르죠!"

"그런가. 아 몰랑, 난 무식해서."

"그 인하란 명칭은 인천과 하와이의 머릿글자만 따서 만든 것이랍니다."

"왜?"

"인하대학이 글쎄 하와이 동포들의 성금, 더 정확하게 말하자면 이승만 박사님이 운영하던 중앙한인기독학교의 매각대금이 기초가 되어 지어졌기 때문이래요."

"아! 진짜, 대박!"

"저도 이번에 알았어요, 우린 보통 대한항공이 출연해 지은 학교로 알았잖아요?"

"그러게, 거기에 항공학과가 유명하니까?"

"그런데 이승만 박사님이 한국의 MIT가 되라고 1954년 6.25가 끝나자 말자. 지어 개교했대요."

"그랬구나."

"아마 조광복 목사님이나 사모님의 부모님들은 이승만 박사가 세운

학교에 아낌없이 투자를 해주신 분들일 거에요. 그리고 그 매각대금을 하와이 동포들을 위해 쓰지 않고 전쟁으로 초토화가 된 이 나라의 후학들을 위해 내어 주셨으니 말입니다."

"야. 무슨 영화찍는 거 같애."

"저도 이번에 취재하면서 느낀게 많았어요."

"아무튼 고생했어, 가족들도 애먼 고생들 많이 하셨고."

"감사합니다."

그 일후에 민주는 인하대학교에서 이승만 박사의 흉상을 세우려다가 저지당한 일이 있다는 소식을 듣고 취재를 할 겸 방문했다.

그것은 개교 60주년을 기념해 지은 기념관에 우남 이승만 대통령의 흉상을 세우겠다는 계획이었던 것으로 기억한다. 또 몇 년 전에는 동상을 세우겠다는 계획과 논란이 있었는데 이번에는 흉상으로 규모를 줄이고 기념관 내부에 인하학원의 전 이사장 고(故) 조중훈 한진그룹 회장의 흉상과 같이 세우는 문제를 가지고 갈등이 여러 차례 있었다는 것이다.

지난번 조 목사님 부부의 죽음과 관련이 있기 전에는 인하대학교의 설립과 이승만 전 대통령의 관계가 있는 줄을 몰랐다가 다시 생각해보니 흉상 아니면 동상을 세운다고 하기에 '그렇다면 인하대는 이승만 전 대통령이 세우신건가?"하는 의구심이 들어 다시 살펴본 것이다.

그래서 확인 해 보았더니 이승만 전 대통령은 원래 교육자로 출발하셨다는 것을 깨닫게 되었다. 그래서 대한민국이 공업입국이 되도록 하기 위해 동양의 MIT를 꿈꾸며 늘 귀국하면 공대를 세우겠다는 꿈을 가졌다는 것이었다.

그래서 이제는 더 이상 필요 없어진 하와이 한인기독학원의 매각 대금을 받아와 이 학교를 설립하는 데 사용했다는 것이다. 민주는 적이 놀랐다. 그래서 인하대 구성원 인하대의 역사를 이야기할 때 이승만의 공을 빼놓기는 어렵다고 하면서도. 독재자로 국민이 쫓아낸 대통령이라는 이유로, 친일파를 비호하고 한국전쟁 때 국민을 속이고 도망치듯 서울을 떠난 무능한 대통령이라는 거짓 프레임으로 비판하고 있는 것을 알고 두 번 놀랐다.

1979년에 인하대 인경호 근방에 이승만의 동상이 있었다고 한다. 그리고 본관 옆에 있는 비행기의 제호도 '우남호'이다. 뿐만 아니라 옛 정문에서 학생회관을 잇는 길의 이름이 '우남로'라는 것도 이번에 알았다.

6.25가 막 끝나고 이승만 전 대통령이 국빈 자격으로 미국을 방문하던 그해 이승만 전 대통령은 하와이 동포들의 성금과 한인 기독교학교 매각 대금 등 15만 달러, 정부 출연금 6000만환, 국민 성금 2774만 3249환으로 인하대를 개교하기에 이르렀던 것이다. 학교의 이름은 인천의 인자와 하와이의 하자 합쳐 인하공업대학교라고 한 것이다. 이름에서부터 빼도 밖도 못할 사연이 들어가 있는 것이다. 인하대는 이승만 전 대통령의 학교 설립 공적을 기리기 위해 동상 설치가 필요하다며 지난 1979년 2월 학교 내 호수 북쪽에 높이 6.3m의 이 전 대통령 흉상을 설치했었다.

그런데 1980년대 초 반독재 민주화운동과 맞물려 이 전 대통령의 독재와 친일 행적을 비판하기 시작한 인하대 학생들은 1983년 10월 이 전 대통령의 동상을 철거해 버렸던 것이다. 철거된 이 동상은 현재 서울 모처에 보관 중이란다.

학교 쪽은 지난 2010년 동상 재건을 추진했지만, 거센 반발 여론에 부딪혔고 계속해서 시도하는 측과 반대하는 측이 실갱이를 하고 있다는 것을 알았다. 그런데 세월이 지나면 잊혀지고 은혜를 잊어버리는 것이 인간이다. 이승만 전 대통령이나 하와이교포들이 인하대 설립에 기여한 부분을 알 수 있는 공간이나 자료는 보기 어렵다는 이유로 게다가 전 국민이 성금을 모은 내용 역시 알기 어렵다는 이유로 철저하게 무시당하고 왜곡되고 있음을 보고 심히 마음이 아팠다.

'아! 내가 차라리 아무 것도 몰랐더라면 좋았을 것을'

취재를 하고 자료를 정리하면서 어쩔 땐 화가 나고 눈물이 나서 견딜 수 없었던 때도 있었다.

민주는 지난 번 하와이를 탐방하면서 1903년 첫 이민을 갔던 한인 노동자 1세대의 이야기를 들었다. 그들 102명은 먹고 살기 위해 국내 최초로 하와이 사탕수수 농장으로 이민을 떠났던 것이다. 그런 그들이 이승만이라는 위대한 지도자를 만나 하와이에 작은 나라를 세우는 경험을 한다. 하와이 섬 8개를 조선의 8도라 부르며, 곳곳에 농장이며 공장을 짓고 또 자라나는 후세대를 위해 학교를 지음으로 스무 해가 가기 전에 그들은 원주민 세대 다음으로 자리를 확고하게 잡았다.

이승만 전 대통령은 하와이를 본거지로 하여 독립운동을 전개했고, 하와이의 교인들과 교포들의 정치헌금으로 임시정부를 돕고 워싱턴 정가에서 외교적 독립투쟁을 한 것이다. 그러다가 조국의 해방을 맞았고. 이제는 당당히 모국이 생긴 동포들은 6·25 와중이던 1952년 하와이 교포 이주 50주년 기념사업으로 뒤떨어진 우리나라의 공업 수준을 향상시키기 위해 당시 대통령이던 이승만 박사의 발의로 한인기독학원의 매각대금을 출연하게 되는 것이다. 그 학교가 어떤 곳인가. 하와이 교포의 2세 교육을 위해 이승만 박사가 운영했던 한인 기독학원이 아니었던가. 동포들은 돈이 모자랄까와 처분대금에 보태어 성금까지 모아 기부를 했다. 그렇게 해서 생긴 것이 '재단법인 인하학원'이었다.

이덕희여사는 『하와이 이민 100년, 그들은 어떻게 살았나』의 책을 저술하신 분이다. 그는 1963년 대학(이화여대)을 졸업한 전형적인 4·19 세대였다. 당연히 이승만에 대해 부정적이었다고 한다. 개인적인 아픔도 있었다고 한다. 경기여고 시절 정동교회에 다녔는데, 당시 이 대통령은 일요일에 종종 그 교회를 찾았다. 당연히 삼엄한 경호가 펼쳐졌다. 여고생 이덕희는 친구들에게 농담을 했다. "애국자가 따로 있니, 국을 좋아하면 애국자지." 웃자고 한 얘기였는데, 그게 '국가원수 모독죄'가 될 줄 몰랐다. 바로 경호원에게 끌려갔다. 지도교사가 싹싹 빌고 나서야 귀가할 수 있었다고 한다.

이씨는 하와이에서 도시계획을 담당한 공무원으로 근무했다. 자연히 호놀룰루 곳곳의 민족별 타운에 관심을 갖게 되면서 한인타운과 역사에 대해 빠져들었던 것이다. 그러다 이승만의 기록과 흔적들을 만나면서 혼란에 빠지게 된다. 그가 이승만에 대해 생각을 바꾼 계기가 된 것이다.

그는 "(이승만에 대한) 과거의 연구는 대부분 '분열'과 '독재자'라는 부정적인 면에 초점이 맞춰져 있었다"며 "하지만 직접 연구하다 보니 이승만의 긍정적 부분들이 많이 가려져 있음을 발견했다"고 중앙일보의 인터뷰에서 말했다.[39] 나도 같은 케이스다. 캐면 캘수록 가리워지고, 덧칠해지고, 부분적으론 사라져버린 이승만 전 대통령의 업적을 찾게 되었다.

그런데 일각에서는 이승만 전 대통령이 한인기독학원의 매각대금 17만 불을 개인적으로 착복하여 유용했다는 소문이 떠 돌기 시작했다. 그 발단이 된 것이 하와이 망명 시에 일어난 거짓 정보 때문이었다.

그때가 1960년 5월 29일 새벽이었다. 이승만 대통령 내외는 이화장

---

39) 2010.04.05. "중앙선데이"

근무 직원들에게 "돌아올 때까지 집을 잘 보라"는 말을 남기고 이화장을 떠나 호놀룰루로 갔다. 당시 미국 신문에 이승만 대통령 내외가 하와이에 올 때 17만 달러를 가져왔다는 오보가 실리는 바람에 호놀룰루 공항 세관에서 철저한 세관 검색을 받았다. 세관 직원이 프란체스카 여사의 가방을 열자 달러는 고사하고 헌 옷가지 몇 점이 나왔다. 이승만을 음해하려는 자들이 그렇게 거짓 정보로 이승만 전 대통령 내외를 괴롭힌 것이다.

한인기독학원의 매각대금뿐 아니라 이승만 전 대통령의 하와이 체류시절 설립한 동지회의 사무실 건물인 '동지회관'도 매각하여 절반은 인하공대 설립자금으로, 나머지는 동지회 자녀들의 장학금으로 활용되었다고 할 정도로 돈의 사용과 흐름에 대해서는 철두철미 했다.

이승만을 독립운동 자금을 가로챈 '죄질 나쁜 횡령범'으로 묘사한 것은 당시에도 있었기 때문이다. 지금도 반(反)이승만 세력들은 일방적인 말로 사실을 왜곡하고 있다는 비판이 여러 군데서 나오고 있다. 이승만은 그 모든 자금들을 횡령한 것이 아니라, 한인기독학원을 설립하고 기숙사를 짓고 그리고 해방과 독립 후에는 인하대학교 설립 등에 사용했다는 연구가 축적돼 있기에 얼마든지 해명이 가능하다는 사실을 발견했다.

그러던 찰나에 아주 흥미 있는 영상이 있다는 것을 발견했다. 그것은 민족문제연구소라는 곳에서 제작한 다큐멘터리 '백년전쟁'이었다. 다큐에서는 이승만 전 대통령을 마치 자신의 사리사욕만을 위해 독립운동을 한 악질 친일파, 또는 24살이나 어린 여성과 성범죄(불륜)에 연루된 파렴치한 등으로 묘사하고 있다. 이외에도 'A급 민족반역자', '하와이깡패' 등의 표현을 실었다. 이점에 대해 오인환 전 공보처 장관은 단호하게 말한다.

"나도 그것을 봤다. 이승만이 친일파이고 46세 때 여대생 노디 김과 미국 여행을 하면서 부적절한 관계를 맺었다는 암시가 나오는데 내 입장은 '근본을 봐야 한다는 것'이다. 이 박사가 하와이를 기반으로 독립외교 활동을 하는 중에 프란체스카 여사와 결혼하겠다고 하자 하와이 분위기가 어땠을 줄 아나. 부인회 부녀자들이 통곡을 했다. 독립운동 하던 그를 뒷바라지하기 위해 쌀을 걷고 떡을 빚어 판돈을 워싱턴에 보냈는데 외국 여자와 결혼한다니 민족적 배신감을 느꼈던 것이다. 그는 당시 하와이 여성 교포들에게 선망의 대상이었다. 따라서 그가 여성 한 사람과 부적절한 관계를 갖게 되면 모든 여성이 등을 돌릴 만한 상황이었다. '백년전쟁'은 명백한 왜곡이다. 역사는 배경까지 들여다봐야 한다. 실체는 거기에 있다."[40]

그렇다면 백년전쟁을 제작한 민족문제연구소는 어떤 단체인가 민주는 궁금했다.

그 단체는 1991년 설립된 좌파 성향의 역사연구단체로 구성원들의 이념 편향성 논란이 일었던 바 있었다. 민족문제연구소의 소장인 임헌영은 1979년 적발된 공안사건 '남조선민족해방전선'(남민전)사건에 연루됐던 인물이었다. 남민전은 안용웅(安龍雄) 등이 월북(越北), 김일성에게 사업보고서를 제출하는 등 북한으로부터 구체적인 대남사업과 활동을 지시·통제를 받아 온 공산혁명조직이었다.

참으로 아이러니했다, 이승만 전 대통령이 평생을 주장한 것이 '자유

---

40) 2013.5.20. 동아일보. 오인환기고. 이들은 이승만 전 대통령의 '성범죄' 연루 의혹을 묘사해 사자명예훼손 혐의로 기소되어 재판중이다. 현재 1.2심에서는 무죄를 선고받았다. 사실상 사법부가 '이승만 VS 반(反)이승만' 세력 싸움 속 반(反)이승만 세력의 손을 들어준 것이다.

를 얻었으니 다시는 종의 멍에를 매지 말라'였다. 그런데 그 자유를 좌파들은 마음껏 누리고 있는 것이다. 기사가 거의 마무리되어갈 무렵 대한민국은 또 한 사람의 사회주의자 때문에 온 나라가 시끌벅적하다. 한 나라 공화국의 법무장관을 바라보는 사람이 스스로 사회주의라고 말해도 되는 나라가 참으로 대견하다. 그 자유를 누가 주었는지 한 번만 생각해 보고, 그 자유가 없이 70년이 넘도록 세습을 통하여 독재를 하는 그 나라를 생각해 본다면, 오늘 우리의 이런 난맥상은 없을 것인데 하는 생각이 들었다.

대검찰청 공안부는 "(남민전사건은) 북한과 연계된 간첩단 사건이자 남한혁명 단체로서의 정통성을 계승한 비밀지하당 사건"이라며 "이는 북한의 대남전략에 따른 인민민주주의 혁명을 기도하면서 그들의 전략을 교과서적 지침으로 활용한 전형적인 국가변란기도 사건"이라고 했다.[41]

또한 대표적인 인물이 민족문제연구소 연구위원이었던 강정구 전 동국대 교수다. 그는 2005년 한 인터넷 매체 칼럼을 통해 "6.25 전쟁은 통일전쟁이었다"고 했다.

'백년전쟁'에서 이승만을 '하와이 갱스터'로 지칭한 데 대해서도 오인환 전 장관은 "접근이 복잡하다"고 하면서 다음과 같이 짚어 준다.

"이 전 대통령은 하와이에서 독립운동을 할 당시 동지였던 박용만과 맞서면서 마키아벨리즘적 음모자 측면을 보이지만, 이는 크게 보면 '하와이 교포를 누가 장악하느냐 하는 주도권 싸움'이었다. 당시 자금줄이라고는 하와이 교포뿐이던 상황에서 독립운동을 이어나가려면 이들의

---

41) 1981년 10월20일 발간,《좌익사건실록(이하 '실록')》

지지를 잡을 수밖에 없었다. 이승만은 박용만의 무장투쟁론이 현실적으로 성취되기가 어렵다고 생각했다."

언론닷컴에 실린 글이 이승만에 덧씌워진 마녀사냥적 오해를 아주 잘 풀어주고 있었다. 그 내용은 2013년 4월 1일[42])에 실린 것이었는데 정리해보면서 취재의 자료로 삼았던 기억이 있다.

- 이승만이 하와이 갱스터라고? 이승만이 갱스터라면 이 세상의 모든 지도자는 갱스터다!

- 백년전쟁의 역사날조는 끝이 없다. 이승만 박사를 하와이의 갱스터로 표현하고 있다. 갱스터가 무슨 뜻인가? 갱단에 속한 범죄자를 말한다. 그런데 이승만 박사는 범죄를 저지른 적이 없다. 아마 이승만을 추종하는 사람이 많으니 그런 뜻으로 갱스터라고 표현하였는지는 모르지만 추종자가 많아서 갱스터라고 말하는 것은 사실의 변조요 날조다. 동영상에서 이승만 추종자가 엄청나게 많았다는 것을 인정한다. 그런데 하와이에 이민 와 있는 동포들이 이승만을 따른 이유는 그가 범죄 집단의 두목이기 때문이 아니라 그를 존경하기 때문이다.(중략) 하와이라는 황량한 곳에 이민 와서 정착하는 것이 쉬운 일이 아니다. 그것도 사탕수수농장 노동자로 이민와서 미국사회에 적응하는 것이 쉬운 일이 아니다. 그 때 미국에서도 최고의 대학에서 공부하고 미국인들도 존경하는 이승만박사가 나타났으니 교민들이야 얼마나 자랑스럽고 존경스러웠겠는지 짐작하고도 남는다. 게다가 개인적 이익을 위해서 자신의 지위를 이용하는 것이 아니라 순수히 한국의 독립을 위해서 독립정신을 고취하기 위해 학교를 맡아 교육에 열정을 쏟았으니 교민들의 기대가 얼마

---

42) 2013년 3월30일 〈자유통일과 이승만과 한글만쓰기〉정창인 자유통일포럼 대표.

나 컸었는지 알 수 있다.(중략) 그런데 이승만을 죽이기 위해 이승만을 단지 추종자가 많았다고 갱스터라고 표현하는 것은 양심도 없고 정의감도 없는 오 패륜아들이나 할 수 있는 일이다.

- 박용만과의 우정은 변함이 없었다.

- 이 동영상에서는 이승만과 박용만 사이에 상당한 갈등과 적대감이 존재하였던 것처럼 묘사하고 있지만 당시 하와이 언론에 보도된 내용을 종합적으로 검토하면 두 사람 사이에 원수처럼 대하는 적대감은 전혀 없었으며 단지 그러한 소문이 무성했던 것 같다. (중략) 궁금한 사람은 전회 글에서 말했듯이 미국 국회 도서관에 들어가 당시 언론 보도 내용을 직접 읽어 보면 된다. 또한 동영상은 하와이 국민회 이야기를 하면서 이승만이 국민회를 장악하기 위해 폭력도 마다하지 않았다는 식으로 매도하면서 몇 명의 동조자의 인터뷰를 삽입하였다. 인터뷰에 응한 사람들은 이승만을 나쁜 사람으로 매도하고 있다. 그럴 수 있다. 하와이에 이승만을 싫어하는 사람도 있었다. 싫어하는 사람은 그냥 싫어하는 것이 아니라 무지하게 싫어한다. 아마 이승만을 나쁘게 말하는 이 사람들은 하와이 국민회에서 끝까지 저항한 20여명의 후손일 것이다.
(중략) 그리고 자신들을 이승만 지지자들이 죽이겠다고 결의를 하였느니 또는 학생들에게 곤봉까지 주면서 대항하도록 부추겼다는 고발기사도 있다. 그러나 이 기사들은 모두 부정된다. 말하자면 지어낸 이야기라고밖에 볼 수 없다. 여기 인터뷰에 응한 사람들은 아마 그 때 회계부정으로 축출된 국민회 간부들의 후손일 것이다. 당시 국민회에서는 선거를 통해 회장을 교체하였다. 그리고 박용만이나 이승만은 이 국민회 간부가 아니었다. 국민회 회원들이 이승만을 지지한 것은 이승만의 교육노선에 동조하고 박용만의 군사훈련에 반대했기 때문이다. 그리고 이

승만을 지지하는 사람들은 후에 동지회라는 별도의 조직을 만들어 이승만을 재정적으로 뒷받침하였다.

- 이승만이 사이비 기독교인? 현란한 부동산 재테크? 무식하면 용감하다더니, 정말 무식하구나.

- 해설자는 이승만이 사이비 기독교인이라고 매도하면서 국민회를 장악하기 위해 피 튀기는 테러까지 감행했다고 말한다. 그리고 네 이웃의 재물을 탐하지 말라는 십계명도 어기고 현란한 부동산 재테크에 착수했다고 한다. 인간이 이렇게 잔인할 수 있을까? 이 동영상이 어떻게 사실을 조작하였는지, 그것도 무식하기 때문에 사건을 조작할 수밖에 없는 사정을 보여주겠다.

김상철 변호사가 생전에 전한 말이다. 자신이 프란체스카 여사에게 이승만 하면 가장 기억에 남는 것이 무엇인가 물었다고 한다. 그러자 프란체스카 여사는 한참 생각하더니, 추운 겨울에 마루바닥에 무릎 꿇고 앉아 기도하는 모습이라고 했다고 한다. 이승만을 독실한 기독교 신자였다. 김상철 변호사는 문산에 있는 매미한국 건물에 이승만을 추모하는 기념관을 별도로 유지하고 있다.

동영상은 여학생 기숙사 건립기금 2,400달러로 부동산을 구입하고, 바로 그날 그 부동산을 판 프레드 베링거에게 그 땅을 담보로 잡히고 1,400달러를 빌렸다고 말한다. 이것은 동영상에서 제시한 부동산매매계약서를 잘못 이해한 것이다. 이것은 땅을 담보로 돈을 빌린 서류가 아니라, 땅을 구입할 때 구입대금 중 1.400달러가 부족해서 땅주인으로부터 일 년에 걸쳐 할부로 갚아도 좋다는 모기지 계약을 한 것이다. 이승만의 신용이 나쁘다면 절대로 이런 계약은 있을 수 없다. 이 계약은 이승만 개인의 신용이 좋다는 것을 보여준다. 이미 이에 대한 글을 쓴 것이 있어 그대로 여기에 옮겨 놓는다.

- 부동산 담보로 1,400달러를 현금으로 차용? 무식해서 문서를 잘못 해석한 것

백년전쟁에서는 이승만 대통령에 대한 인격살인을 하기 위해 역사적 사건의 변조 및 날조를 일삼고 있는데, 그 중에는 무식해서 문서의 의미를 제대로 이해하지 못해서 저지른 악담도 있다. 지난번에 여학생 기숙사를 단돈 $1에 매입하였다고 주장하는 것이 미국의 소유권 등기에 대해 제대로 이해하지 못해 저지른 엉터리 해석임을 이미 밝혔다. 그 주장 바로 앞에 이승만박사가 여학생 기숙사를 건축할 부지를 $2,400에 매입하였는데, 매입 당일 그 부지를 원 소유주에게 저당 잡히고 $1,400를 현금으로 차용하여 착복하고 나중에 하와이 국민회에 떠 넘겼다고 악담을 하고 있다.

이것도 미국의 부동산 매매 관행을 제대로 이해하지 못해서, 즉 무식해서 문서의 의미를 제대로 이해하지 못하고서 이승만박사를 부도덕한 인물로 매도한 경우다.(중략) 이 모든 비난이 민족문제연구소나 4·9평화재단, 또는 이 동영상을 만든 제작자 또는 참여자들의 무식에서 비롯된 것이다(중략) 이 동영상에 출연하는 서중석, 주진오, 이만열 등 민중사관을 가진 사학자들이 모두 외국의 문물을 제대로 이해하지 못하는 우물 안 개구리들이다. 한국에서 열심히 공부했지만 세계 문화를 이해할 정도의 수준에 이르지 못했다. 그러니 학자인양 하면서 권위 있게 하와이에 가서 자료를 획득해서 제대로 이승만 박사를 한번 욕보이려고 마음먹고 일을 벌렸는데, 오히려 자신들의 무식만 폭로되었으니, 가련한 놈들이다.

이 동영상에 이승만박사가 교민성금 $2,400로 부지를 매입한 뒤, 당일에 그 부지를 저당을 잡히고 그 부지를 판 주인에게서 $1,400을 빌렸다고 주장한다. 다음 화면이 그 주장을 하는 장면이다. 그러나 이 문서를 캡쳐해서 보면 이것은 바로 모기지 계약서임을 알 수 있다. 계약서 일부

를 동영상에서 공개했다. 그 영상을 캡쳐한 화면이 다음과 같다.

이 화면에 의하면 이승만이 mortgagor이며 그 땅의 원 소유주가 mortgagee로 표기 되어있다. 그리고 $1,400을 mortgagor가 mortgagee로부터 빌린 것으로 되어 있다. 이것은 정상적인 부동산매매계약이다. 다만 부동산 매입자가 그 대금을 다 지불할 수가 없어 부동산을 매각하는 주인이 부족한 금액 $1,400을 할부로 천천히 갚도록 소위 말하는 owner financing을 한 것이다. 다시 말하면, 이승만 박사가 그 땅을 원 소유주에게 저당 잡히고 현금을 $1,400을 빌린 것이 아니라, 이승만 박사가 부지 매입 대금 중 $1,400부족하여 주인이 스스로 대출을 해 준 것이다.

(중략) 땅 주인은 이승만의 인품을 믿고 $1,400이 부족하지만 그 땅을 이승만 박사에게 소유권을 넘겨주고 자신이 그 부족한 $1,400을 융자해 준 것이다. 이것이 모기지 계약의 의미다.

- 여학생 기숙사를 단돈 1달러에 매입했다고? 이것도 무식의 소치

  백년전쟁에서 이승만 박사가 한인여학교 기숙사를 $1에 매입했다고 등기원본을 제시하고 있는데, 이것은 미국의 부동산 등기제도를 잘 몰라 무식한데다가 악의적으로 이승만 박사를 음해하기 위해 잘못 해석한 것이다. 미국에서 부동산 소유를 표시하는 서류는 Warranty Deed라고 하는데, 이것은 언제나 명목적인 가치, 이것을 법률적인 용어로 consideration이라고 한다. $1(for $1 and other good and valuable consideration)을 표시한다. 예를 들어 세계 최고 부자 빌 게이츠의 저택은 수억 불을 호가하지만, 빌 게이츠의 주택 소유 등기부를 떼어보면 역시 $1에 매입한 것처럼 되어 있다. 실제 거래 가격이 표시되는 것은 다른 서류에 있다.(중략) $1에 구입했다고 주장하는 Warranty Deed 화면을 캡쳐한 것이고, 두번째 사진은 현재 사용되고 있는 Warranty

Deed를 기재하는 양식 샘플을 캡쳐한 것이다. 보라, 아직도 부동산 소유 등기에는 $1불로 표기하고 있지 않은가? 이 백년전쟁을 만든 놈들, 미국의 제도도 모르면서 지레짐작으로 이승만 박사를 매도하고 있다. 무식의 폭로일 뿐이다. (중략) 왜 이렇게 부동산 소유권 등기에는 $1를 표기하게 되었을까? 미국의 부동산 관계 법을 영국의 제도를 그대로 도입한 경우가 많다. $1의 의미는 이 부동산이 부모나 친지로부터 증여된 것이 아니라 어떤 가치를 주고 매입한 것이라는 것을 표시하기 위함이다. 그래서 정확하게는 'One Dollar($1.00) and other good and valuable consideration' 표시한다. 뭔가 대가를 지불하고 구입한 것을 표시하기 위함이다. 그래서 위 샘플 소유권 등기에서는 아예 $1표시가 인쇄되어 있다. 가격을 기록하는 것이 아니기 때문이다. 부동산의 가격이나 거래 내역은 별도의 서류에 표시된다. 부동산 매매 계약은 서류 한 장으로 완성되는 것이 아니다.

프레임이 무섭다는 사실을 민주는 다시 한 번 몸서리치며 느꼈다. 아니 어떻게 결과를 만들어 놓고 취재한 모든 자료를 가지고 이렇게 철저하게 왜곡으로 몰아갈 수 있을까. 이러한 프레임 전략이라면, 3.1절을 이승만이 아닌 김일성이 기획했다고 만들려면 얼마든지 만들 수 있을 것 같다는 생각이 들었다.

결과적으로 이것은 역사적 실체를 밝히는 다큐가 아니다. 일부러 이승만을 지우고 왜곡하려는 의도적인 기만행위이다. 이승만 전 대통령의 양자인 이인수 박사는 '백년전쟁'이 단순한 다큐멘터리가 아니라. 이는 사실상 좌우가 벌이는 '역사대결'이며 건국 정통성과 직결된다는 이야기를 법원에서 했다고 한다. 이는 분명 일리 있는 이야기라 생각된다.

좌측에 있는 사람들의 이야기를 들으면 매우 논리적인 듯이 논리를 내세운다. 그리고 도덕적인 듯이 도덕을 내세운다. 또 센스티브한 듯이 애정을 내세운다.

그런데 조금만 깊이 들어가 보면 모든 게 다 거짓임이 밝혀진다. 왜냐면 그들은 기업가가 하는 시장봉사의 논리를 이해하지 못하고 있기 때문에 노동자가 모든 것을 다 가져야 한다고 잘못된 논리를 내세우는 것일 뿐이다. 시장봉사 체제가 인류번영의 기초이고 상도덕을 최고의 도덕으로 삼아야 한다는 것을 이해하지 못하고 있기 때문에 다수를 선동한 약탈 결의에 근거하여 나눠먹기(재분배)를 추구하는 것과 같은 잘못된 강도적 도덕률을 내세우는 것일 뿐이다. 또 다정다감한 듯이 이야기하지만 부모가 자식을 엄격하게 키워서 자립하게 만드는 것에는 더 큰 애정이 깃들어 있음에도 이를 이해하지 못하고, 도리어 순간의 달콤한 속삭임으로 사람들로 하여금 놀고먹는 것을 정당화하고, 심지어는 고용하고 나눠주는 사람들을 악인으로 몰아붙여서 공연히 불화를 만들어내는 것일 뿐이다. 목적도 선하지 않고 수단도 잘못되었는데도, 이를 정당하다고 믿는 거짓된 가치관 속에서 자란다.

얼마 전 회사에서도 미투운동이 화제가 되었던 적이 있다. 농담 삼아 한 이야기지만 미투 이야기를 꺼낸 쪽은 이쪽을 무너지게 하려고 한 것인데 걸려드는 사람은 죄다 저쪽이라는 이야기였다. 굉장히 도덕적으로 많은 좋은 말들을 하는 데, 본인들에겐 상당히 관대하다는 것을 느낄 수 있다.

일단 프레임에 갇히고 나면, 절대 벗어날 수 없다는 것을 나는 알고 있다. 나도 그런 프레임에 빠져 봐야할 것은 못보고, 보지 않아도 될 것은 왜곡된 채로 보았으니 말이다.

민주는 이제 조광복 목사님 내외의 미스터리를 풀어보려고 한다. 이승만 전 대통령에게 있어 가장 숙적은 박용만이었다는 것을 알게 되었다. 박용만 선생은 독립운동의 안정적 재정 확보를 위해 '북경 흥화실업은행', '석경산농장', '대륙농간공사(大陸農墾公司)' 등을 운영하기도 했다. 그런데 대륙농간공사가 잘못되어 화근이 생겼다. 그것은 1926년 중국으로 건너가 설립한 회사였다. 목적은 중국에서 미개간지를 구입, 개간하여 독립운동 근거지를 마련하고 독립군 양성자금을 마련하는 데 있었다. 중국과 하와이를 종횡무진 1927년 4월에 그는 호놀룰루 팔라마에 국어학교를 설립하였다. 학교 이름을 우성학교라 하였다, 우성은 박용만 선생의 호이다. 그리고 이때 직접 편찬한 초등 국어 교과서를 교재로 사용하였다.

1928년 10월 17일 독립자금으로 사용하겠다며 1,000원을 요구하던 이구연과 동행 1인(백某)의 요구를 거절하여 암살을 당했다. 이구연이 구실로 삼은 박용만의 변절설은 1924년 박용만이 조선총독부 사이토 마코토 총독을 만났다는 것인데, 이 일에 대해 박용만 스스로도 자신이 일본 총독을 만났다고 했다. 농간공사에서 일하는 박용만의 부하직원이 이를 소상히 알고 있었다. 박용만이 총독부 밀정 기후지에게 속아서 돈 30만 원을 지원받겠다고 입국했다가, 지원이란 말 뿐이고 2만 원의 여비를 받아가지고 돌아온 관계로 의열단에서 격분해서 그를 사살한 것이라고 진술했다. 독립운동에 종사한지 20여년이었고 48세를 일기로 세상을 떠났던 것이다.

박용만 암살사건을 계기로 미국 내 한인 교포사회의 상하이 임시정부 및 상하이 무장투쟁론자들에 대한 부정적인 인식을 심어주는 빌미를 제공하였다. 그의 암살 소식을 접한 서재필, 안창호, 이승만 등이 재중국 무장 투쟁론자들을 대대적으로 비판한 것이다. 박용만은 기실 임시정부에 정적이 많았던 것이 분명해 보인다. 그래서 그런지 그가 죽은 뒤에도 그의 죽음에 대해 별로 애도하는 분위기가 없기 때문이다. 한 마디로 박용만의 암살은 당시 독립운동계의 극심한 분열을 보여주고 있었다.

그런데 박용만과 이승만을 이어주는 고리가 있었다, 그가 바로 이원순이었다. 지난번 그에 대한 취재를 하면서 박용만의 비서로 그를 지지하던 그가 이승만 지원으로 노선을 바꾸면서 박용만의 상당한 자산들을 관리한 것으로 보인다. 그는 빠른 시간에 미국에서 부동산 사업으로 성공했다. 이원순을 쉽게 이해 하려면, 작고한 김대중 전 대통령의 부인 이희호 역사를 기억하면 좋겠다. 이원순은 이희호 여사의 어머니와 형제 간이었다. 다시 말해 이희호 여사는 이원순의 외조카인 것이다.

1922년 그의 나이 32세 때 신흥균 목사의 장녀인 19세인 매리와 결혼을 했다. 매리는 16살 때부터 활발히 신앙 활동과 여성운동을 한 것으로 알려져 있다.

1909년 4월 27일자 『신한국보』에 따르면 4월 16일에 10명의 부인들이 자유교회에 모여 부인의 교육을 목적으로 '부인교육회'를 조직하고 신학과 가정학을 공부하기로 하였고, 자유교회의 선교사(전도사) 신흥균이 이들의 모임을 적극적으로 찬성하였다고 보도하였다.[43] 자유교회는 원래 감리교회의 목사였는데 사임하고 1909년 3월 23일에 호놀룰루 시내 퀸스 골목 (현 Queen's Hospital의 일부)에 세운 교회이다.

신학공부했다는 것은 성경공부를 시작했다는 뜻 같은데, 당시 하와이 한인의 약 30%가 기독교인이었고, 호놀룰루 시내에 거주하는 400여명의 한인 중 기독교인들은 감리교회와 성공회교회에 출석하였다. 성공회

---

43) 1909. 4. 27. 『신한국보』 p. 3.

교회는 자유교회에서 1마일 (1.6 km) 정도 떨어진 곳에 있었고, 감리교회는 1 블록 밖에 떨어지지 않은 거리에 있었다. 이 10명의 부인들이 기존의 감리교회나 성공회교회 교인이었는데, 왜 새로 조직된 자유교회에서 부인교육회 모임을 갖게 되었는지는 알려져 있지 않다. 반면, 김원용이 기술한 것처럼 신홍균 전도사가 친일파로 알려진 와드맨 감리사로부터 독립하여 이름 그대로 '자유'교회를 조직한 것이다. 6월 22일자 『신한국보』는 첫 면 상단 반쪽 전체에 부인교육회 설립목적을 다음과 같이 게재해 되어 있었다.

"이 세상에 인류로 생겨나서 남녀를 물론하고 상제(하나님)의 자녀 되기는 일반이라. 고유한 권한이 풍부하여 성질총명이 추호도 차별이 없거늘 사업상 능력에 어찌 우열이 있으리요 (중략) 여자는 국민의 주모라 (중략) 여자의 자녀를 기르는 공적이 어찌 장부가 세상을 건지는 사업에 사양하리요. 여자 교육은 금일 세계의 가장 중요한 문제로다(중략) 황후폐하께서 여권이 오래 타락함을 민휼하시며 국세가 따라 위박함을 통찰하사 특별히 전국에 책조를 환강하시고 여자의 교육을 장려하시니(중략) 금일 한국의 여권을 확장함이 어찌 여자사회의 혁명을 주장할 따름이리요.(중략) 공민의 큰 부분을 차지한 1천만 여자의 속박을 끌러 먼저 국가의 원기를 기르면 이족의 침략을 항거하여 비경에 함락한 국민을 가히 광제할지니 (중략) 대개 하와이 한인의 진도는 다른 날 한국의 국권을 광복함이 두 어깨에 담부한 책임이라(중략) 이제 동지를 결련하여 부인교육회를 조직하니 이는 특별히 남자사회의 세력을 다투는데 있을 뿐만 아니라 일반 여자의 교육을 보통하여 문명의 본원을 발전함이니 (하략) (현대어로 바꿈; 필자 강조) 위의 설립목적에서 볼 수 있듯이 하와이에서의 여성교육운동은 단순히 여성개화운동이 아니었고 조국의 국권을 광복한다는 구국운동의 입장에서 강조되었고 기독교 복음화와 연계되었다. 부인교육회는 안중근 의사 재판경비를 위하여 $10을 기부하였다. 부인교육회 회원들은 자신들의 계발에 노력하면서 조국의 국권회복을 위한 활동에 단체로 참여하였다. 불행하게도, 부인교육회 회원 명단을 찾을 수 없다.

이원순은 이런 배경을 가진 신 목사의 딸과 결혼했고, 부동산에 관심을 두고 부동산 브로커 자격을 받아내는 등 사업수완을 발휘하며 이승만의 동지회에 가입한 후 그를 적극 후원하게 된다. 이미 1920년대부터 이승만 지지세력(동지회)과 반이승만 세력(국민회)으로 양분된 하와이 한인사회의 갈등 중에 빠지지 않고 등장하는 것이 횡령사건이다. 아무튼 이원순은 이승만 박사가 총재로 있는 대한인동지회 회장직을 맡았다고 한다. 이승만 박사의 외교독립운동을 헌신적으로 후원하였다. 이원순은 1932년 이승만이 제네바국제연맹 회의에 일본의 만행을 폭로하러 갈 때 3천 달러의 기금을 모아주는 등 많은 역할을 했다.

재산권 다툼의 시발은 1911년인 것으로 보인다. 하와이 한인 감리교회 감독 워드맨(J.W. Wadman)과 한인사회 간의 갈등으로 한인 자유교회가 세워지는데 한인기숙학교를 위해 일본으로부터 구제금을 받은 것 때문에 워드맨이 궁지에 몰리자 워드맨은 이승만에게 한인 사회의 중재를 요구하면서, 한인 기숙학교 운영을 담당하게 했다. 박용만은 이승만에게 한인 교육 사업을 맡긴다. 그런데 이승만이 운영권을 쥐게 되면서 두 사람의 관계가 조금씩 벌어지게 된 것으로 보인다.

미군정시절인 1947년 IOC 총회가 다가오고 있었다. 대한민국은 여기에서 승인을 받지 않는다면 1948년 런던올림픽 참가도 무산이 되는 것이었다. 이승만은 이원순에게 부탁한다.

"자네가 한국을 대표해 IOC에 가주게."

문제는 3가지였다. 길이 멀었고, 여권이 없었고, 돈이 없었다. 그런데 길은 하지 미군정사령관이 내준 미국 군용기를 타고 갔고, 여권은 손으로 써서 만든 여행증명서로 비자를 받았고, 돈은 올림픽 복권을 찍는 기상천외한 방법으로 갔다 온 것이다. 극적으로 IOC 총회가 열리는 스톡홀름에 도착, IOC 총회에 입장하자 IOC 위원들이 모두 기립하여 그에게 감동의 박수를 보냈다 "환영합니다. 값비싼 대가를 치르면서 이곳에 와주셔서 너무 감사 합니다" 이날 IOC는 만장일치로 한국의 올림픽 참가를 승인했다. 아직 정부를 수립하지 않은 국가가 극적으로 올림픽 진출을 확정지은 것이다. 당시 이원순이 직접 작성한 여행증명서는 문화재청이 등록문화재로 등재했다고 한다.

이처럼 대단한 저력을 가진 국민이 어디 있을까. 이승만 전 대통령이 국부라고 불리기에 조금도 손색이 없는 그의 이야기들을 정리하면서 민주는 그분이 방송을 하며 우렁차게 던졌던 말을 생각했다.

"그러므로 여러분! 우리는 뭉치면 살고, 흩어지면 죽습니다."

7부
종국(宗國)

우리는 전투에서 졌지만,

전쟁에는 아직 지지 않았다.

-샤를 드골-

군자산의 약속 이후

    2020년 8월 대한민국에 아직도 전쟁이 남아 있었다. 절치부심하던 좌익들은 2001년 소위 군자산의 약속이라는 희대의 결의를 한다.

    민주는 2020년 3월 4일 한기총 회장 전광훈 목사가 선거법 위반으로 구속되고 전대미문의 180석 의석을 차지한 좌익계열의 민주당이 집권한 상황을 보면 그 뿌리가 군자산의 약속이란 것을 알게 된다. 지금은 전향하였지만 한 때 좌익의 우두머리 중 한 사람이었던 김모 전경기도 도지사를 통해 군자산의 결의에 대해 듣게 된다. 그리고 대한민국에서 100년 전, 좌우익의 전쟁은 끝난 것이 아니라 아직도 현재 진행형이라는 것을 깨닫게 된다.

    "실제로 군자산의 약속이 있었습니까. 지사님?"

    "허허! 빨갱이들이 그것을 위키백과 사전에도 버젓이 올려 놓았던데요?"

"저도 자료를 보고 놀랐습니다만 그것이 실제로 있었는지요?"

"20여년 전, 충청북도 괴산군 군자산에 위치한 보람수련원에서 2001년 9월 22일에서 23일까지 개최된 2001 민족민주전선 일꾼전진대회에서 참석한 인천연합 계열 활동가들에 의해 채택된 선언을 진짜 모른단 말인가요?"

"저는 금시초문입니다."

"정식 명칭은 3년의 계획, 10년의 전망이라고 합니다. 조국통일의 대사변기를 맞는 전국연합의 정치 조직방침에 대한 해설서이며, 일반적으로 9월 테제, 혹은 해당 대회의 개최지 이름을 딴 군자산의 약속으로 통칭합니다."

"그러면 주 내용이 무엇인지요?"

"해당 선언은, 당시 NL 계열 활동가들의 정세 판단과 이를 기반으로 한 목표, 전략을 구체적으로 드러내고 있지요. 특히 이들은 6.15 남북 공동 선언으로 인해 몇 년 내 낮은 단계의 연방제 남북통일이 실현되고, 10년 전후로 자주적 민주정부와 완전한 연방제 남북통일이 이뤄질 것으로 전망하였습니다. 그리고 해당 전망에 따라 3년 안에 광범위한 민족민주전선과 민족민주정당을 건설해, 10년 안에 자주적 민주정부를 수립하는 것을 목표로 삼았습니다. 해당 목표를 달성하기 위해 이들은 1.지역토대를 강고히 하며 부문 조직을 포괄하고, 2.정당을 포괄하여 정치전선으로서 성격을 분명히 하고, 3.전국연합으로 결집하여 모든 지역에 조직을 가지는 것을 계획하였습니다."

"저도 자료를 조사하다보니 나오던데 민족민주전선과 민족민주정당은 어떤 관계인가요?"

"지금까지 말씀드린 것처럼 전선체를 통한 전민중적 항쟁의 준비와 합법정당 건설을 통한 정치세력화는 서로 밀접히 결합될 때 모두가 성공할 수 있다는 것입니다. 좀 더 정확히 말하면 두 가지 흐름은 서로 분리되는 순간 그 어느 것도 성공할 수 없다. 민족민주전선체는 정치조직인 정당을 갖지 못하면 정치적 대안세력이 부각될 수 없어 전민중적 항쟁을 성사시킬 수 없으며, 민족민주정당은 전민중적 항쟁을 통하지 않고는 다수의 정치적 지지를 획득할 수 없다는 것이죠. NL 계열 활동가들이 합법 제도권 정당으로 침투할 것을 결심한 배경이기도 합니다. 이는 그동안 한총련 등을 내세워 거리투쟁에 몰두하던 NL 계열이 기존 노선을 포기하고, 정치세력화를 통해 제도권 내로 침투하는 것을 결의한 것입니다. 당시 PD계열이 창당한 민주노동당 내에는 실제로 전국연합 구성원 중 일부가 이미 활동 중이었습니다. 이후 NL 계열 활동가들이 대거 입당하여 17대 총선 이후 민주노동당의 당권을 장악하였고, 이후 주도권을 잃은 PD 계열은 2008년에 민주노동당을 탈당하게 됩니다."

"헌법재판소의 통합진보당 해산 심판으로 사라진 것 아닌가요?

"하하하! 그것은 순진한 생각입니다. 저들은 지난 20년 간 전방위적으로 공격에 공격을 감행 결국 고지를 차지했습니다. 그리고 여러 전투에서 모두 다 승리한 것이지요. 저는 대한민국에 이제 마지막 최후의 전쟁만이 남았다고 생각합니다."

김지사와의 이야기 끝에 민주는 이런 결론에 도달한다. 결국, 이 전쟁의 마지막은 사회주의 국가가 되어 500년간 이 땅을 지배했던 대륙세력 중국의 속국(屬國)으로 다시 전락하느냐, 자유시장경제를 더욱 발전시켜 이승만이 그토록 열망했던 해양세력 미국과 힘을 합쳐 동아시아의 종국(宗國)이 되는 길을 걷느냐의 문제일 수밖에 없구나! 민주는 김지사를 만나고 돌아가는 길에 대한민국이 다시는 다른 나라의 속국이 되지 말도록 해야겠다는 생각을 했다

그런 생각을 하니 이승만 대통령이 하와이에서 돌아가시기 직전에 했다는 마지막 기도가 계속해서 민주의 머릿속을 떠나지 않는다.

"빼앗긴 나라를 되찾기까지 참으로 힘들었습니다. 그러나 그리스도께서는 우리를 자유케 하려고 자유를 주셨습니다. 그러므로 이제 우리가 굳세게 서서 다시는 종의 멍에를 매지 않도록 하겠습니다. 대한민국을 도와주소서!"

-끝-

이승만 연구에 도움이 되는 참고자료들

1. 논문류

김득중, 「여순사건의 성격」, 『여순사건과 대한민국의 형성』, 여수지역사회연구소, 2008.

김학재, 「여순사건과 예외상태 국가의 건설 –정부의 언론탄압과 공보정책을 중심으로」, 『제노사이드 연구』, 제6호. 2009.

서중석, 「이승만과 여순사건」, 『역사비평』, 봄호, 통권 86호, 2009.

신평길, 「남로당과 여순 반란 사건」, 『북한』 9월호, 1994.

이영일, 「여순사건, 국가폭력의 위법성과 진상규명의 과제」, 『지역과 전망』, Vol.14, 2005.

임종명, 「여순사건의 再現과 暴力」, 『한국근현대사연구』, 봄호, 제32집, 2005.

정해구, 「여순사건과 역사의 진실」, 『사학연구』, 2009, 제95호.

이현희, 《광복 전후사의 재인식》 (범우사, 1991) 214페이지

Lee Wha Rang (2000년 2월 22일). "Who Was Rhee Syngman?". 2007년 12월 1일에 확인함.

이승만, 《뭉치면 살고》 (조선일보사, 1995) 63페이지

정병준, 《우남 이승만 연구》 (역사비평사, 2005) 56페이지

사단법인 건국대통령 이승만박사 기념사업회

<풀어쓴 독립정신> 청미디어

정호기, 「과거의 재조명에서 시민주체의 형성과 연대 그리고 와해 – '여순사건'의 의례를 중심으로」, 『사회와 역사』, 제87집, 2010.

정호기, 「여순사건의 제도적 청산과 진실규명의 실효」, 『사회와 역사』, 제97집, 2013.

정청주, 「여순사건 연구의 현황과 과제」(1998), 『여수대학교 논문집』, Vol.13, No.1.

주철희, 「여순사건 주도인물에 관한 연구」, 『전북사학』, 43호, 2013.

2. 도서류

강원용 목사, 자서전서 역대 대통령 평가

국방부군사편찬연구소, 『한국전쟁사』 제1권, 국방부: 1967.

교과서 포럼, 『한국현대사』, 기파랑: 2008.

김득중, 『'빨갱이'의 탄생』, 선인: 2009.

김원용, <재미한인 50년사>, 326쪽, Calif. U. S. A, 1959.

김점곤, 『한국전쟁과 노동당전략』, 박영사: 1973.

김인수, 《시대정신과 대통령 리더십》(신원문화사, 2003) 25페이지

박윤식, 『여수 14연대 반란』, 휘선: 2011.

사단법인 건국대통령 이승만박사 기념사업회

송효순, 『붉은 대학살』, 갑자문화사: 1979.

이현희, 《광복 전후사의 재인식》(범우사, 1991)

Lee Wha Rang (2000년 2월 22일). "Who Was Rhee Syngman?". 2007년 12월 1일
        에 확인함.

정병준, 《우남 이승만 연구》(역사비평사, 2005) 56페이지

허은, <8·15직후 민족국가 건설운동>,강만길 외, 《통일지향 우리 민족해방운동사》
        (역사비평사, 2000)

브루스 커밍스 (1986년). 《한국전쟁의 기원》. 일월서각. 247쪽쪽.

조병옥, 《나의 회고록》(도서출판 해동, 1986) 143페이지

조병옥, 《나의 회고록》(도서출판 해동, 1986) 144페이지

Rhee, Syngman, Neutrality as influenced by the United States, PhD Thesis,
        Princeton University, 1912.

이정식, 《대한민국의 기원》(일조각, 2006)

이호, 《하나님의 기적 대한민국 건국》I, 하리출판, 2012, 96

경향닷컴 | Kyunghyang.com

이황직, 《독립협회 토론 공화국을 꿈꾸다》(프로네시스(웅진), 2007) 90페이지

이태, 『실록소설 여순병란』(상, 하), 청산: 1994.

佐佐木春降/ 강창구 편역, 『한국전비사(상) 건군과 시련』, 병학사: 1977.

박현채 외, 『해방전후사의 인식』, 한길사: 1976.

백선엽, 『군과 나』, 시대정신: 2010.

서중석, 이승만과 제1공화국 (역사비평사, 2007)

서중석, 《비극의 현대 지도자: 그들은 민족주의자인가 반민족주의자인가》성균관대
　　　　학교출판부(2002), 169쪽

서중석, 이승만과 제1공화국 (역사비평사, 2007) 160페이지

전병순, 『절망 뒤에 오는 것』, 중앙일보사: 1987.

제임스 어빙 메트레이/ 구대열 역, 『한반도 분단과 미국: 미국의 대한정책,
　　　　1941-1950』, 을유문화사: 1989.

조정래, 태백산맥 1-10, 한길사, 1989.

허정, 내일을 위한 증언 (샘터사, 1979) 30페이지

한철호 외, 『한국근현대사』, 대한교과서, 2002.

홍영기 편, 『여순사건자료집 I』, 선인: 2001.

3. 뉴스와 인터넷 자료들

위키피아백과사전(http://ko.wikipedia.org/wiki.

자유조선방송, https://www.rfchosun.org.

ttp://www.hani.co.kr/arti/opinion/column/314867.html

자유통일 홈페이지 : 이승만 칼럼 및 관련글 수록

두 얼굴의 이승만

Portal icon　　　　　한국 포털

이승만 - 대한민국헌정회

이승만 : 독립유공자 공훈록국가보훈처

이승만박사 기념사업회

역대 대통령 약력

건국회 홈페이지

"이승만 박사 육성". 2015년 9월 24일에 원본 문서에서 보존된 문서. 2009년 9월 26일에 확인함.

KBS 한국사傳 이승만 1부 참조

"秘錄 韓國外交<1> : 건국前夜①". 경향신문. 1975년 1월 15일. 4면.

"秘錄 韓國外交<2> : 건국前夜②". 경향신문. 1975년 1월 17일. 4면.

윤석오의 증언. "秘錄 韓國外交<4> : 건국前夜③". 경향신문. 1975년 1월 20일. 5면.

매일신보, 1945년 10월22일자 신문.

이승만, 《뭉치면 살고》(조선일보사, 1995)

"국민일보 2010.03.16,동상의 정치학… 50년대"이승만 우상화"건립 열풍,4.19이후 대부분 철거돼". 2012년 1월 25일에 원본 문서에서 보존된 문서. 2010년 10월 2일에 확인함.

이승만 대통령 동상 세운다… 건국기념일 제정 운동도 전개 국민일보 2010년 11월 15일자

4. 동영상류

MBC 이제는 말할 수 있다 5회 여수 14연대 반란 (1999 .10. 17 방송)

　　　https://www.youtube.com/watch?v=d3Cw3tfQodc

정부수립과 여순사건

　　　https://www.youtube.com/watch?v=SjvMm8NETrA

여수사건의 현대적 재해석_주철희;

　　　(https://www.youtube.com/watch?v=CCNih22fFpA)

5. 기타류

1946년 5월 20일, <청년해방일보> 신문에 수록.

이승만의 정치 이데올로기(서중석, 역사비평사, 2006) 362페이지

인촌 김성수/김학준 정치학박사·현 동아일보회장(해방공간의 주역:9) - 동아일보.

강준만, 《한국현대사산책》<1940년대편 2권>(인물과사상사, 2004)

역사비평 제32호 (1996년 봄) (역사비평사, 1996)

김재명, 《한국현대사의 비극-중간파의 이상과 좌절》(선인, 2003)

《논쟁으로 본 한국사회 100년》(편집부 지음, 역사비평사, 2007) 169페이지

"주간조선". 2011년 11월 21

박용만, 경무대 비화 (내외신서, 1986년 중판)

한국현대민족운동연구(역비한국학연구총서1) (서중석 지음, 역사비평사 펴냄, 2006)

리처드 로빈슨, 《미국의 배반: 미군정과 남조선》(정미옥 역, 과학과 사상, 1986)

조병옥, 《나의 회고록》(도서출판 해동, 1986) 174페이지

역사문제연구소, 《제주 4.3 연구》(역사비평사, 2006) 213페이지

한태수, 《한국정당사》(서울, 1961) 78~79쪽

김정원, 《분단한국사》(동녘, 1985) 86쪽

박용만, 경무대 비화 (내외신서, 1986년 중판)

"秘錄 韓國外交<28> : 政府樹立 직후 ⑩". 경향신문. 1975년 3월 17일.

"秘錄 韓國外交<26> : 政府樹立 직후 ⑧ 美中國에 特使館". 경향신문. 1975년 3월
        12일.

"秘錄 韓國外交<28> : 政府樹立 직후 ⑩". 경향신문. 1975년 3월 17일.

〈大統領今日渡日〉경향신문(1948년 10월 19일) 1쪽.

유영익 외《한국과 6.25전쟁》(연세대학교출판부, 2009)

고등학교 한국근현대사, 269p.,(주)금성출판사, 2007년 3월 1일

정병준, 《우남 이승만 연구》(역사비평사, 2005) 55페이지

신체시 효시는 이승만'고목가' 한겨레 7면(1989.12.12) 기사(뉴스) 참조

해방전후사의 인식, 백기완 저, 한길사, 2004년 5월 20

윤치영, 《윤치영의 20세기:동산회고록》(삼성출판사, 1991) 323페이지

건국대통령 이승만 장로의 역사 (크리스천투데이) 2008-03-25

한홍구의 역사이야기 왕정은 왜 왕따당했나, 한겨레21, 2002년06월12일 제413호.

이승만제2부작 KBS 한국사전

소설 영원한 청년 이승만 2

초판 1쇄 2020년 7월 1일
초판 2쇄 2020년 8월 1일

지은이   김재헌
발행인   김재헌
발행처   도서출판 생각의 탄생
주   소   세종특별자치시 대평동 63-7, 604호
대표전화   010-8000-0172
이메일   missioncom@hanmail.net
한글인터넷주소   생각의 탄생, 생탄21
등   록   569-2015-000028
책임교열   안인숙

가격 15,000원

ISBN 979-11-955458-7-2

이 도서의 국립중앙도서관 출판예정도서목록(CIP)은 서지정보유통지원시스템 홈페이지(http://seoji.nl.go.kr)와 국가자료종합목록 구축시스템(http://kolis-net.nl.go.kr)에서 이용하실 수 있습니다.
(CIP제어번호 : CIP2020022108)